眼四你是永

我 是 你 的 眼

杨培增 著

中国青年出版社

自序

　　《我是你的眼》一书是2013年一年中于出差乘坐飞机时写的。

　　这本书的完成缘于两个原因，一是无聊，二是圆梦。这本书的内容主要是讲自己的人生感悟和歌颂人性的真善美。

　　近年来，随着在业界的知名度的一点点提升以及在中华医学会眼科学分会担任一些职务，一些单位、不少业界同仁、朋友，或是邀请我作各种各样的专业方面的报告，或是参加项目评审及检查工作，或是作一些针对年轻医生、大学生、研究生成长的所谓励志讲座，自然乘飞机的机会也就多了起来。

　　在机场等飞机，你得有耐心，因为飞机一般不会正常到达。广播常常会告诉你，有乘某某航班到某某地方去的旅客，我们抱歉地通知你，你乘坐的飞机由于天气、周转、交通管制等一大堆的原因（反正有的原因也没办法核实），不能按时起飞，起飞时间待定。听到这样的广播，虽然一下子就晕了，但你也没办法，更没能力改变飞机起飞的时间，只好无聊发呆，无聊得受不了就到机场内的书店转一转。这一转就不得了了，你会发现很多人都在写书，有名人写的，也有没名的人写的，有大部头的，也有小本的，有一人写的，也有多人合作写的，有写得不错的，也有胡编乱造的，有天文、地理、看风水算命的，也有吃、穿、装修房子的，还有哲学、艺术、戏说历史的，再有科普、励志、养生看病的，林林总总，包罗万象。

无聊地翻着这些书，就会生出更多的无聊，无聊蓄积多了就会生出一些想法来。很多想法叠加在一起，就形成了一个不着边际的奇想——写书吧，写一本非眼科专业的书。

坐在飞机上更是无聊，航空公司就提供那么一两本航空杂志和一两份报纸。翻看杂志，看到的多是广告，这些广告往往占据满满一页，什么别墅啦、绝版豪宅啦、豪车、时装、化妆品啦，等等，让人看得眼花缭乱。心一乱就生闷气：豪宅买不起，豪车不会开，时装不合适，化妆品用了也白用！好不容易从中看到一块正儿八经的文章，也就十分八分钟就看完了。报纸也是的，广告占去一大半，翻一页是广告，翻第二页第三页还是广告，马上就没心思往下翻了。

没心思翻报纸，那能干什么呢？飞机上不能看手机，也不能打电话，更不能锻炼身体，那就看手表吧。一看手表问题就出来了，怎么还不到站呢？自己问自己同样的问题，问多了，就会产生埋怨，埋怨波音公司、空客公司怎么不把飞机速度提上去，要是提到导弹的速度该有多好啊：从北京飞到洛杉矶也就一个多小时，从重庆到北京也就十分八分钟，那多快呀！

不停地看手表，看多了，就有把手表拨快一些的想法。但拨快也没用啊，飞机中午12点到，你把表拨快两小时，表上是12点多了，可飞机还是不降落，你愣是没办法。

总是看手表有时也会惹出麻烦的。有一次乘飞机，一位老大娘坐在我旁边。她看到我老是看手表，一脸焦灼的样子，就对我说："小伙子，你这么着急啊？"

我说："大娘，我是老伙子了，我不着急。"

老大娘看了看我，一脸的不相信："你肯定有急事。"

"我真没急事。"我故作镇定地说。

那位大娘盯着我，有板有眼地对我说："你骗不了我，我儿子结婚前一天就是你这个样子，着急得要命，你肯定是急着回去结婚的。"

唉！当时真是有口难辩，啼笑皆非！

看手表都被误解，也只能闲得更无聊了，一次次无聊累积起来就形成了一个胆大包天的想法——写书吧，写一本能够成为作家的书。

促使我完成此书的另一个原因，那就是圆梦。

我从小喜欢文学，早年梦想成为作家。无奈生不逢时，由于生活所迫，高中毕业后不得不中断作家的梦想，当了一名赤脚医生。高考恢复后，考虑到自己有点医学基础，就报考了医学院校。上大学后，发现很多课程都需要死记硬背，繁重的学习任务使我无暇顾及这一爱好了，在以后攻读硕士研究生、博士研究生学位期间，科学报国的梦想把文学梦想挤到一边去了。再后来做了医生，"做一名好医生"这个大梦和长梦使我倾注了全部精力，也没时间考虑文学梦了。

从上大学起，在医学领域一干就是30多年，这期间自己认为还算勤奋刻苦，独立完成的眼科学专著就有400万字，主编眼科学五年制规划教材和其他专著也有400多万字，发表的论文加起来也有数百万字，也差不多是著作等身了。但是，当我在机场的小书店里转悠的时候，发现我的书从来都没有被摆在那里，当时即产生一种很强的失落感，这种失落感把深深埋藏在心底的作家梦撩拨得蠢蠢欲动。还有后边所提到的刘醒龙先生寄给我的《芳草》杂志，上边一个个动人的故事，更是有点"火上浇油"的味道，使我的文学梦想变得更清晰、更具体了。这种梦一旦萌动就有点欲罢不能的感觉，于是一本《我是你的眼》的小书也就呱呱坠地了。我不敢说出版了这本小说就是作家，起码这本小书会与作家写的书摆放在一起，不能不说是对我作家梦想的一种补偿，是成为作家虚荣心的一种满足。

这本小书的主要内容之一是感悟。

从懂事到现在，从赤脚医生到大学附属医院的教授医生，一路走来，既有风雨雾霾，也有阳光灿烂，既有泥泞坎坷，也有阳光大道，既有百思不得其解之困惑，也有豁然开朗之喜悦，既有汗水、泪水和心在流血之痛苦，也有收获硕果那一刻的巅峰体验。作为医生，大医精诚使我感悟到生命之重、生命之美，使我懂得了敬重生命的意义；作为老师，教书育人使我懂得了老师那份沉甸甸的责任和义务，使我体会到学生对老师的那份浓烈的真情；作为一名科研工作者，科学报国使我几十年如一日，奋斗拼搏，无怨无悔、痴情不改，使我领略到自然王国中的斑斓与绚丽；作为一个思考者，思考人生，思考世界，思考人与自然的关系，思考人与疾病之间的关系，使我懂得了生命的意义和人生价值所在，使我懂得了那个朴素而又高深的道理——心怀感恩之情、珍惜每次机会和坚持不懈才能创造美好未来。

于是乎，生活中的点点滴滴，人生道路上的风风雨雨，工作中的零零碎碎，事业中的沟沟坎坎，都凝聚在笔尖，行云流水般地跃然纸上了。

本书的另外一个重要内容是颂扬人性的真善美。

在人生道路上，我体验了父母那种含辛茹苦供我上学、不求回报的大爱，家人那种在背后默默支持的亲情，老师那种"春蚕到死丝方尽，蜡炬成灰泪始干"的奉献精神以及诲人不倦的无私之爱，还有朋友和同事之间真挚友情。我亲眼目睹了年迈的父亲、母亲不远千里陪同子女求医问药那种骨肉深情，见证了丈夫或妻子携手双目失明的爱人永不言弃的那种感人场面，还看到了素不相识的好人为贫穷病人捐款、捐物的那种人间真情。这些人间真情和大爱像春雨滋润着万物，像春风吹开山花烂漫，像太阳驱散了冬日的严寒，像月光驱走了长夜的黑暗。点点滴滴都是情，一草一木皆是爱。于是，我试着把其中的一些记录下来。我知道我的词语非常贫乏，水平非常有限，但我相信，曾经使我边写边流泪的书中的一些人物之纯真、至善、大美，将会像轻柔的春风轻轻叩开你的心扉，给你一种清新、一种正能量、一种久违的感动……

最后说说书名。

本书所描述的一个个故事都表现了人类爱的情感，笔者在人生、从医、从教道路上的一个个感悟，也都源自人类最美好的爱的情感，体现了对生命和对苍生的爱、大爱和至爱，因此，一开始我把书名拟定为《点点滴滴都是爱》。

前段时间，与《芳草》《芳草·潮》杂志主编刘醒龙先生的一次会面改变了我的看法，促使我将书名改为现在这个名称。

我与刘先生是2012年7月在北戴河认识的。当时中组部组织专家在北戴河疗养，每个省（市、自治区）仅有一名专家获得那次机会，加上各行各业的专家，总共有60余人。刘先生作为湖北省的代表，我作为重庆市的代表，参加了那次休假活动，其间还受到了习近平同志、刘延东同志、李源潮同志、马凯同志等的接见，可谓是非常荣幸！

刘先生是一位著名作家，曾获鲁迅文学奖和茅盾文学奖。这两个奖足以显示刘先生在文学界的地位。他中等身材，平时言语不多，但在讨论发言时，其浑厚而又有磁性的声音、精辟而又独到的见解使我眼前一亮，猛然有一种胜读十年书的感觉。因此在闲暇之时，即向他请教一些问题。从北戴河回来后，刘先生按时将他主编的《芳草》杂志邮寄给我。正像前面提到的，这本杂志为我实现作家梦提供了足够强大的刺激作用。

说得不谦虚一点，近年来我事业上还算得上小有所成，加上前面所讲的飞机上闲得无聊，机场书店翻书所受的刺激以及刘先生所寄杂志对我文学梦的撩拨，我竟然不知天高地厚地发奋写起非专业书来。平时没时间写，都在飞机上干，一来二去，日积月累，还真弄出点东西来了，除了随笔、感想、回忆录，竟还根据一位病人原型，写出了《我是你的眼》这个中篇小说。去年12月初，文稿已完成得七七八八了，我携部分书稿专程去武汉拜访刘先生，希望他给我些指导和建议。刘先生还真把它当回事，在认真阅读了我写的《我的母亲》一文和翻阅了小说《我是你的眼》后，他作出了一个决定，提出了一个建议。一个决定是把《我的母亲》一文刊登在《芳草·潮》杂志上；一个建议是将小说的名字《我是你的眼》改为书名。他对我说："你是一位眼科专家，给病人带来光明，你就是眼病患者的眼啊，这个书名最适合你写的书了。"

当时我一拍脑袋，怎么我就没有想到啊？大家就是不一样！我一拍桌子，就按刘先生说的办了。于是《我是你的眼》就来到你的面前，带着一位医生、一位老师、一位科研工作者、一位凡夫俗子、一位农民的儿子对事业的执着、对病人的责任和爱、对人生的思考和感悟、对这片热土的眷恋和深深的热爱……

2014年2月15日

目录

六、诊室花絮

七、文学之梦

1.小说

2.歌词

人性之美

一位母亲

　　今天在门诊遇到了一位来自陕西的女性患者，32岁，患的是强直性脊椎炎伴发的葡萄膜炎。患者于去年8月份在我院门诊第一次就诊，当时已怀孕6个月，检查发现患者左眼严重睫状充血，角膜后有大量沉着物（俗称KP），前房有大量炎症细胞和纤维素性渗出物，虹膜已大部分后粘连。当地医院医生建议给患者全身使用糖皮质激素和局部使用扩瞳剂和糖皮质激素点眼剂。患者因顾虑用药对胎儿的影响，辗转千里来到重庆找我诊治。

　　根据患者当时的检查情况，我建议给患者短期使用小剂量糖皮质激素，局部使用激素点眼剂和扩瞳剂，并反复给患者及其丈夫解释，使用小剂量激素一般不会对胎儿发生影响。但患者一遍一遍哀求我不要使用激素，不要对胎儿造成哪怕是一点点的危害，因为她结婚已将近10年，以前曾怀孕一次，但意外流产了，这次好不容易才怀孕，她宁愿自己眼睛受到损害也不愿使胎儿受到影响。

　　看着她闪着泪花通红的眼睛，我一时无语，多么可爱的母亲！多么伟大的母亲！从孩子生命孕育的第一天开始，她就用她的爱、她的全部在呵护着这个小生命，为了不使这个小生命受到伤害，甚至可以牺牲自己的健康、自己的眼睛。面对着这个平凡而又伟大的母亲，我能做的就是反复交代让其好好使用点眼剂，避免出现虹膜后粘连和继发性青光眼等并发症，还有，那就是一位医生深深的祝福……

这次前来复诊，患者告诉我，前段时间她顺利产下一男孩，儿子发育完好，幸福之情溢于言表。当谈到她的眼睛时，她的眼神马上暗了下来。她告诉我，在临产前，她的眼病又复发了一次，眼红痛得非常厉害，为了使这个小生命完好无损地来到世界上，她选择了放弃治疗，待到产后，她发现患眼已看不到任何东西了。我为患者检查时，发现患眼的虹膜已经完全后粘连，虹膜高度膨隆，已有90%的范围与周边角膜粘连在一起，眼压高达50mmHg以上，并发性白内障已形成，视力仅有光感，但定位不良（表明视神经已受到严重损害）。

检查后，我无奈地摇了摇头告诉她，这只眼睛的视力已无法挽救了。我看到一串晶莹的泪珠从她那发白的眼中（角膜已混浊发白）落下，瞬间我又惊讶地看到，她用手抹了一把眼泪，健眼又露出了幸福的光芒，惋惜但又满足地告诉我，教授，我儿子毫发无损健康地来到这个世界上，我已满足了，失去一个眼睛，值！

在我感叹崇拜这位母亲伟大之际，她又说出了一句更让我终生难忘的话：教授，您要帮我保护好这只健康的眼睛，我不想因我失明而影响和拖累我的儿子。

无语，还是无语，再富有内涵、再华丽的语言赞叹母性的伟大都显得苍白无力！我当时最希望做的一件事情就是等她儿子长大懂事的时候告诉他，你的母亲为了你失去了一只眼睛，也同时为了你，她不愿再失去第二只眼睛。我不知道这位儿子会有什么样的感想。如果世人都从中感悟到一点什么，还会出现儿女遗弃父母慢待父母的事情么？

谁言寸草心，报得三春晖！面对这位母亲，我越来越懂得这句诗的含意。在临床诊疗过程中，我也经常看到一些年轻人扶着白发苍苍的母亲、父亲，或是步履蹒跚拄着拐杖的母亲、父亲，不远千里来到重庆请我诊治疾病。从他们身上，我看到了千年中华民族孝敬父母的美德，也看到了中华民族生生不息的根脉所在。但也有令人遗憾，甚至让人心寒的时候。这里再叙述我在门诊时遇到的一位患葡萄膜炎的母亲。

那是3年前的一个秋天，一位老太太从湖北前来重庆找我治病。老人已近70岁，体型发胖，有高血压、冠心病、糖尿病等多种全身性疾病，行动已不大方便。老人的穿着还是相当讲究的，一看即是来自生活富裕的家庭，他的儿子和儿媳妇一起陪老人看病，儿子、儿媳的穿着一看就是非富即贵之人。

老人告诉我，2个月前突然出现头痛，3天后出现双眼红、视物模糊，数天后视力下降至0.05，同时还出现耳鸣、听力下降、脱发。在当地医院治疗1个月无好转，后经多位眼科医生推荐前来重庆找我诊治。

问过病史检查完眼睛后，我确认老人患的是Vogt——小柳原田综合征，它是葡萄膜炎中的一种类型，多发于我国、日本以及美国印第人等。疾病来势凶猛，若得不到及时治疗，病情往往反复发作，最后导致失明，在以往，它通常被认为是不可治愈的疾病。经过我们20多年的研究发现，早期及时正确治疗可阻止疾病发展，并能彻底治愈治病，实际上我们已治愈了数以千计来自全国各地的这样的患者。

在确诊后，我告诉老人及她的儿子，所患疾病是一严重的葡萄膜炎，目前尚有严重的视网膜脱离，不及时治疗恐有终生失明的危险。因老人年事已高且有多种全身性疾病，治疗所用激素和其他免疫抑制剂都可能引起很多副作用，甚至有可能引起生命危险。为了治疗安全起见，建议老人住院治疗，以便及时观察，避免出现明显的药物副作用。

老人的儿子告诉我，他是一个单位的领导，工作很忙，他没时间陪他母亲住在重庆，不管花多少钱都没问题，要开好药、贵药。

我告诉他贵药不一定有用，关键在对症，最重要的是要经过数天治疗观察找到一种既对老人眼病有效又不至于引起严重副作用的治疗方案。

听完我的解释，这位儿子为难地摇了摇头。为了能让老人有好的治疗效果，我进一步向他解释：你可以先回去忙你工作，让你爱人陪老人住院一周即可。我可根据用药反应为她调整剂量后让其带药回去治疗，现在治疗可以获得很好治疗效果，如果错过治疗时机，花再多的钱和时间可能都难以挽救视力。

他儿子告诉我，他是独生子，父亲在他出生后不久即去世了。为了抚养他成人，他母亲自此未再嫁人，在农村土地里刨食供给他上大学。他现在已是一个副处级干部，眼下组织上正在考察提拔他为正处级干部一事。在这节骨眼上不能出任何差错，他一定不能错过这次机会，不要让他母亲失望。

说到这里，我看到他母亲脸上出现一种难以名状的表情，嚅动了几下嘴唇未发出任何声音。

看到这一幕，我心中很不是滋味：你的母亲为了你终生守寡，为了供给你上大学，吃了多少苦受了多少罪，你知道吗？仅仅为了自己升官，就置母亲的眼睛于不顾，你配当干部吗？当你母亲双眼失明后，你不觉得问心有愧吗？对得起自己的良心吗？

医生职业的理性很快冷却我心中的无名之火，面对着这位干部模样神情木然的儿子，我心中涌出的更多的是无奈和惆怅；看着神情黯然的老太太，我心中升起的是怜悯和惋惜。为了能给这位老太太尽量挽救视力，我为她开了小剂量糖皮质激素，未敢使用其他免疫抑制剂，让她回去后一定要定期检测血压、血糖和肝肾功能，并一再嘱咐他儿子1个月后要复诊，尽可能为老太太挽救视力。

不幸的是，这位儿子于3个月后才带他母亲前来复诊，理由还是工作忙，工作离不开他。我为老人检查双眼，发现双眼已无光感、完全失明了，双眼视网膜高度脱离，我无奈地告诉老人和他儿子，老人的眼病已经不需要治疗了（她的视力已无法挽救了），你从此可以安心工作了……。

听完我的话，他那儿子显得双眼目光呆滞，半天说不出话来，同时，老人身子猛然抽了一下，两行眼泪掉落下来……

这一幕，深深地印在我脑海中，时过3年仍不时浮现在我的眼前，仍对老人错失治疗时机而失明表示出极大的惋惜，同时深深地思考着这位儿子行为更深层的社会原因。社会竞争压力的增大、价值观的改变，使我们遇到了新的课题，我们日益虚弱年迈的父母，他们不仅仅需要儿女给提供优越的生活条件，可能更需要我们多抽点时间陪陪他们，为他们洗洗脚、擦擦背、剪剪指甲，在他们口渴时递上一杯热茶，饥饿时端上一碗热汤面，生病时能够静静地守候在床前。再优越的生活条件都是物质层面的，而你陪伴的时间和你的嘘寒问暖则是精神层面的，是有温度的，可以温暖年迈父母孤独的心灵！

　　善待父母吧，因为那是你的责任，是你应尽的义务！赶快孝敬父母吧，因为这是一件刻不容缓的事情，稍有差池，你可能永远后悔莫及！

另一位母亲

写了一位为了避免胎儿受损而在患葡萄膜炎之后拒绝用药的母亲，我想到了5年前我刚来到重庆时遇到的另一位母亲，几年来这位母亲的形象一直在脑海中，留下了挥之不去的永久记忆。

那是在汶川大地震后两个月的一个早上，一位40多岁、面容憔悴但仍透露着干练、刚毅和睿智的母亲，从贵州带着他22岁的儿子前来我的门诊求治。儿子患双眼葡萄膜炎已经1个多月，辗转当地数家医院诊治，双眼病情一直未得到控制，视力仍然在不断下降，经当地医院医生推荐前来我院就诊。

在为她儿子检查完双眼之后，发现他所患的葡萄膜炎不是一般的类型，可能系梅毒感染所致。当时让患者进行梅毒血清学检查和抗HIV抗体（确定艾滋病毒感染的血清学检查），检查结果不幸被我言中，患者确实患的是梅毒性葡萄膜炎，更令人吃惊的是，他同时感染了艾滋病毒。听到这一消息后，这位母亲顿时精神崩溃，失声痛哭……

经过详细询问病史，患者讲述了他感染的过程：在6月份的毕业狂欢晚会上，他们几位同学喝得烂醉，然后发生了不该发生的事情。半个月后出现发热、皮疹，随后出现双眼前黑影，视力下降，虽然经过糖皮质激素等药物治疗，仍无任何疗效。

经过询问，这位母亲把她和她儿子的故事告诉了我。他们生活在贵州的一个小县城里，当地的青山绿水使得这位母亲在18岁时出落成一位如花似玉的姑娘，在高中毕业后进入一家工厂成了一名工人。在众多的追求者中，她选定了在当地税务局工作的一位小伙子结婚，婚后2年生下了这个宝贝儿子。待到儿子1岁多时，其丈夫不幸死于一次车祸。祸不单行，工厂因为经营不善没过多久而倒闭。这位母亲擦干了眼泪，独自承担起了抚养儿子漫长而又艰难的任务。

看到自己儿子一天天长大，她内心充满了希望。这期间她当过月嫂、钟点工、医院的护工。有人劝她再找一个人结婚，不要太辛苦了，但她因担心继父对儿子不好，多次打消了再嫁的念头。把儿子抚养成人、培养成才的信念支撑着她一路走来，多少次为儿子筹集学费她日夜辛劳，多少次看到儿子在学校得到的奖状她喜极而泣。在儿子拿到大学录取通知书那一刻，他与儿子相拥而泣、而笑，母子俩竟一夜没有合眼。

为了给儿子筹集上大学的费用，她东拼西借，为了让儿子不因生活寒酸被别人嘲笑，她竟数次偷着去医院卖血，为儿子买了时尚的衣服和生活用品。生活的磨难使这位母亲过早地有了白发，脸上出现了皱纹。但儿子始终是她的骄傲，对未来的希望和憧憬使这位母亲显得自信而又有活力。街坊邻居也为她有这么一个争气的儿子而感到高兴。

儿子大学毕业的日子一天天临近，这位母亲在一位远房亲戚的帮助下，为儿子在省城贵阳谋到一份工作。一切来得都是那么自然，一切来得又是那么艰难，母亲显得高兴而又惆怅。高兴的

人性之美

是，儿子马上就要工作，可以自食其力，再也不需要母亲日夜操劳为他积攒学费了。在邻居街坊眼中，她有个争气的儿子，她是一位成功的母亲，她的汗水没有白流，所受的艰难困苦得到了回报。惆怅的是，儿子已经长大成人，当年的小鸟已经羽翼丰满，将要拥有自己的事业和天地，就要展翅高飞了。

随着新生活的开始，她多少有些失落，越发感觉到自己也应该换一种生活方式为自己活一下了。恰在这时，她遇到了一位年轻时就钟情于她，后来上了大学并在外地工作的男士。他告诉她，他的夫人已去世多年，他也早已听说了她的不幸故事，因为心中一直想着她，而推掉了别人介绍的多个女性。

她也记起来了，在儿子上大学时她多次收到一位没有署具真实姓名的人的汇款。他思念着她，仍然记着她的青春美丽，仍欣赏她现在隐藏在皱纹里那种自信、幸福和成熟；她感激着他，感激他对自己这么多年的一往情深，感激他对自己最困难时的无私帮助。

当两人的手握在一起的时候，都感受到了对方心跳的加快，都读出了对方眼睛中所表达的爱慕和眷恋。两人商定好在儿子参加工作的那一天告诉他，他的母亲将选择另外一种生活，一种为自己活的生活，一种不要总是让儿子担心和照顾的生活。

儿子的一时糊涂，落下了难以启齿的病痛。我的直觉告诉我，这位母亲承受着她无法承受的巨大痛苦。就在这时，这位母亲瘦弱的身躯突然跪倒在我的面前："教授，求你救救我的孩子！"

我在惊愕中看着这位母亲的眼睛，心里经历着从未有的震撼：那是一个从心底发出的绝望眼神，那是一个极具摄人心魄、极度惊恐的眼神！我相信，在你看到这一表情和眼神时，都会体会到对死亡的恐惧和对生命的渴望。

这位母亲反复央求我，一定要把儿子的病治好！我强打精神扶起她，让她坐下来，缓慢而像是表决心一样告诉她，让她放心，梅毒性葡萄膜炎通过药物治疗可以得到控制，视力可以得到恢复，但艾滋病毒感染目前确实还没有根除的方法，一般在病毒感染后8～10年才会出现症状，也可能到那时已经研制出新的药物和治疗方法。

这位母亲反复询问我，艾滋病发病会出现什么，我也反复避重就轻地告诉她会出现的一些临床表现。最后，她也可能理解了这个病的最终结局，喃喃地说："教授，请你给我儿子先控制梅毒吧，待控制后我就带他到一个深山老林中安居下来，一直在一个与外界隔绝的世界里度过我和我儿子的余生。"听到她的话，我感到非常奇怪，问她为什么要带着儿子到深山老林里度过余生。这位母亲告诉我，他不希望儿子的名誉受到损害。听到这位母亲的回答，我惊愕得说不出话来。

我为她儿子开了药，让他回去治疗，两周后复诊。遗憾的是，后来再也没看到她和她儿子前来复诊。

这位母亲的形象经常浮现在我的脑海中，我也多次站在这位母亲的角度来理解她的态度和答案，有病治病，砸锅卖铁治病都是可以理解的，但这位母亲选择和儿子生活在与外界隔绝的深山老林里了却一生，却始终让我无法理解。也许儿子及儿子的名誉即是她的精神支柱，是她生命的全部！也许这就是母爱，一种伟大的、不可思议的而且完全恰如其分的母爱！

我的母亲

写了"一位母亲""另一位母亲"后，心中一直有一种冲动，要写一篇有关我母亲的文章。我曾数次提笔，但每次一提笔即思绪万千，不知从何处写起，因而不得不将笔搁下。今天坐在飞往美国西雅图的飞机上，我给自己下了死命令，一定要完成这篇文章，一是要了却自己的一个心愿，另一个是为了纪念母亲逝世8周年。

我的家乡在河南省濮阳县。1917年母亲出生于一个贫穷农民家庭，外公是一位老实巴交的农民，守着二亩薄田养活全家，闲时靠做点木工活贴补家里。母亲有一个姐姐，出嫁后育有一男一女，但20多岁即患病身亡。虽然外公家境贫寒，但并不影响外公、外婆对母亲的宠爱。母亲即是在这种既贫困又受宠的环境中长大，并形成了一生吃苦耐劳、勤俭节约、争胜好强、和睦邻里的性格和品质。

在母亲小的时候，还流行缠足的风俗。据母亲回忆，邻家娶了媳妇，闹洞房时总会有一帮小孩起哄要抬新娘的腿看脚，如是大脚则会遭到人们的讥笑，如是小脚则被视为"漂亮"。但母亲从小即有一种叛逆心理，决不缠脚。好在外公、外婆对这个任性的女儿宠爱有加，从不训斥，母亲自然也就成了大脚姑娘，这也为母亲一生勤劳耕作提供了"物质"基础。

母亲大约18岁嫁到杨家与父亲结婚。父亲结婚前曾在奉天张学良东北军中服役，在部队中作马夫。也就是在那个时候，父亲跟着兽医学了点医学知识，加上后来他留意观察，认真学习，天长日久竟然成为一名兽医。临解放时回到家乡，他又学习了一些西医和中医知识，逐渐成为一名乡里郎中，一直悬壶济世30余年，在家乡小有名气。

母亲与父亲结婚后不久，一位与父亲一同在东北服役的同村伙伴随张学良的部队到了陕西，他写信邀父亲赴陕西闯世界。因家中贫穷，父亲不得不离开母亲和刚出生不久的哥哥赴陕西宝鸡工作。母亲守着二亩薄田，辛苦劳作，睦邻乡里，持家有方，生活虽然清贫，但还不至于吃了上顿没下顿。

1942年，家乡遇到大旱，可谓是千里赤地，一片灾荒。母亲领着哥哥到山东、河北沿街乞讨。逃荒要饭路上，经常看到人倒在路旁再也没站起来。母亲领着年幼的哥哥走街串户，要来一点点残羹剩饭就赶快让哥哥吃下。母亲自幼勤快、干练，在要饭的路上，经常帮人家缝补浆洗和做些家务活，以换取少量食物果腹。曾有几次，有几位好心人劝母亲改嫁，免得再流落街头，母亲每次都婉言谢绝。可以想象，在那个饿得人都要吃人的大灾荒中，母亲以一个瘦弱的身躯带着幼小的哥哥竟然挺了过来，不能不说是一个奇迹。在我小时候，我母亲还经常给我开玩笑说，要是娘改嫁了，就没俺二小了（在老家，排行第二通常被称为二小）。自懂事到现在，我一直都在感恩母亲，是她坚韧的性格和品德使我有缘做了她的儿子，她的朴实善良和爱心一直影响着我一生！

　　大约在1946年，母亲和哥哥在我二叔的陪伴下，至陕西宝鸡看望父亲。随后，父亲携全家回到家乡，不久家乡解放，可谓是翻开了新的生活一页。

　　不知是母亲受到外公、外婆从小所谓封建礼仪教育的影响，还是因为父亲是家庭顶梁柱、辛苦劳作撑起这个家的缘故，母亲对父亲那一种感情简直令人难以想象！自懂事时起我就发现，父亲吃的饭与我们家其他人不同。当时农村生活还相当艰苦，但母亲总是给父亲蒸馒头、炒鸡蛋、炒豆腐吃，而母亲和家庭其他成员总是吃窝窝头、咸菜、喝玉米面粥。我和我侄子年龄一样大，刚懂事时我们总是瞪着两眼看着桌子上的馒头。母亲总是对我们两个说，你们俩还小，以后吃好东西的时间长着呢。久而久之，我和侄子吃饭时也不再看饭桌上的馒头、鸡蛋了。有时父亲对母亲说，你也很辛苦，你也吃一些吧。母亲总是说，她不喜欢吃馒头、鸡蛋，她习惯了粗茶淡饭。在我博士毕业后，回家探望母亲，总是劝母亲不要再节省了，儿子可以挣钱，让她过好日子了，但母亲还是什么都不舍得吃。邻居告诉我，母亲去镇上赶集，总是拿5毛钱买两根油条吃，喝点水就回家了。

　　到1999年时，母亲生了一场大病。我在医院陪了她3个星期。从昏迷中醒过来后，她一直处于健忘和脑子不清楚的混沌状态。这时她每天要鸡蛋和肉吃，有时一顿能吃下5-6个鸡蛋。我看着母亲香甜地吃着，心中酸酸的，泪水一直不停地往下流：娘，您受委屈了，一辈子您都以不喜欢吃为理由，把好吃的都给了父亲，在您意识不清楚的时候才还原了人最原始的本性！娘，您好好吃吧，只要想吃，儿子能弄到的，您就尽情吃吧，生活亏欠您太多，儿子亏欠您太多……

自那以后，我就给哥哥交代，只要母亲喜欢吃的东西一定要让她吃够。儿子的这一决定说来也是残酷的，因为母亲当时还有高血糖、高血脂、冠心病等多种疾病。儿子作为医生，不是不知道过多的蛋白、脂肪和糖类对这些疾病的控制是不利的，但我已无法在良心、理智和心灵上作出平衡。我能做到是让母亲享受到她应该享受的东西，要不然我的良心一直会受到谴责，一直会得不到安宁。还好，在良好的治疗和我哥一家人的精心照顾下，母亲在大病之后又活了6年，享年88岁。

母亲没上过一天学，一辈子也不认识自己的名字，更没有写过自己的名字，但她知道，一定要让自己的儿子读书。父亲更是因走南闯北而深知没文化的痛苦和不幸。两位老人省吃俭用，辛苦劳作，一心想的是能把两个儿子培养出来。在父母精心培养下，哥哥师范毕业，成了一名教师。虽然有时父母亲给我讲到供哥哥上学的情况，其中的艰辛我并不能完全理解；但是，我上学的经历使我深深体会到了父母的艰辛和什么是父母之爱！

自我上小学后的近20年那段时间，是我国相对贫穷的时期，特别是农村，农民主要靠土里刨食来生活。我的家乡在豫东北，人多地少，生产队里分的粮食总是不够吃。虽然我在家里是老小，父母疼爱有加，但那种环境还是使我过早地体会到生活的艰辛。父亲在村卫生所上班，每天有10个工分，另外每天补助1毛钱，我家在当时的农村应该是中等偏上的生活水平了。但为了供我上学，父亲从卫生所一回到家里，就换上他的工作装（烂得连叫花子的衣服都不如），下地割草去了，割的草用来喂羊和积肥，积的肥可以换成工分，这样可以多分些粮食。

那个年代虽然流行着"宁要社会主义的草,不要资本主义的苗"的口号,但不知为什么,地里就是没有社会主义的草,庄稼地里尽是资本主义的苗,而这些苗打的粮食并不多,人们总是处于吃不饱的状态。

到了冬天,父母亲如果在夜里听到刮大风,俩人四五点钟就起床,为的是拾树叶。因为一刮风,干树叶即被刮到田地里凹陷的小坑里或路边的沟里,这样就容易捡到树叶,这些树叶同样是用来喂羊和积肥的。穷人的孩子早当家,看到父母亲为供我上学这么辛苦,我在放学后即帮着父母干农活,或割草或捡树叶。直到现在,我一看到路边的青草和大堆的树叶仍有一种格外亲切的感觉。

在上高中时,母亲已50多岁了(母亲40岁生我)。有一次,母亲住到离家有10公里路远的亲戚家中割草,周日我帮着母亲把割的草用架子车拉回家中。我还清楚地记得,那是一个月光皎洁的夜晚,我和母亲拉着草往家里赶。离到家还有一公里路的时候,母亲和我又饿又累,走不了几步就要休息一下。母亲脸上的汗珠大颗大颗滚落下来,我第一次体会到饥饿带来的说不出的感受和恐惧。母亲累得大口大口地喘气,还不时鼓励我:"二小,回到家娘给你做面条。"要知道,那时吃面条对我而言有巨大的诱惑!在那个年代,只有在小麦收割后的一段时间里,才偶尔能吃到面条,吃面条就好像是过春节一样。直到现在,我对吃面条一直情有独钟。

我已不记得那天晚上几时回到家里,我只记得后来那一公里路好长好长,是我一生中走过的最长的路,它让我知道了人生的艰辛与不易,让我学会了感恩!大学毕业后每次回家探亲,都要从那段路上走过，母亲总是早早地在那段路上等着我。走到那段路上，我总是下车步行，陪着母亲慢慢走过那段永远忘不了的小路。那是一段母亲扶我、领我走向人生的路，那一公里崎岖泥泞的小路上洒着母亲的汗水和爱，是母亲带我走向世界舞台的路！后来，当我站在北京东西长安街上，站在巴黎香榭丽舍大道上，站在通往古罗马竞技场的大道上，我就情不自禁地想起母亲，想起那遥远的乡间小路……

母亲去世后，我每次回去上坟祭拜，都要经过那条小路。我总是下车徒步前行，我每次都仿佛看到满头银发的母亲仍然弓着背、弯着腰在拉着装满青草的架子车，伴我前行，给我动力，给我指明方向……

虽然自幼跟随父亲学医，但立志做一名好医生，还是源自母亲。

在我10岁时，父亲就开始教我学医，尽管当时什么都不懂，但一些中药的汤头歌还是背得滚瓜烂熟的。父亲由于年迈（父亲长我50岁），我也早早有了外出帮人打针（注射）的机会。1975年高中毕业，我成了村卫生所的一名编外赤脚医生，每天既要下地劳动，早饭、午饭和晚饭时间又要为群众看病。每到吃饭时，往往有不少患者前来就诊，半夜三更敲门求诊的也不在少数。

母亲是个热心肠人，每有病人前来就诊时，就帮他们拿凳子、倒水和照顾他们。夏天夜里暴雨倾盆，冬天夜里大雪纷飞，有人敲门时也是母亲先起床照应他们。日久天长，母亲的身体渐渐吃不消了，出现了头晕心慌、烦躁失眠等一系列神经官能症的症状。

为了给母亲治病，我陪着母亲先后到濮阳县医院、安阳钢厂医院诊治。后经人介绍电疗对神经官能症可能有很好的效果，我就陪母亲赶到新乡某医院治疗。刚开始电疗时，母亲说没有什么反应，问医生是否是电量小的原因。我清楚地记得那位医生板着面孔，一脸不高兴，不由分说加大了电压和电流量，随即母亲浑身抽搐，差点晕了过去。母亲惊恐地对我说："二小，我不治病了，咱们回家吧。"看到那位医生一脸麻木和冷漠，我气得浑身发抖！那一个画面深深地烙在我的脑海中，直到现在依然那么清晰。那时我虽然没有能力保护我的母亲，为她驱除痛苦，但是我永远记住了患者及家属受到不负责任医生伤害时的痛苦和绝望！

1984年春节，我因报考硕士研究生，未能回家过年。母亲和父亲不知道研究生是干什么的，但他们知道考研究生是要学更多本事，因此特别开心，春节期间二老专门烧香让老天爷保佑我考取研究生。1987年考博士期间，父亲已去世，母亲更不知道博士是怎么回事，但她知道博士是学更多本事的，是要做大学问的，她又专门烧香跪拜，求老天爷保佑我考取博士！

自上大学起，每次回家探亲，母亲总是对我说："二小，你一定要好好学本事，关心病人，咱要做一名好医生。"母亲的话像长夜中的一盏明灯照亮我前进的道路，一直伴我成长，激励我前行！

每当我在实验室夜以继日地进行动物试验的时候，母亲"做一名好医生"的叮嘱像给我注入了活力和激情，疲劳一扫而光，也就有了从早上进实验室到晚上10点才回宿舍的故事；也就有了凌晨一两点骑自行车到10公里外取牛眼，早8点准时做实验的故事；也就有了大年三十晚上做试验到7点的故事；也就有了我领导的团队发表130多篇SCI (美国《科学引文索引》，是国际性的科学领域中的杂志）论文；也就有了我们团队在国际葡萄膜炎团队中发表的SCI论文总数及影响因子均排名第二位的国际地位；也就有了我们获得的国家科技进步二等奖（1项）、国家科技进步三等奖（1项）、省部级一等奖（5项）和省部级二等奖（4项）。每当我在指导学生做实验和为学生修改文章的时候，母亲的话和就医经历又使我真正感到培养一批好医生的重要性和迫切感。每周一次的实验室学术会议，多年来几乎雷打不动地举行，有时甚至开至凌晨1点钟。近20年来，我已培养博士、硕士研究生80多名。不少博士、硕士研究生毕业后工作在北京同仁医院、上海眼耳鼻喉医院、广州中山大学中山眼科中心等大型医院。全国从事葡萄膜炎的眼科医生多出自杨氏门下，他们已成为我国葡萄膜炎诊断、治疗和研究中的中坚力量。每当我穿上白大衣坐在诊室为患者看病的时候，母亲的话使我理解了做一名医生沉甸甸的责任。不管患者来自城市还是农村，不管是富裕还是贫穷，我都一一悉心诊治，从不敢懈怠和疏忽，用心和生命为患者挽救视力、治愈疾病已成为自己人生永恒的信念和目标！

　　有人问我："杨教授你每次门诊都从早上8点看到晚上9点、10点，甚至看到凌晨一两点，你累不累呀？"不累是假的，但为了让患者早日恢复光明，为了给患者节省时间和费用，让患者能赶上第二天早上的火车或飞机，还有为了母亲"做一名好医生"的教导，我心甘情愿去做，无怨无悔地去做！我曾在我写的第三本葡萄膜炎专著（《葡萄膜炎诊断与治疗》，254万字，人民卫生出版社，2009年）的前言中写道：我的生命已经不属于我自己，它属于广大葡萄膜炎患者，属于千千万万病人朋友！

　　当我获得亚太眼内炎症学会杰出成就奖、全国模范教师、全国五一劳动奖章、全国医德楷模、全国十佳优秀科技工作者提名奖、全国优秀科技工作者、全国卫生系统先进工作者、卫生部突出贡献专家、中美眼科学会金钥匙奖、中华眼科杰出成就奖和重庆市科技突出贡献奖时，当我被选为国际眼炎症学会执行理事、亚太眼内炎症学会执行理事、国际白塞病学会理事、国际葡萄膜炎研究组成员、国务院学位委员会第五、六届学科评议组成员、教育部长江学者特聘教授、重庆市两江学者特聘教授、十八大党代表时，当我一次次走向领奖台的时候，当我一次次走向国际讲台向全世界介绍我们研究成果的时候，我总会在心中默默念道：母亲，您让儿子成为一名好医生的愿望正在逐渐实现，您的教导将永远是我前行的动力，永远……

母亲，您安息吧！

我的父亲

纪念母亲的文章《我的母亲》一文被《芳草·潮》刊用后，很多同事读后深受感动，鼓励我写一篇纪念父亲的文章。父亲的一生虽然平凡，但对我的成长以及人生道路的选择起到了关键作用。今年是父亲离开我30周年，我心中从未间断过对他的思念，现草拟一文，以示对父亲的纪念和缅怀。

父亲杨公讳风阁，字岐山、殿臣，生于河南省濮阳县城西西郭村一个贫苦农民家庭。

因家庭贫穷，父亲只在基督教的学校读过几年书，认识了几个字，这为日后学医和行医奠定了基础。

祖父杨秀廷为人憨厚、老实，常受他人欺负，在父亲幼小的心灵上留下了挥之不去的阴影。为了改变贫穷、受人欺负的状况，父亲13岁时便与一位邻居（也是13岁）一起出走闯关东了。到沈阳后，在东北军讲武堂谋到伙夫一职。在此期间，他利用业余时间参加了讲武堂组织的文化学习班，学到了一些文化知识和兽医知识，后又在张学良部队谋到马夫一职。随着东北的沦陷，父亲又到一家纱厂做工。父亲心灵手巧，织的提花毛毯很受老板赏识，工资也较一般人高。当手头有些积蓄时，即回到家乡为祖

021

父母分担生活负担，在此期间与母亲结婚。

没过多久，原东北军的一位好友在河北涿州开了一间诊所，邀父亲一起经营，父亲欣然前往。在此期间，父亲曾为当地富商郝永阁的女儿治好了重病，一时声名远播、门庭若市。

随着日本势力伸向河北，1936年秋，父亲去西北投奔原东北军一位老上级，在一军医医院当看护班长（相当于护士长），驻扎在甘肃平凉一带。随着东北军的瓦解，父亲辗转至陕西宝鸡，在社会上做一些零工，后在渭河边上种地，闲时上山砍柴，拉到山下去卖，以维持生计。

由于父亲懂些兽医知识，经一位朋友介绍，到宝鸡花纱布管理局运输队当兽医班长，常年往返于宝鸡和四川之间。由于公司经营不善，致使大批棉纱、布匹腐烂在仓库里。当时正值抗日时期，军民缺衣少穿，大量棉布腐烂激起民愤。当局为平民愤就解散了花纱布管理局。父亲带领工人向当局要求补发抗战时扣下的部分工资和福利，而当局以涉嫌共产党的罪名将父亲拘留月余，后查无证据，又放了出来。

1946年春天，母亲带着哥哥去宝鸡投奔父亲，同年8月父亲带着母亲、哥哥回到家乡濮阳县。1948年，父亲被选为扫除文盲教师，1950年加入濮阳县卫生协会。1955年，父亲与卫生协会另外4位会员一起筹建了王助乡卫生院。1961年，因历史不清白（指在东北军当过兵）而被乡卫生院解雇，随后在农村当乡村医生，直到1984年去世。

父亲走南闯北20多年，打过小工、做过学徒、当过兵，深深体会到没有文化的痛苦，所以下决心要将哥哥和我培养成才。在父母的辛勤培养下，哥哥在上世纪50年代初毕业于濮阳师范学校，后成为一名国家教师。由于历史的变迁，他曾中断过教师工作，在改革开放以后，有幸重新回到教师队伍，直到退休。

如果说对哥哥的培养，父母历尽了千辛万苦，那么对我的培养简直可以说是倾注了全部心血。父亲在50岁时才有了我，老来得儿，倍加宠爱。在我记忆中，父亲从未吵过我一句，更不要说打我了。为了供我上学，年迈的父亲经历了难以想象的艰辛。在我上初中时，父亲已60多岁了。当时哥哥已失去工作，分家另过，有一个侄子也在上学，生活也不宽裕，不能帮助父亲，所以供我上学的重担全部压在了父亲的肩上。

父亲是位乡村医生，每天在卫生所上班，为了能挣到更多工分和在生产队分到更多的钱和粮食，当时唯一的办法是喂几只羊，多积农家肥，以多换取些工分。要喂羊、多积肥的唯一办法是多割草，因此，一从卫生所下班回来，他即换上比乞丐穿的还要破烂的衣服下地割草。

记得在我上初中时，有个星期天，我与父亲拉着架子车到离家有15里路的沙林中割草。时值三伏天，骄阳似火，我和父亲光着膀子在太阳下不停地割草，脸上和背上的汗珠在太阳下闪闪发光。待到休息时，我发现父亲背上结出了一层白色的东西。当时我感到很奇怪，就问父亲那是什么，父亲对我说那是汗水中盐分沉积而成。

我不知道流多少汗水才能在背上结下一层盐，望着满脸皱纹、苍老的父亲，我当时不知道说什么才好。父亲缓缓地对我说："要想有收获，就得付出汗水，用自己汗水换回来的东西才会感觉踏实。"父亲的话简单而又朴实，深深地印在了我的心里，对我以后踏踏实实做学问、老老实实做人的性格的形成起到了关键作用。

1971年冬天，在我放学回家的路上，碰到了父亲，从学校到家里有6里路程，我与父亲结伴而行。时值数九寒冬，滴水成冰，寒冷的北风呼呼地刮着，我们并肩行走在傍晚的乡间小路上。父亲是一位爱说爱笑的爽朗之人，那天我感觉到非常奇怪，他与我一起走了很长一段时间都没说话。最后是我打破了沉默。我告诉父亲，快要期末考试了，我复习得还不错。父亲没有接我的话茬，而是问我以后有什么打算。我不知道父亲问我这个问题的意思，就说我还想上学，读高中。

听完我的回答，父亲很长时间都没有出声，大约过了10分钟，父亲叹了口气，说："二小，你读吧，只要你想读，家里就是砸锅卖铁也要供给你。"

虽然当时我才14岁，很多事情不明白，但听到父亲这句话，我明显感到父亲沉重的心事：在当年那个生活贫穷、土里刨食的年代，要供一个学生读高中，对于60多岁高龄的父亲来说，不能不说是一种巨大的压力。后来母亲偷偷地告诉我，父亲那天本来是想告诉我，让我读完初中就回家种地，不要再考高中了，但听说我想上学后，就咬着牙答应了我。回想起来，我真感谢我的父亲，是他那一次决定，使我终于走出农村的家门，领略到世界之大、天地之宽，感受到人生的精彩，也使我有幸与葡萄膜炎结缘，为数以万计来自全国各地、部分来自国外的葡萄膜炎患者服务，为中国葡萄膜炎走向世界贡献出自己的力量。

虽然家里贫穷，但在供我上学方面，父母从来不吝啬。每当我要钱买书本及文具时，父亲常常会给我多一倍的钱，总是害怕我的学习受影响。但他对自己却非常苛刻。父亲有吸烟的习惯，为了省钱，他多次下决心戒烟，但可能是在农村行医加上繁重的体力劳动和供我上学的压力使他身心无法舒缓，烟始终没能戒掉。于是，他每天在卫生所把别人扔在地上的烟头捡回家里，把这些烟头一一剥开，再用纸把那些烟丝卷起来吸。父亲有时给我说："二小，你爹有吸烟这个毛病，想戒也戒不掉，在地上捡烟头，想想都丢人。你以后千万不要吸烟！"

看着父亲在那里剥烟头的无奈表情，我的心在流血，鼻子酸酸的。我曾多次流着泪对父亲说："爹，你就买烟吸吧，我放学后多做点农活，多割点草不就能给你买包烟了吗！"

父亲总是苦笑着对我说："二小，你不知道，以后用钱的地方还多着呢！"实际上，当年我家的生活条件在村里边还算比较好，父亲在卫生所上班，每天有1毛钱的生活补助，当时一包普通的烟也就1毛多，父亲还是买得起的。母亲后来告诉我，父亲总怕他年龄大了，手头没有一点积蓄，如万一有病有灾，那可就麻烦了，我就没办法上学了。听了母亲的话，我明白了，平时很要面子的父亲为了儿子上学，可以将所谓的"面子"和"尊严"全抛在脑后，那一刻我才深深懂得了父爱如山的真正含意。也正是父亲不要吸烟的劝诫，使我坚守住了决不吸烟的原则。

1977年，恢复高考的消息公布后，父亲鼓励我要参加高考。当时我和父亲都在大队卫生所做赤脚医生，父亲已70岁，但为了给我能挤出一点时间复习功课，遇到病人找我来看病时，他就主动要求出诊。记得有一天晚上，父亲感冒了，发着烧，晚上邻村一位群众说他孩子生病了，要我出诊。父亲马上给那个人说："二小感冒了，身体不舒服，我去吧。"当时我一看急了，实际上是父亲感冒了，晚上又下着雨，怎么能让父亲带病走数里路替我出诊呢！我执意要去，可父亲坚决不允许我去。最后，父亲冒着雨，拖着有病的身体跟那个人走了。望着雨中父亲那瘦小的背影，我心里无限感激，泪水不由自主地流了下来。我庆幸遇到了世界上最好的父亲，他没有任何权力，也没有金钱，但是，他用如山的父爱，用生命中仅有的一点点体能在支持着我，在庇佑着我。父爱成为我以后生命和事业的巨大动力，成为我强大的精神支柱。

临近高考，考生要填报考志愿表，并且要经大队、公社两级政审，盖章后才能准予高考。当时我村考大学的有五六个人。大家填过表后没多久，从一位大队干部处得到消息：在我政审表上，父亲一栏内填上了曾当过国民党兵、历史不清等之类的内容。知道这个消息后，父亲非常着急，一大早就去找大队会计（他当时握有公章，拥有盖章定夺的权力），恳求他不要在表上填上这些对考学不利的信息。因为当时"文化大革命"刚过去，左的风气仍然盛行，一个人的家庭背景、父母的历史问题很有可能成为一票否决的因素（事实上，当年一些学生考试成绩不错，就是因为家庭问题而未被录取）。

父亲找到大队会计家里，他家人说他没在家里；又到大队的办公室，也没有找到人；后来把他可能去的地方都找遍了，还是没找到人。临近中午时分，父亲拖着疲惫的身体回到家里，无奈地对我说："大队会计躲起来了。"说着说着，父亲竟失声痛哭起来："二小，爹对不住你！爹的过去影响了你考大学，爹对不住你啊！"

在我的记忆中，父亲是一个坚强的人，从来没掉过眼泪，再苦的日子，遇到再大的困难，有再大的委屈，父亲都乐观面对。但那次父亲想到的是，供给我上学10多年（因文革耽误，我上小学即上了6年多），好不容易有机会可以考大学了，他害怕因为他的过去而使我失去高考机会。从他的痛哭中，我完全理解到父亲心中那种刀割般的痛、悔恨，甚至是负罪的感受！

看着父亲痛苦的样子，我哭着对他说："爹，您别哭了，不能参加高考也没啥大不了的，儿子决不会埋怨您！"说着，我和父亲抱在一起，哭作了一团。母亲当时也在一旁不停地抹眼泪劝我说："二小，咱们听天由命吧。"

好在当时公社领导开明，看到一些考生表上填了各种各样所谓的家庭成员的历史问题，马上通知各大队要去掉这些政审中的所谓"不良记录"。说来我也非常幸运，当年如愿以偿考上了河南医学院，成为我村第一位大学生。

几十年过去了，父亲痛哭的那个画面经常浮现在我的面前，它时时告诫我要感恩、要珍惜、要不停地努力，报答父母的养育之恩，报答曾在关键时刻帮我的那些人，回报这片生我养我的土地和这个伟大的国家！

父亲喜欢开玩笑，小时候经常给我开玩笑说："二小，等你长大了，有本事了，坐飞机时，别忘了把我放在一个筐里，吊在飞机尾巴上，在天空中转上几圈。"父亲走南闯北，对飞机早有耳闻，但坐飞机对他来说确是一个梦想。当时我虽然从报纸上看到过飞机的样子，也不知道这辈子能否坐上飞机，但父亲的梦想却深深地植入在我的脑海里，也成了我早年努力学习的动力！

1983年初，大学毕业，我留校在河南医科大学第一附属医院眼科工作。父亲这才松了一口气。适逢对原来医生不公正待遇的平反，父亲与原来几位医生合开的联合诊所得以重新开业。当时父亲虽然已有76岁高龄，但他心情舒畅，工作劲头更大了，家离诊所有六七里路远，他每天早上骑自行车到诊所上班，晚上再骑自行车回到家里。母亲劝他不要那样辛苦了，但父亲是忙了一辈子的人，自是无法闲住，仍然每天早出晚归，自得其乐。

1984年7月30日，那天夜里我做了一个噩梦，梦见父亲突然病重住进了医院。早上醒来，心中甚是惦念，想请假回去看一下父亲，刚好碰到科里工作忙，就准备把工作忙完后再回去探亲。谁知两天后接到家里发来的电报，说父亲急病去世。当我风尘仆仆赶到家里，看到躺在床上再也不能与我说话的老父亲时，我悲痛欲绝，趴在父亲身上哭得死去活来。我反复念叨着："爹，儿子看您来了，您不是说还要等着以后吊在飞机尾巴上转几圈么？眼看就快要实现了，您却走了！"

我真后悔没能在做梦后及时回家探亲，这成为我终生遗憾，终生无法释怀，伴随我一生的痛！

父亲离开已近30年了。30年中，时常想起父亲的教导："二小，咱人穷志不短，一定要争气。"父亲的教诲像长夜中的一盏明灯，一直陪伴着我，照亮我前进的道路。可以告慰父亲的是，儿子没有辜负您的培养和期望，现已成为葡萄膜炎专家，被一位在美国工作近30年的华人教授誉为是真正把中国葡萄膜炎推向世界的中国专家。每当坐在飞机上去世界各地进行学术交流的时候，我就想到了父亲当年给我说的笑话：在飞机尾巴上吊着，在空中转上几圈。想到这里，我心里即有一阵长痛：爹，儿子惭愧，没有帮您实现这个梦想，如有来生，儿子一定让您如愿以偿！

每次回家探亲时，我都会来到父亲的坟前，给父亲聊上一会儿。另外一个不可缺少的事情是，我带上几条烟，长跪在坟前，默默地将香烟点燃，看着它冒出缕缕青烟……

　　我自言自语说："爹，香烟您收到了吗？快抽完时，请您给儿子托个梦，儿子给您买，希望您在天堂里再也不缺烟抽……"

一对希望夫妻

今天，这对夫妻又按时来看我门诊了，男的30多岁，患白塞病已10多年，双眼无光感已5年了，每年都会从湖南到重庆复诊两次。每次都是他太太陪着他来复诊，夫妻俩每次来都显得很轻松，好像病不是生在他们身上，好像双目失明与他们无关一样。

说起白塞病，我要先给大家介绍一下基本情况。"白塞病"在英文中叫Behcet disease，也有人把它叫作"毕夏病"，多发生于日本、中国及中东一些国家。由于此病多发于古代丝绸之路穿过的国家，所以又被称为"丝绸之路病"。

这个病可是一个很严重的疾病，多发生于中青年，病人往往全身多个系统受累，在眼睛可引起葡萄膜炎、视网膜炎、前房积脓等改变；在口腔引起复发性口腔溃疡，一些病人的口腔溃疡相当严重，可同时出现10余个口腔溃疡，痛得不能喝水吃饭，但一般持续1~2周即自行痊愈；在皮肤上可出现多种改变，如结节红斑、毛囊炎、脓肿、溃疡，不少人发生青春期后的痤疮样皮疹，即在青春期后患者面部、颈项、背部出现类似青春痘样的皮疹，有时皮疹可长出脓点，这些皮肤病变往往反复发作；另外一个常见的表现是生殖器周围发生溃疡，溃疡可是单个或多个，可发生于阴茎、阴囊、大小阴唇等部位，为有痛性溃疡，一般持续1~2周即可愈合；在神经系统可出现多种改变，如肢体麻木、偏瘫、癫痫、脑炎等；在消化系统可引起消化道溃疡；在呼吸系统可引起肺血栓性静脉炎；在心血管可引起血管瘤，动脉血管瘤破裂可引起大出血而导致死亡；此外病人还可出现关节炎、附睾炎、血栓性静脉炎、肛门周围脓肿等多种改变。

一般而言，在上述多种系统病变中，眼部病变是最令人头痛的，葡萄膜炎（包括了视网膜炎、视网膜血管炎）往往反复发作，每次发作对视功能都是一次损害，特别是到后期，视网膜血管往往完全闭塞，视网膜发生全层萎缩。病人此时视力严重降低甚至完全丧失，并且是不可逆的视力丧失。目前虽然有多种药物（如糖皮质激素、环孢素、秋水仙碱、环磷酰胺、苯丁酸氮芥等）可用于此病的治疗，但这些药物的作用缺乏恒定性，有些人可能对某种药物有反应，有些人对另外一些药有反应，有些人对多种药都无明显反应。此外，这些药物都有很多副作用，如一些药有肝毒性、肾毒性、神经毒性、心血管毒性，一些药物可引起白细胞减少、贫血，还有一些药物引起男性不育、女性月经不调甚至闭经。激素可引起水牛肩、满月脸、四肢变细、股骨头坏死、血糖升高、胃溃疡穿孔等等。因此医生在为病人治疗时往往非常小心，既要考虑治疗效果，又要尽可能减少药物的副作用。最近国外研制出一些生物制剂，如干扰素α、肿瘤坏死因子的抗体或可溶性受体。但这些生物制剂往往治标不治本，用药后在多数人有立时效果，但当药物作用消失后葡萄膜炎通常又复发，医生和患者均对此既苦恼又无助。因此这种疾病又被称为"眼科中的顽症"和"硬骨头"。

记得有一次，一位年轻患者在患病一个月时找我就诊，我反复告诫他这种病的后果非常严重。开始他不以为然，不按时吃药，不到1个月内葡萄膜炎复发了3次，并且每一次都比前次重得多，这时他着急了，急急匆匆又赶来请我诊治。他问我他患的这种眼病究竟有多么严重，我告诉他，此病可以严重到把你的工作变为别人的工作，把你的老婆变为别人的老婆。听到我的解释，他才真正意识到此病的严重性，以后按医嘱定期复查，经过2年多治疗，疾病得到治愈，双眼视力恢复到1.0。

转了一大圈，言归正传，开头出现的那对夫妻每次前来就诊，都会使我由衷感动和有心灵震撼的感觉，这是因为夫妻两人成就了一段凄美动人的故事。

病人姓王，他的妻子姓张，二人出生在湘西一个小山村，从小学到高中一直是同班同学。小王的父亲曾是省城一家大医院的一名外科医生，在"文化大革命"中被打成反动学术权威下放到老家接受改造，在上世纪80年代初被平反，后因身体原因未返回原来的省城医院，就近到了当地一家镇医院工作。由于国家补偿了一笔钱，所以小王家境还算殷实。可小张家有一个弟弟和一个妹妹，父亲是一个残疾人，整个家庭全靠母亲一人用瘦小的肩膀支撑着，可想而知生活得相当艰难。

自幼聪明漂亮懂事的小张经常放学后帮妈妈干农活，深得母亲的疼爱。在学校，小张聪明好学，学习成绩在班里总是数一数二，老师总是夸小张是个好苗子，以后大有希望。同桌的小王虽然聪明，但很顽皮，上课时总是搞点小动作，因此经常被老师点名批评和罚站。

小王对小张都有一种说不出的感情，经常像大哥哥一样护着小张。有一次在放学的路上，有几个社会上的小混混缠着小张不放，小王挺身而出，像小说里的英雄救美人一样，不知从哪里来了那么大劲，一下子把比他高半头的一个小混混摔倒在地，打得那人鼻青脸肿，其他几人吓得落荒而逃。自此以后，小王自愿当起了护花使者，处处照顾小张，小张在学习上处处帮助小王，一来二去，完全像小说中描述的那样，在繁忙紧张的学习生活中，俩人逐渐有了一天不见面即有想念对方的感觉。

中考那年，俩人同时考进了县重点高中，俩人约定在开学那天相伴徒步去20公里外的高中报到。那天早上，小王一大早就在村口等待小张，可等了1个多小时，仍不见小张的身影。小王急得一口气跑了两公里来到小张家，他看到小张与母亲哭作一团，使他大吃一惊。原来小张的母亲这几天一直到处借钱，为小张筹措学费，无奈东拼西凑，借了多家仍未能凑够学费，懂事的小张怯生生地流着眼泪告诉妈妈她不要再上学了，要帮妈妈干农活，来供给上小学的弟弟和妹妹。母亲心痛又无奈地看着稚嫩又懂事的女儿，不觉泪如泉涌。

小王深深地被这一幕所打动，他跑上去说："阿姨，老师说小张是一棵好苗子，她有上大学的梦想，我要给她希望！"小王急匆匆跑回家中，把小张交不起学费的事情给父亲说了一遍，央求父亲将准备买手扶拖拉机的钱用来支持小张上学。父亲看着儿子，深深地被他打动了，答应了他的要求。这样小张得以顺利地到学校报到。

长大懂事的小张深感学习机会来之不易，更加努力学习。俩人相互鼓励，学习上互相帮助，生活上互相照顾。三年的高中生活一晃而过，功夫不负有心人，小王考上了省城一所大学，小张则考到了省外一所重点大学。小张母亲得知这一喜讯时又喜又愁，喜的是自己女儿争气考上了重点大学，忧的是如何筹措女儿的学费。小王早知道小张母亲的难处，再次央求父亲把准备在县城买房的钱拿出来帮助小张，看到两个孩子都是那么有出息，老人答应了儿子的要求。

在赴外地学校报到的前一天晚上，小王、小张相拥在皎洁的月光下，小王对小张说上学不要太节省，要保重身体，我可以做家教，可以假期打工，支持你上学。小张泪眼朦胧地告诉他："我欠你太多，你两次给我希望，我要一辈子报答你，不管以后多困难，我们都不会放弃两人的约定。"

大学毕业后，小王如愿以偿留在省城一个政府部门工作，小张则放弃了留在一线城市发展的机会回到省城。接下来二人举行了简朴而又隆重的婚礼，在婚礼上小王将一枚戒指戴在小张的手指上，动情地说："你是上帝赐给我的一个礼物，我把你视为我的生命和眼睛，我要用我的全部爱你一生。"小张激动而又沙哑地告诉小王："今日牵手，缘定终生，相互搀扶，永不言弃。"

婚后的日子虽然每天柴米油盐，生活平淡，但二人恩爱有加，生活甜蜜。虽然工资不高，小张还要寄钱给妈妈供弟弟妹妹上学，但相爱的日子使两人品尝到了生活的快乐。结婚一年后，俩人相爱的结晶——女儿出生，给这个小家庭带来了无限的幸福和甜蜜。

甜蜜的日子总是过得很快，一晃3年过去了。突然有一天，这个幸福家庭被病魔击得支离破碎。

一天早晨，小王洗漱完毕正欲早餐，突然发现双眼像蒙了一层纱布一样。又过了两天，他感觉眼前有一黑幕遮挡，随后，他出现了口腔溃疡，小腿上起了多个如钱币大小的红斑，当地医生告诉他，是患了白塞病。医生给他用了大量激素，用药一段时间后，视力好转，但没过一个月，又出现了同样的症状。如此反复发作，一年之中竟发生了10多次，视力从原来的1.0下降到0.1。

突如其来的眼病给这个家庭带来的冲击是前所未有的，整个家被笼罩在一种莫名的恐惧之中。小王性格变得异常暴躁和内向，动辄即发脾气，甚至有时候摔东西，女儿吓得在一旁大哭。这时妻子小张总是默默地一旁流泪，待他发完脾气后，小张总是小心翼翼地收拾打破的东西和地上的碎片。看到这些，小王又忍不住对自己的过错感到自责，抱头痛哭。妻子总是走过来用手轻轻梳理他的头发，让他尽情宣泄心中的郁闷、烦恼和无助。

有一天，他告诉她，他真不想治了，想永远了却心中的痛苦。她告诉他，亲爱的，我们不是约定了再困难也不放弃吗？因为我们爱着对方，因为我们彼此可以给对方永远的希望。他用模糊的双眼凝视着她那含着泪水的双眼，第一次懂得了承诺的庄重含义。他突然感到自己的自私狭隘，愧疚地说："对不起宝贝，我要为你活着，因为你是我的希望，我也是你的希望。"

接下来那段日子，小两口脸上再没有以前的郁闷和痛苦，小张带小王四处求医，听说哪里能治这个病就到那里去治。

后来经人介绍，小张和小王找到了我。我为患者检查后，发现双眼光感、光定位不良（表明视网膜和视神经遭到了严重破坏），双眼眼压高达50mmHg以上，双眼虹膜完全后粘连（房水流出通道阻塞），并且出现了并发性白内障。当时为其诊断为白塞病、并发性白内障和继发性青光眼。

看到眼部这些改变，我无奈地摇了摇头，悄悄地将小张叫到一旁，耐心地给她解释了她先生的病情和无可逆转的结局。听着我的解释，小张泪流满面。她对我说："求求你教授，只要能让我先生恢复视力，我什么都愿意做，愿意献出自己的一个眼球为我先生移植上。"

我无奈地告诉她，目前医学尚不能移植眼球，只能移植角膜来治疗因角膜病而失明的病人。

她一下瘫坐在凳子上。过了好大一会儿，她才回过神来，有气无力地对我说："教授求求你，请你千万不要把这个事实告诉我的先生，我怕他受不了这个打击，我怕这个残酷的疾病击碎他对美好生活的渴望。"她要兑现她的承诺，将成为对方永远的希望，永不言弃！

面对这位女士，我无言以对，只有承诺永远为她先生守着这个秘密，让他们永远生活在希望之中。就这样夫妻两人每年按时前来重庆就诊两次。每次看到这位患者，我都非常认真细致地为他检查，然后给他开些简单的西药和一些调理身体的中药。每次小张都是乐呵呵地牵着小王的手，带着信心而来，又带着希望而归。

在最近一次前来复诊时，小王趁他爱人外出交费之机，从口袋中摸出一个皱巴巴的纸条，上面写着两行字："教授我早知道我的眼睛没有恢复光明的可能，请你不要告诉我太太，我想让她永远生活在希望之中。"看着纸条上的歪歪斜斜的字体，我的眼睛湿了。我为小王失去眼睛而惋惜，也为他遇到这么一位善良的妻子而高兴，更为他们彼此相爱而感动。我深深地祝福他们——永远生活在幸福和希望中的一对夫妻！

师生之情

浅谈"一日为师终生为父"

3年前的秋天，我在郑州参加了张效房教授90寿辰纪念讲座。张教授培养的硕士研究生、博士研究生达近百人之多，他们从祖国的四面八方齐聚郑州，还有全国眼外伤领域的专家学者400多人也参加了这次活动。我有幸作为张效房教授的学生代表在晚会上发言，向老师表达了诚挚的谢意和衷心的祝福：感谢张效房教授在我们攻读硕士、博士期间给予的指导以及在人生路途中所给予的帮助和提携！衷心祝福他身体健康、幸福快乐！最后我还谈了自己的一些感悟：随着年龄的增长、自己带硕士、博士研究生数量的增多和阅历的增加，我深深地体会到了人生有两大幸福——一是人到中年的时候，回到家里能叫一声爹、娘；二是学生们、弟子们在毕业后10年、20年、30年或更长的时间，在工作中或事业上遇到困难或有疑惑时，还有导师为你释疑解惑，为你指点迷津！

我简短的发言赢得了热烈的掌声。会后不少人给我说：杨教授你讲得好，你讲的是"一日为师终生为父"的道理，但如果直白地讲，大家就没有感觉了，甚至还被认为是一种客套。你用这种方式讲出来，有一种亲切感和朴实感，可引起大家内心深处的共鸣和感动。

是啊，我是在讲"一日为师终生为父"，但讲到这句话时到底还能引起多少人的共鸣？忙碌紧张的生活，物欲横流的种种社会现象，喧闹浮躁的各种造星活动，已使人们逐渐麻木了，甚至迷失了方向。人们已经不在意、不想理解或不再深究这句话的真正含意了。

我曾多次在硕士研究生、博士研究生开学典礼上或是研究生毕业典礼上作为教师代表讲话，我多次问学生们一个问题：什么是"一日为师终生为父"？学生们的回答竟是惊人的相似："表达了学生对老师的尊重。"当我再问大家还有什么其他的含意没有时，我看到的是一张张茫然和无辜的脸，没有听到任何进一步的答案。如果我们的学生、老师和社会都是这么肤浅地认识这句话的含意，那么不能不说这是一种悲哀！

"一日为师终生为父"究竟包含了哪些含意呢？根据我做学生和做老师多年的体会和感悟，我认为它包含以下三个方面的含意。

第一层含意是表达了学生对老师的尊重。

虽然父母被称为人生的第一导师，但是实际上真正引导孩子走向知识世界和人生旅途的幼儿园、小学、中学以及大学的老师们扮演着极为重要角色，他们对一个人知识体系的形成、性格的塑造、人文素质的培养、世界观、价值观和人生观的树立，起着不可或缺的作用。硕士研究生导师、博士研究生导师则对学生科研思维训练、研究方法和技巧培养、科研素质的提升、智慧的升华等方面起着关键性作用。总之，老师的人生观、价值观、世界观、工作态度、敬业精神、责任意识、人文及科研素质、思维方式、研究的起点及预见性、科研水平和能力等，对学生的影响是任何其他人所不能比拟的。可以说学生的每一次进步和提升，都凝结着老师的汗水和智慧，也就不难理解学生们为什么把老师当作父亲那样来尊敬，并且是一生的尊敬！

第二层含意是说明了老师的责任。

正所谓天下没有免费的午餐一样，人生也没有免责任的父亲。既然老师被尊为父亲，那么他就不能白当这个父亲，就要履行父亲的责任。我们通常把父母的责任理解为把孩子培养成材，那么老师的责任则应是把学生培养成大写的人、对国家有用的人才、栋梁之材。

每个老师可否想过把你的学生当成自己的孩子进行培养？你是否像对待自己孩子那样在德智体能等方面全方位培养自己的学生？

我们通常把老师比喻成辛勤的园丁，过去我们过多地强调了园丁"浇水施肥"培养幼苗茁壮成长的作用，殊不知，园丁修枝除权的作用不能也不该被忽视。树要开花结果，不但要浇水施肥提供养分，更为重要的是剪枝除权。枣树、苹果树等，如不剪去疯长的枝子，则会出现枝繁叶茂不结果的现象。因此老师在学生们迅速成长的小学、中学和大学时期，如不能用心循循善诱、诲人不倦，帮助他们除去一些恶习或陋习，那就难以把学生培养成大写的人，难以培养出德才兼备、建设祖国的栋梁之材！

作为硕士、博士研究生导师，我始终牢记着自己的责任，学生的父母把他们的孩子托付给了你，学生从祖国各地投奔到你的门下，那就意味着学生的一生都打上了老师的烙印，那是一份沉甸甸的信任，也是你一份实实在在的责任，马马虎虎不负责任是误人子弟！正是记着这份责任，我从来不敢懈怠。

为了提高学生们的知识水平和科研素质，我制定了每周一次的学生汇报会制度，让他们汇报过去一周所查文献、实验进展、实验中出现的问题及原因分析、论文写作情况等，有时会议持续到晚上11点、12点甚至到凌晨1点。十几年来，此种汇报会可以说是雷打不动，对提升学生的科研思维能力、独立解决问题的能力起到了重要作用。

上学期间的严加管教，虽然使学生们心生怨气，他们总是在背后埋怨杨老师的"严厉"和不近人情，总是羡慕有些学生的"自由放羊"，但到SCI论文发表的那一刻，到他们拿着有SCI论文的简历找工作的时候，才理解了杨老师那份苦心，才有了"杨老师好，杨老师亲，杨老师好像亲人解放军"那样的感叹！

作为一名导师，有责任给招收的学生备上足够的食粮——研究经费，以供他们在3年中进行科学研究。因此，大学老师申请科研经费，不单单是为了自己晋升职称，为了自己学术发展，其中更有老师对学生的一份承诺，一种义不容辞的责任。为了给学生备有充裕的科研经费，多年来我从不敢懈怠，写基金的"季节"可谓是年度最痛苦的时候，反复查阅文献，认真构思项目框架，精心设计实验路线，每天何止是披星戴月，常常为解决一个关键问题而彻夜挑灯夜战！由于我们认真用心的准备，更是由于全国眼科同道和相关领域里的专家对我们的支持、鼓励和厚爱，使我们先后获得了国家自然科学基金杰出青年基金、面上基金（5项）、国家自然科学基金创新群体项目、国家自然科学基金重点项目（2项）、国家自然科学基金重大国际合作项目（2项）、科技部十一五支撑计划、教育部跨世纪人才基金、广东省科技计划项目、广东省自然科学基金研究团队项目、重庆市重大基础研究项目等。这些经费可以使学生们能够安心地进行科学实验，把他们的能量、聪明才智全部发挥出来。

作为导师，还应该有能力把学生们所做的实验结果发表到高水平的杂志上去。3年的研究生学习，如果说核心任务是培养和提升素质的话，那么如何进行科学研究设计、实施以及科技论文发表则是实施这一目标的具体体现。这一过程中每一环节的把握、指导则是对导师的最基本要求。目前国家已投入大量的科研经费，中国科技走向世界已是我们这一代人的历史使命，把科研成果发表在国际有影响力的杂志上已成为中国科技走向世界的重要标志之一，因此，语言水平和外语表达能力也是导师指导学生的重要能力之一，也是体现老师责任的一个重要方面。

第三层意思是指学生的权利。

我给硕士、博士研究生讲课时曾说到这个含意，学生们都有些吃惊，从来没想到自己上学还有什么权利！

做子女的对父母是有要求的，比如你有让父母关心、培养和供你上学的权利。学生既然可以称老师为父亲，岂有无要求和权利之理？根据我的体会，学生有以下权利：你有使用老师提供科研平台的权利，有要求导师很好培养和支持你的权利，有利用老师隐形影响力（软实力）的权利，还有在科学研究中与老师平等讨论并指出老师观点不对甚至错误的权利。

实际上老师的科研实力、研究水平、人脉关系、学术影响力等，都是你应该"享有"的。这种"享有"有时还是终生的。有时候人们会说，"他（她）是谁的学生"，这么一句话你可解读出一大串的意思，有时这么一句话可能成为影响你登上某个台阶的关键因素。如何正确使用老师的这一切，有很多学问，尊敬老师恐怕是最大的学问了。

有些硕士、博士研究生到毕业的时候还不知道可以享有老师所有的平台和影响力，稀里糊涂地度过了3年宝贵的时光，不知道如何最大限度地使用老师的科研经费，不知道如何将老师身上的"宝"挖出来供自己使用，毕业后也不知道或不能正确使用老师的平台和影响力，为你自己的事业提供助推力，不能不说这是一件非常可惜的事情。

老师，特别是好的老师，是你一生的财富。你不知道如何运用这笔财富，则是你自己的问题了。

也谈尊敬老师

2013年教师节前两天，我接到我的一位刚毕业的博士研究生杨艳的一条信息："杨老师，我给您寄了一个特快专递，请注意查收。教师节马上就要到了，祝老师您节日快乐！"当时我想，可能是教师节寄个贺卡或月饼茶叶之类的，就随便给她回了个信息以表示感谢。

第二天我即收到了特快专递公司的快件，我打开信封，发现里边有两个小信封。一个小信封里有一叠钱，其中还附了杨艳八月份的工资单，清楚地记录着工资、补贴共1970.2元钱。另一个小信封里是一封信，信是这样写的：

尊敬的杨老师：

您好！

毕业答辩一别已三月，我到湘雅二院上班也一月有余了。刚到一个新的环境，面对的都是陌生的人和事，原本不知所措的我更显仓皇。还记得那天给您发短信告诉您我的长沙手机号码，看到您回复的短信让我好好干的时候，不争气的眼泪我还是没能忍住！杨老师，不是我太脆弱，而是想起了在重庆的日子，您谆谆教导的场面一幕幕在我眼前闪现。在这里，我不再是一个可以无知无畏的学生，我的身份转变成了科室的一名员工；在这里，我不能像以往一样，想着搞不定的难事就找杨老师，因为您远在千里之外；当看到别的同事有事可以找自己导师商量的时候，我心中的失落感更重了！杨老师，在您门下求学这几年，我对您的敬重，可能平时表现出的是对您的畏惧，因为您的气场太强大，害怕触犯了您而不敢靠近。而今，毕业离开了您的庇护，才知道师生情是割舍不断的情谊，才明白了"一日为师终生为父"的恩重如山！

　　杨老师，原来作为无知的学生，我曾不懂事地暗地里埋怨您太严厉，甚至有过要退学的想法，当然这事您不知道。直到我找工作的时候，我才明白您的良苦用心，我才真正理解了您原来跟我们讲的"小白兔毕业论文"的故事。我本渺小如沧海一粟，农村的父母没法给我提供优越的生活条件，找工作的时候也没法给我提供支持。但是，我找工作时，却收到了大学附属医院伸出的橄榄枝。我知道，他们看中我的这些，都是您给的。因为我是您的学生，因为有您的推荐，因为在您的指导下做的工作。我只是那柔弱的"小白兔"，但是因为您的培养与教导，我不仅顺利地完成了我的"毕业论文"，也顺利地找到了工作。这一切，都缘于您在我身后做我坚强的后盾！您的强大庇护了我！

　　我曾多次幻想过拿到第一笔工资的时候，会如何支配。我曾想过给父母买件温暖的冬衣，作为他们贴心小棉袄的礼物；我曾想过给自己添置一部手机，或是购买漂亮的衣服作为自己的奖励……但是，当我真正拿到这笔工资的时候，我觉得它应该有更好的去处。

　　杨老师，作为您的学生，我一直只是把对您的感激之情藏在心里，未曾向您表达。临近毕业时，您因为事务繁忙，参加完我的毕业答辩就匆匆离去，我都还没来得及当面向您表达我对您的感激之情。"一日为师终生为父"，如同父母的恩情一样，老师传道授业解惑的恩情也是一辈子都铭记于心的恩情。转眼又快教师节了，再次想起了您往日的教诲！学生远在长沙，不能像其他留在您身边的同门师兄师姐那样为您分担工作，排解忧愁。每想及此，心中充满愧疚。长沙这边是对父母的牵挂，重庆那边则是对杨老师您的挂念！我人生的第一笔收入：1970.2元，虽然不多，但是对我而言有着重要的纪念意义。现在，我把这第一笔收入寄送给您，以表学生对您的感激与尊重之情，希望杨老师您能收下学生这份发自内心的真诚！

　　杨老师，我现在在新的工作岗位，压力不小。但是请您放心，从您门下走出来的学生，受了您这么多年的熏陶，肯定会踏踏实实，勤勤恳恳地做好自己的本职工作，不会让您失望的！无论学生走到哪里，您永远都是我敬爱的导师，您永远是"小白兔"背后强大的后盾支持！杨老师，谢谢您！

　　俗话说"铁打的营盘流水的兵"，我们戏称"铁打的导师流水的学生"。杨老师，为了一批又一批学生的成长，您一直以来都那么辛苦操劳，您辛苦了！真心希望教师节您能给自己放放假，好好休息休息！

　　学生遥祝杨老师教师节快乐！身体健康，诸事顺意！

学生杨艳　敬上
2013年9月2日

我读着这封信，心中有一种久违的感动，最后竟然泪水模糊了视线。

杨艳是2008年我在广州中山大学中山眼科中心招收的最后一位硕士生，当时我已调往重庆医科大学，她上完基础课后即来到重庆做课题，后来因各方面优秀而转为博士研究生。她来自湖南湘西的一个小山村，父母是农民，家里比较穷，从小就养成了吃苦耐劳、勤俭节约、努力学习的好习惯。

也可能与我出身相似的缘故，我深知她父母供她上学的艰难，因此对她期望值也就很高，她自然挨骂的机会也比较多。她有一个好习惯，不管再骂、再吵，也不管我骂的、训的对还是不对，她就是站在那里低着头，默默地接受我的训斥，有时还背过去偷偷抹眼泪。

种瓜得瓜，种豆得豆，辛勤的付出获得了良好的回报，她以第一作者在国际眼科界实验杂志排名第一的Investigative Ophthalmology & Visual Science杂志上发表论文2篇，在另外一个国际著名杂志上发表SCI论文1篇，参与发表的SCI论文有8篇，毕业后顺利进入中南大学湘雅二院工作。

读完她的来信，我的心情久久不能平静，我所做的第一件事就是把钱给她寄了回去，表示这份沉甸甸的心意我领了。

尊师是中华民族的优良传统美德。毛泽东同志在给他老师的信中写到：你是我二十年前的先生，你现在仍然是我的先生，你将来必定还是我的先生。李敖是一位颇具个性的大家，在2005年回到北京见到小学老师时，双膝下跪，以示对老师的尊敬。这一跪跪出了中华民族千年尊师的美德，跪出了人性的光辉，完全颠覆了人们以往对李敖先生的印象。

　　"文化大革命"中打破师道尊严，已使我国传统的尊师美德受到了极大的冲击。近年来随着改革开放，一些西方观念迅速涌入国内，价值观、世界观、人生观的多元化和自我意识的膨胀，尊师的优良传统受到进一步的冲击，师生的关系已经发生严重异化。名目繁多的补习活动已成为部分老师赚取外快的重要手段；部分导师与硕士、博士研究生之间已变成为雇佣关系；一些人读硕士或博士并不是为了学到更多的知识和提升自己的科研水平，而是为了拿到学位和找到工作，因而出现了一些研究生投机取巧、弄虚作假的现象，不尊重老师，甚至欺骗、糊弄或贬低、中伤老师的现象也时有发生。古有"一日为师，终生为父"的优良传统，现在的局面则被人戏称为"没出山门，即打师傅"。

　　也可能不少人认为，在西方，老师和学生是平等的。此话没错，平等是指在人格上的平等，在学术面前的平等，在真理面前的平等，并不是学生不要尊敬老师。我曾在美国一个实验室工作了一段时间，每当教授进到实验室时，所有的博士生、博士后和技术员，不管工作再忙，都站起身来，以示对老师的尊重。我们的学生又如何呢？当你进入实验室时，当你要给学生说话时，有多少学生知道"站起来"这么简单的礼貌呢？

　　确实在教师队伍中有一些不良现象和不正之风，需要认真加强队伍建设、加强师德教育这确实是一个庞大的系统工程。但是，我们并不能因教师队伍中的一些个别现象而忘掉尊师的美德。根据我做学生和做老师多年的体会，我想就学生尊敬老师说几句心里话。

　　（1）尊敬老师是学生应具备的基本道德品质。老师给你传授知识，教你学会做人，给你指出人生的努力方向，送你走向人生和事业的征程，正所谓滴水之恩必当涌泉相报，对于老师为你所做的一切，学生自然应怀有一颗感恩的心，感激和尊重老师。

（2）尊敬老师将会使你受益更多。不论是小学生、中学生还是大学生、研究生，老师总是偏爱那些懂礼貌、知道感恩、听话、努力学习的学生，自然会给这些学生传授更多的知识、技能和智慧，给他们更多的锻炼和提高的机会，给他们更多的批评和指导。很难想象一个老师会喜欢一个不知道尊重他人、夜郎自大、吊儿郎当的学生，很难有一位老师会把自己一生积累的知识、智慧和经验，认真、耐心地传授给这样的学生。

（3）好的导师是学生一辈子的财富。导师几十年的拼搏和努力已积累了丰富的人生和工作经验，也可能有不少失败和教训，这些经验教训将是学生的宝贵财富。当你遇到困难或困惑时，老师的指导会使你少走或不走弯路。另外，老师在专业领域的建树，建立的隐性学术影响力和一系列人脉关系，这都是可供学生受用终生的。在有些场合时常听到某某是某教授学生这样的话。这句话确实值得细细玩味，能够品味出其中意义并能充分利用这一隐形影响力者必将对自己的人生产生重要的助推作用。一些场合老师的一句美言、一次提携，可能使你跨上骏马，飞驰向前，也可能因"无意"中一句话、一个信息使你错失机会，永远登不上那个台阶，永远达不到理想彼岸。说白了，道理就这么简单！请记住，老师是你一辈子的财富，尊敬老师可让你受益终生。

最后以下面一个流行的小白兔的故事结尾。

有一天小白兔在山洞门口打字，来了一只老狐狸，要吃小白兔。小白兔说："等我把我的硕士论文完成以后你再来吃我也不迟。"狐狸问它："你的硕士论文题目是什么？"小白兔说：

"我的硕士论文题目是《小白兔比狐狸强大的原因分析》。"
狐狸一脸狐疑："你怎么可能比我强大？"小白兔说："如果你不相信的话，请跟我到山洞里走一遭。"狐狸跟着小白兔进了山洞，再也没有出来。

第二天小白兔仍在山洞门口打字，来了一只大灰狼，也要吃小白兔。小白兔说："让我把博士论文完成后再吃我也不迟。"大灰狼就问小白兔的毕业论文是什么，小白兔自信地对大灰狼说："我的论文题目是《小白兔比大灰狼强大的原因分析》。"大灰狼一脸不屑："你怎么会比我强大？"小白兔自豪地说："你如果不相信，请跟我到山洞里走一遭。"大灰狼跟着小白兔进了山洞后再也没出来。

在一个风清月高的晚上，小白兔设宴庆祝它顺利获得博士学位。一只小松鼠也来参加这个庆祝会。小松鼠问小白兔："你的博士论文题目是什么？"小白兔自豪地说："我的论文题目是《小白兔比老狐狸和大灰狼强大的原因分析》。"小松鼠也有点不敢相信："你怎么会比它们强大？"小白兔说："跟我到山洞里走一遭你就会明白了。"小松鼠跟着小白兔进了山洞，看到山洞的中央坐着一头狮子，狮子两旁各有一堆白骨。小白兔指着这头狮子对小松鼠说："这是我的导师！"小松鼠恍然大悟，不住地感叹："喔！原来如此！"

故事后附一道习题：小松鼠悟出了什么？

答对者，我相信他（她）一定知道以后如何尊敬老师了，他（她）一定会有辉煌的事业和人生。

改文章的时候是伤感情的时候

老师给学生改文章是天经地义的事情，我作为硕士、博士生导师已有近20年的历史，为学生修改论文成为我生活和工作中的一个主要部分，是我义不容辞的责任。修改论文本来是一件愉快的事情，你可以从中分享到学生们的科研成果，可以感受到学生所付出的辛勤劳动和智慧，感受阅读给你带来的快乐。但常常事与愿违，不知道从什么时候起，我逐渐有了"改文章的时候是伤感情的时候"的感觉。

为了将学生们所做实验结果发表在国际有影响力的杂志上，对他们的论文进行修改和润色是实现这一目的的重要保证。说起来改文章确实是一件不容易的事情：论文题目的斟酌和确定，文章的框架、句子的语法结构、语言的前后表达逻辑关系、数字和图表的表达形式、论点讨论的层次以及标点符号、参考文献的书写格式等，都必须认真用心对待。修改一篇英文的论文，通常需修改5～8遍，更有甚者，我为一个学生的英语论文修改达18遍之多，改到最后，她自己都承认，在最后的版本中已看不到第一个版本的痕迹。

改文章是一个艰苦而又容易令人发脾气、拍桌子的过程。在每次改文章前，我都努力劝告自己要耐心，不要发脾气，怒会伤肝的。实际上在改文章的过程中很少会有不发脾气的时候。莫名其妙的表述、逻辑表达错误、标点符号错误、错别字、讨论中数段反复重复着一件事情之类的错误，常使你心中涌出一股无名之火，更为要命的是，你问他（她）想表达什么意思而得到的是莫名其妙的回答，或者连他（她）自己都不知道要表达什么的时候，往往使我这个没有耐心的老师火冒三丈。我从眼角的余光中可以看到学生站在一旁浑身发抖，好在学生们不跟我一般见识，改完文章之后一顿火锅即烟消云散，有时没有火锅也烟消云散。

有一次，我们请一位美籍华人专家讲SCI论文写作，讲到最后他说不想给学生改文章，众人问他为什么有此想法。他笑了笑，不好意思地说："改文章后有一种想吐、不想吃饭的感觉。"我还曾遇到一位教授，他说给学生改文章有一种生不如死、痛不欲生的感觉！可见改文章是一件多么痛苦的事情啊！我把改文章的感觉总结得相对温和而婉转：有一首歌唱道"夜深人静的时候是想家的时候"，我加了一句话，叫作"改文章的时候是伤感情的时候"。说实话，没有这个伤感情的过程，文章发不到国际有影响力的杂志上，那会更伤感情！也可能是伤一辈子感情！

我有一位学生在第一篇SCI论文发表后给我写了如下感言，她把写文章比喻为分娩过程，有些惟妙惟肖，引人深思。她的感言如下：

（1）"分娩"是生孩子的最后过程，也往往是最痛和最歇斯底里的时刻，在首次分娩者身上往往表现尤为突出——写文章真的很难！

（2）刚出生的婴儿都不是那么好看，有的娃儿还真丑得不能不让人"感叹"——可能不是仅仅导师会看着学生文章的初稿冒火，学生自己可能也早有同感，只是不得不接受"自己"罢了。

（3）对于新生儿，最大的问题是她叽呱乱叫个没完没了，但又不知道她要表达什么，那简直是绝对的费解、凌乱、冗长和闹心——文章初稿也多存在这一明显特点，这可能是最令人头痛的地方。

（4）新生儿的发育潜力是巨大的，成长环境论"英""熊"——炼文章是不容易的，有党，就有希望。（平时我总是给学生灌输一种观点：只要党在，就有希望，有党就有希望。所以他们都知道了党的重要性。）

曾经有不少人问我，杨教授，为什么你们的文章都能发到国际性杂志上？你有什么秘诀？

我的答案是：那是因为我们认真用心去做了这个事情。如果你对你的文章马马虎虎，数据有误，有诸多逻辑错误、语法错误、标点符号错误或图表自相矛盾，审稿人会认真对待一个对自己文章非常马虎的人吗？结果非常简单：退稿。如果你对自己的文章非常认真、严谨，即使实验有些不完善的地方，审稿人往往会认真提出建议和修改意见，使你补充实验、完善论文，帮你把文章发表出来。

有时我在试着理解学生们写科技论文的写作方式，但无论如何都难以理解表达中的词不达意、逻辑的错误、条理的混乱。如果说这些发生在个别学生身上的话还有情可原，但当我发现它是一个普遍现象的时候，即难以理解了。如果说对英语表达方式的不理解或运用不好可能是它不是母语的缘故，但逻辑的错误，句子与句子之间、意群之间的不连贯甚至是莫名其妙，则应归于语言的基本功不扎实，没有到位。现在的应试教育可能忽视了基本功的训练，社会的浮躁和急功近利也难以使人静下心来做学问，因此在硕士、博士研究生论文中出现这些低级错误也是自然的事情了，导师还不得不用给小学生改作文的方式一遍一遍地修改句子、标点符号、语法错误以及常识性错误，这不能不说是一种悲哀。

筑梦圆梦

我的一串梦

无梦想，不人生。

人生每个阶段都有梦，一个个梦串起来就是人生。

我的童年生活艰苦，每天吃的是煮红薯、水煮红薯干、红薯面粉做的窝窝头和红薯面粉做的稀饭。那时总梦想过春节、过中秋节，因为过节可以吃上猪肉和馒头。

小学期间，总是梦想着父母亲能给买件新衣服。记得大约在上小学四年级时，看到一位比我高一年级的同学穿了件毛衣，我羡慕得不得了，心里总梦想着能有件毛衣穿。想了将近一年都没敢对父母说，因为当时家里穷，不敢给父母增加负担。

我记得快到春节了，母亲问我想要点什么，我才给母亲表达了自己的愿望。母亲说："来年春上把家里养的绵羊的毛剪了，纺成线，再找人帮着给你打件毛衣。"

等了10个月左右，我才算如愿以偿地穿上了毛衣（确切地说是毛背心）。那天别提有多高兴了，一连三天睡觉都舍不得脱下来。当时第一次感觉到了有梦想就有希望，实现了梦想就是温暖的。

在高中那个年代，上大学不是通过考试而是靠推荐，因此，那时确切地说连做梦都不敢想上大学的事情。但这并没有阻止我拥有梦想，那时的梦想是要买辆自行车。

我家离我就读的濮阳三中将近30里的路程，每到周日下午就背着一篮子窝窝头徒步去学校，到周六放学后再徒步走回家里。如果是夏天，周三下午放学后还得往家跑，去背窝窝头（天热时仅能背3天的窝窝头，否则会发霉变质）。我的一位同学，其父亲是公社干部，母亲是国家教师，家里经济条件相对好得多，每次都是骑自行车上下学。我们这些坐11路车（徒步行走）的同学，对他羡慕死了。特别是在往学校去的路上，大家都争相巴结他，请他帮着把窝窝头袋子用车子驮到学校。当时他那种神气的样子，我到现在仍然记忆犹新，恨得牙根直痒痒。

于是就有了买辆自行车的梦想。父亲说："好好读书吧，以后会有的。"

我记住了父亲这句话，为了那梦中的自行车而努力学习。由于营养缺乏和过重的学习任务，在上高二时两次扁桃体发炎并化脓，最后不得不手术切除了扁桃体。但不管生活有多么艰苦，只要想到自己的梦想，就有一种说不出来的温暖，就有冲天的学习干劲。虽然在周日和假期都需要帮父母干农活，我没有时间复习功课，但学习成绩总在班里名列前茅，作文一天一篇地写。一次，班主任中午检查我们寝室，看到我吃的是冰冷的红薯干面粉做的窝窝头就咸菜，喝的是白开水，他感到很纳闷，问我："你的学习劲头是从哪里来的?"我回答说，是从窝窝头就咸菜来的，因为当时我真不好意思说是从梦想有辆自行车来的。

高中毕业后回乡务农，后来做了赤脚医生，那时的梦想是成为一个吃国粮的乡村卫生院的医生。

我喜欢文学，高中毕业后曾梦想成为一名作家。但回到农村后，发现这个梦不敢做了，因为首先要解决吃饭问题，没有饭吃，什么梦都没有！

因为从小随父亲学医，再加上在高中毕业的最后4个月（我们应是1974年底高中毕业，后来接上方指示要推迟毕业一个学期，以学习多种专业知识）学了点中西医知识，回乡后就选择了做赤脚医生。当时大队卫生所共有4人，我父亲、另外两位医生和一名会计。进卫生所对我而言还是相当困难的，这主要是因为另外两名医生是父子关系，如果我进入卫生所那就有两对父子医生。在这种情况下，我即做了编外的赤脚医生，边劳动，边看病，也就是在没病人找我看病的时候，就下地干活，有病人找我诊病时就去看病。

说来我还真有些运气和小本事，在不到半年里，我这个编外赤脚医生把方圆几十里远的病人都吸引过来了。从此几乎再无时间下地劳动了。大队干部看到这种情况，认为我这个人还是值得培养的，即送我去县卫生学校学习了一年，回来后即正式进入卫生所，成了编内的赤脚医生。

那时农村的生活条件相当艰苦，诊所的设备相当简陋。幸运的是我不仅治愈了一些农村的常见病、多发病，还治愈了一些曾在县医院、地区医院难以治愈的疑难病例，如顽固性三叉神经痛、精神分裂症、风湿性关节炎等。因此，来找我的病人络绎不绝，可谓是小小年纪饮誉乡里。

作为农村的赤脚医生，每个月都要去一趟卫生院参加防疫会议。卫生院的医生、护士工作环境好多了，夏天有电风扇吹着，冬天房间有煤炉取暖，每天吃的都是馒头、面条，还经常有肉和鸡蛋吃，但诊治的病人并不一定比我多。我看在眼里，痒在心里，梦想着什么时候能上个国家正式的卫校，能做一名吃国粮的、天热能在风扇下面、天冷能在煤炉房间为病人看病的医生。

上大学都是推荐的，招工都是要有门路的。我一介乡村郎中，一无权、二无势、三无钱，但还是梦想着有一天因自己工作努力而被有关部门招收为正式工或合同工。正是这个梦想激发了我极大的工作热情。正像当年《春苗》《红雨》描述的赤脚医生一样，我风里来、雨里去，不管是赤日炎炎的盛夏，还是冰天雪地的寒冬，走街串户、送医上门，赢得了患者的赞誉和贫下中农（当时都是这样称呼的）的爱戴。在我上大学后不久，河南日报以《不畏艰辛，苦学苦钻》为题报道了我在家乡为群众治病的事迹，应属当年梦想所结出的小小硕果。

1976年粉碎了"四人帮"，1977年恢复了高考，我顺利考入了河南医学院（即后来的河南医科大学、现在的郑州大学）。我想成为吃国粮医生的梦想得以实现。这次圆梦使我认识到，个人梦想的实现仅仅靠个人的努力是不行的，它与时代变革、祖国命运是密切相关的。从此以后，我将自己的梦想、个人的命运完全系在了祖国和时代飞速前进的列车上。

当我跨入大学校门时，母亲的治病经历（详见《我的母亲》一文）和父母的叮嘱使我又做起了"做一名好医生"的梦。这个梦足够大，成了我一生的追求。在此后的追梦路上，点点滴滴的泪水和汗水构成了无数小梦，像江河奔流中的浪花朵朵，见证了大浪淘沙和两岸青山巍峨；像春风荡漾田野中的小草和野花，见证了春晖的温暖和春雨的润物无声。追梦路上有痛苦也有欢乐，有阴雨雾霾也有风和日丽。现记录几个小梦与大家分享。

大学毕业后，留校在河南医科大学附属第一医院眼科工作，看到一些医生要考硕士研究生，也看到自己知识的不足，心中不免痒痒起来，就做起了考研梦。1984年顺利考上了河南医科大学眼科的研究生，3年学习和工作，紧张而又愉快，漫长而又短暂。

1987年顺利拿到硕士学位。在临近毕业时，去广州参加了第一届全国眼免疫学术会议，其间参观了中山医科大学中山眼科中心，陡然发现外边的世界很大、天地很宽，也就萌生了要考博士研究生的念头。还算走运，当年我顺利考上了中山眼科中心的博士研究生，于1990年获得了医学哲学博士学位，并留在中山眼科中心工作。博士研究生期间，导师毛文书教授为我选定了葡萄膜炎这一研究方向。从此，在这个领域一直耕耘，不管什么诱惑、什么困难、什么风雨都没有改变我的初衷和研究方向。

第一次听说出国留洋（出国留学）大约是在10岁左右。我父亲解放前曾走南闯北，知道不少新鲜事。他告诉我，解放前有一些从国外留洋回来的人，可神气了，做了很多大事！当时，我对出国留学没有任何印象，那时只知道美国、法国、英国等资本主义国家都是暗无天日，老百姓都吃不饱、穿不暖，生活在水深火热之中。考上大学后才知道，我们学的很多现代医学知识都来源于西方国家，领导医学发展潮流的也都是这些国家。再看到一些早年留学国外，改革开放后回国讲学的华侨教授、学者，他们在讲堂上侃侃而谈、风光无限，心中别提有多羡慕了！大学毕业后，以及后来攻读硕士、博士研究生那几年，正是出国很热的年代，很多家庭省吃俭用、千方百计供孩子考托福，以争取出国的机会。很多大学生、硕士研究生、博士研究生可以说削尖了脑袋想往国外跑。我的一位研究生同学，每当谈起出国留学一事时，眼中马上流露出向往和兴奋的光芒。他甚至说，如能到美国留学，就是娶个美国老太太做老婆都行！还有人幻想着，有人出国留学时，把自己装在人家行李箱中带去也行。可见那个年代出国已成为很多人梦寐以求的事情。

我也未能免俗，攻读硕士研究生、博士研究生学位期间也就随着大家一起做起了出国留学梦。为了给实现这个梦想打下良好的基础，我钻进实验室里做实验，通常是早上7点多进入实验室，到晚上10点多才回到宿舍。实验室几乎成了自己的家，老鼠成了每天的陪伴。

博士毕业后，为了获得更多的知识和信息，我就千方百计"讨好"图书馆的管理人员，希望在图书馆晚上关门后，她们能给我钥匙，让我能继续呆在图书馆查找资料。后来她们看我几乎每天晚上和周末都在图书馆看书或查找资料，也可能感到我这个人不会偷拿图书和资料，就把我作为图书馆管理人员，要我与她们一起排班、值班。这样一来为我读书、查找资料提供了极大的方便。在硕士、博士研究生期间，我还自学了德语、法语、日语等多门外语。虽然不能口头交流，但可以借助字典阅读和查找相关的资料。可以说这段经历及读书的积累，使我在葡萄膜炎书本层面与国际上最新的研究水平保持"同步"，为实现出国留学梦和在国外真正实现科学研究之目的奠定了坚实的基础。

1992年我有幸被推荐并获准参加了卫生部组织的出国留学人员的水平考试。顺利通过考试后，又在四川外语学院参加了出国前外语培训。1994年8月，作为国家公费、公派留学人员，我第一次走出国门，来到郁金香的国度荷兰国家眼科研究所进行为期一年的科学研究。

刚到国外，看到什么都是新鲜的，连高速路两旁的隔音墙都不知道是怎么回事，见到的华人要么是当地华侨，要么是从香港出来旅游的。从大陆来的学生时不时小聚一下，每人做个家乡小菜，以解乡愁。为了省钱，坐地铁到阿姆斯特丹市中央车站附近一家摩洛哥人开的长途电话站（当时一般国际长途电话费每分钟约4~5个荷兰盾，在摩洛哥人开的店中不到2个荷兰盾）往家里打电话，也是为了省钱，留学生互相理发，有一次我给一位同学理发，竟把他的头发剪得凹一块凸一块，最后他不得不去理发店再修理一次。

简单、枯燥的留学生活，给了我充沛的时间能够安心地进行科学实验，也学习到了外国专家严谨、认真的科研态度及科研理念。经过一年的辛勤劳动，我在国外著名的杂志上发表了3篇论文，回国后又将国外实验的部分结果整理了一下，在国内期刊上发表了2篇论文。

第一次出国开阔了眼界，锻炼和提升了我的科研素质。从此以后，随着祖国经济的迅速发展，出国进行合作研究和学术交流已成为简单和平常的事情。我后来还3次到荷兰进行合作研究，又到美国进行了为期半年的合作研究，还多次受邀参加世界各地的学术会议，多次邀请外宾到国内讲学和进行科研合作。近年来，老外每次来国内访问都有不同的感受，按他们的话说是到中国开眼界、看新奇事物来了。

国外的留学经历，为如何将中国葡萄膜炎研究推向世界打开了思路，提供了可能性。在第一次留学回国后，即做起了这个梦。

当时我充分利用我国葡萄膜炎患者量多的优势，在短短的两年时间，总结出了我国葡萄膜炎临床特点和进展规律，出版了60多万字的《葡萄膜炎》专著，随后开展了以我方为主导的国际合作研究。此外，适逢我国经济发展的大好时机，我努力申请各类研究基金，先后获得了国家杰出青年基金、国家自然科学基金创新群体项目、教育部长江学者奖励计划、国家自然科学基金重大国际合作项目、国家自然科学基金重点项目等一系列标志性项目，又先后独立完成了两本葡萄膜炎专著（近400万字），发表了一批有影响力的研究论文，使我国葡萄膜炎临床诊断和发病机制的研究走向了世界。

近年来，在国内眼科同道的大力支持和帮助下，在重庆医科大学及附属第一医院党政领导的支持和帮助下，在全体眼科同道的共同努力下，我们团队在SCI杂志上发表了130多篇论文。近5年在国际该领域发表的论文数量及影响因子已居第二位。在国内以大会主席身份先后组织举办了四届国际葡萄膜炎会议，美国、欧洲、日本等国际葡萄膜炎领域的不少著名专家前来参加会议，我也有幸被选为国际上四个与葡萄膜炎相关组织的执行理事、理事或成员，初步实现了中国葡萄膜炎走向世界、走到国际前列的梦想。

正所谓"革命尚未成功，同志仍需努力"，"做一名好医生"的梦想已与我生命结缘，是我一辈子的追求。在过去近30年中，它给我力量、给我方向，今后这个梦想还会一如既往地给我支撑，激励我一路前行。

有梦想的人生是温暖的人生，
有梦想，你就不会寂寞孤单，
有梦想，你就不会停滞不前，
有梦想，就有明天的阳光灿烂，
有梦想，现在就启航、扬帆……

追梦路上

去年，习近平总书记提出"中国梦"，号召全国人民为实现中华民族的伟大复兴的梦想而奋斗。结合自己的人生经历，我想与大家分享在追梦路上的一些感悟，愿大家在追梦路上神采飞扬、一路欢歌。

一、梦想是催人奋进的目标

梦想就是使你在人生道路上乐此不疲地追逐，愿意为它付出汗水和泪水，并且从不后悔的那一个个目标。也有人说，梦想就是让你感到坚持就是幸福和温暖的东西。还有人说过梦想是一个遥不可及、不让自己停步的理由；梦想是沙漠中的一泓甘泉，让疲惫的行者看到生的希望；梦想是连接你和成功的轨道。

有人说过，一个人什么都可以没有，但是不能没有梦。说得太好了。你可以没有工作，没有饭吃，但不能没有梦；只要有梦，就有希望，就有动力，就有方向，就有未来。一个人如果没有梦，那才是真正的穷困潦倒，才是真正的无可救药。

英国有一个人叫斯尔曼，自幼腿部有残疾，在10多岁时其父母去登山，临走时告诉他，如果他们不能回来，希望他以后能登上世界上所有的高山。那次登山真的出了意外，父母再也没有回来。但斯尔曼记住了父母的话，19岁登上了喜马拉雅山，21岁登上了阿尔卑斯山，22岁登上了南非的乞力马扎罗山，28岁前他登上了世界上所有的高山。这个时候他自杀了，在他遗书中写道，他的人生目标已经实现，他活着已经没有意义。

这个故事给我们两个重要启示，一是人生要有梦想，要有追逐的目标，梦想的力量是无穷的，斯尔曼的腿部残疾，并没有影响他把世界所有的高山踩在脚下；第二个启示是，在人生道路上还应不断地提升自己的目标，当现有目标实现后，还应确定新的目标，只有这样你才会永不懈怠，永远充满活力，斗志昂扬！

二、人生应有正确的目标、切合实际的梦想

一个人的梦想是一个人的追求，体现着他对家庭、事业、人生、社会及生他养他的这块土地的真情、眷恋和责任，因此人的目标应该是有格调的、负责任的和远大的。战争年代，无数有志之士为了新中国的建立这个伟大目标，抛头颅洒热血，众多的科学家如钱学森、李四光等为了祖国的强大呕心沥血，成就了他们光辉灿烂的一生。梦想有多远，就能走多远，目标有多高，就能翻多高的山峰。

梦想是在劳动中实现的，不流汗水的梦，不付出艰辛劳动的梦，仅在床上做不付诸实施的梦，那叫南柯一梦、痴人说梦。

几年前有一位兰州女孩，她的梦想是见到刘德华。到香港见到了刘德华还不过瘾，她父亲跳海自杀，在遗书中写道，还要他

女儿与刘德华单独会面一个半小时。这样的目标岂止是毫无意义，简直是害人，将人引上歧途！

三、确定梦想的几点体会

实现梦想就必须要选定正确的目标。何谓正确的目标？不同人可能有不同的答案，在我看来正确的目标就是适合你自己，经过努力可以实现，并且有益于人生、社会、他人的梦想；否则再崇高的目标，再理想的目标，再宏伟的目标也都是海市蜃楼、空中楼阁。

（一）要发现自己的天赋，并将其与梦想联系在一起。

每个人都有自己的天赋，如果将你的天赋与目标结合在一起，与你的事业结合在一起，那么理想即容易实现，目标将容易达到。如果你的天赋与你的理想不一致，与你的事业不一致，那么即使你花费再大的力气，作出再大的牺牲，也很难实现你的理想，至少说很难完美地达到你设定的目标。

你的天赋是唱歌，那么你就不要去跳舞，你的天赋是跳舞，那么你就不要去写诗，如果你的天赋是写诗，你就不要去做医生。也可能有人说，我是天才，我是全才，什么都可以。不可否认，世界上可能有这样的人，但这样的人毕竟是凤毛麟角，即使你是全才，如果没有专一方向，也很难在多个方面都达到炉火纯青的地步。

每个人的天赋都是在生命过程中逐渐显现的，在这一过程中应当不断感悟，不断发现，及时修正自己的目标和方向，这样才有可能达到理想的彼岸，才能将自己人生能量的利用达到最大化，才会有人生的巅峰。

孙中山、鲁迅、郭沫若原来都是学医的，后来都改行了，这一改改出了一个大总统、两个大文豪。促使他们改行的原因有很多种，天赋、特长恐怕也是重要因素之一，试想如果他们三位都循着医学道路走下去，很难说能取得像大总统、大文豪那样的成就。因此当你发现从事的专业、所走的道路与你的天赋不相符时，请你不要犹豫，马上修正自己的方向，改变自己的道路。这一转变说不定会造就一个伟大的政治家、一个大文豪、一个大科学家、一个大艺术家！该转行不转行，该修正目标不修正，对个人来说是一种悲哀，对社会、对人类而言，说不定是一个损失、一个遗憾！

（二）要知道自己需要什么。

花花世界，诱惑太多，在人生道路上不少人因为各种各样的诱惑而不断努力去争取、去得到一些无用的东西，不但消耗了自己的能量，还可能误入歧途，这不能不说是人生的一大遗憾。

有一首歌叫《老鼠爱大米》，为什么老鼠最爱大米不爱钻石？难道钻石不比大米珍贵吗？钻石是比大米珍贵，但是，对老鼠而言大米有用，钻石毫无用处。人类要比老鼠聪明得多，但有时我们弄不清楚我们真正需要什么。看到别人去争去抢时，也不管对他有用还是没用，就跟着去抢，说来是挺愚蠢的。我有一位师兄，在改革开放初期去上海出差，碰到一家商店在卖降价的鞋子，鞋子又时尚、又便宜，很多人争着、抢着去买，他费了好大力气也去买了一双，回到家里，发现两只都是左脚穿的鞋，当时他就气晕了。

（三）确定目标后要有只追一只羊的精神。

非洲大草原上，狮子在抓捕羚羊前，它要小心翼翼地靠近羊群，仔细寻找并锁定目标，在追逐的过程中，不管其他羚羊离它有多近，它始终不会改变目标，因为它知道，如果不停地变换目标，它会被活活累死而追不到一只羚羊。

人类应该比狮子聪明得多，但在人生道路上，有些人并没有狮子聪明，看到别人下海经商，不管是否适合自己，也跟着下海经商，最后被碰得头破血流，血本无归。在科学研究上，有些人看到某一领域成了热点即凑上去，不管是否是适合自己从事的专业，再有了新的热点时，又改变方向。人生短暂，怎能经得起这样的折腾，变来变去，最后迷失自我，迷失方向，一事无成！

4年前《健康报》在"人物"专栏以《杨培增，此生只追一只羊》为题报道了我在葡萄膜炎领域所取得的一些成就。如果说我们取得的算是一点点成就的话，那应归功于我只追了葡萄膜炎这一只"羊"。

在攻读博士学位期间，导师毛文书教授为我选定了葡萄膜炎这个研究方向。葡萄膜炎是一类病因和类型非常复杂的疾病，也是最容易致盲的眼病之一，我国有葡萄膜炎患者至少300万，该领域当时是眼科最薄弱的一个专业，由于众多原因，不少医生对其望而却步。

从导师为我选定这一方向开始，我就坚定地在这条道路上走了下去。不管有多苦多累，不管遇到什么困难和挫折，不管受到什么样的诱惑，从来没有离开过这个领域。在我从事这个专业开始的那几年，总有一些好心的朋友劝我搞点实惠的专业，但一想到那么多病人需要救治，想到那么多医院需要葡萄膜炎专科医生，我就放弃了改变方向的念头。

27年过去了，我与我的团队以及全国眼免疫学组和有关专家共同努力，我国葡萄膜炎的诊断和治疗水平获得了显著提高，在葡萄膜炎免疫和遗传发病机制方面已处于国际先进水平。我的团队已在国际SCI杂志上发表了130多篇论文，还获得了两项国家科技进步奖、五项省部级一等奖、四项省部级二等奖，我完成了3本葡萄膜炎专著（460万字，人民卫生出版社）。我的亲身经历使我体会到了有目标的温暖，"只追一只羊"使我实现了人生价值，为我圆了做一名好医生的梦想。

（四）要一生努力，坚持不懈。

要想实现自己的梦想，不但要有"只追一只羊"的精神，还应该一生都要努力，不得懈怠！

"只追一只羊"，说的是在综合各种条件的基础上，深思熟虑后确定出自己的专业、研究领域和方向，在以后的道路上不要见异思迁，不要轻易改变方向。如果说"只追一只羊"，为实现梦想提供了重要基础和可能性，那么一生努力、坚持不懈将是实现梦想的重要保证。

科技发展日新月异，如果要跟踪国际前沿，做出具有国际前缘水平的研究成果，就必须一生努力学习新知识，勤奋工作，进行创新研究。

我在给研究生讲课时讲到努力学习知识的重要性，曾说了下面一段话，虽然有开玩笑的味道，但仔细玩味，却能给人以启发。英国有个伟大哲学家培根说过，知识就是力量，中国有个小眼科医生培增说过，知识改变命运，何以见得？以下故事可以回答：有一位算命先生为一个人算命，他说你这个人的命好，20岁上大学，25岁结婚，30岁时家庭事业一帆风顺。这个人说，你算得不对，我现在已经30多岁了，博士学位都拿到了，工作还没着落，女朋友还不知道在哪里。算命先生笑了笑对他说，你验证了杨培增说的那句话，知识改变命运在你身上体现出来了。

知识是会改变命运的，实现梦想是需要一生努力的，只要你确定了正确的人生目标，用生命托起美好的梦想，用智慧和汗水浇灌梦想之花，你一定会领略到梦想给你带来的巅峰体验，让你感受到生命色彩的斑斓。

　　追梦路上　有你有我
　　追梦路上　你追我赶
　　追梦路上　汗水闪烁
　　追梦路上　欢歌一片
　　……

人生感悟

医生能用什么拯救你

最近，我的一位博士生告诉我，他大学毕业轮转实习时，经常听到有的医生对病人说："我用心给你治病。"但是，什么叫用心治病？他对此百思不得其解。他说在临床上每天看到的是医生用药物和手术给病人治病，何来用心治病这一说？难道"用心"真能治病吗？医生到底能用什么来拯救病人？

要弄清楚这些问题，必须首先弄清楚医学的本质。医学毫无疑问是一门自然科学，它研究的是各种病因引起机体的病理、生理改变以及如何驱除疾病和恢复健康等问题。但是，疾病发生在人的身上，疾病的发生、发展，对治疗的反应及转归又受人的心理、精神、年龄、性别、体质、经济条件、社会地位等诸多因素的影响。可见，医学本身在某种程度上有强烈的社会属性。因此，医者仁术即是对这种社会属性的一种精辟的概括。

综上所述，医学是自然科学和人文科学的结合。自然科学需要理性思维和逻辑判断，需要相对机械的和固定的处理方式，换句通俗话来讲是"急不得"或是以"按部就班"的方式来进行处理。而人文科学的属性又要求我们不能生搬硬套，要摒弃冰冷的、循规蹈矩的处理方式，即平常我们所说的要急病人所急、想病人所想——要有足够的热情、用手摸得着的温度。想想做医生太难了——两方面都要硬，一方面要能够安静坐下来，像化学家、物理学家那样，进行理性分析、逻辑判断并作出科学的结论；另一方面又要像一个社会学家、心理学家、哲学家那样，充分了解他研究对象的心理活动和情感诉求以及这些因素对疾病发生、发展及预后的影响。通过上述分析也就不难理解，医生治病不单单是用药物而且还应该用其他方式来治疗这一问题了。

那么医生到底能用什么治病，拿什么来拯救我们的病人呢？笔者根据40多年（自10岁开始学医、行医）的体会总结出治疗疾病有4个层次，即用药物、手术刀和器械为患者治病，用脑子为患者治病，用心为患者治病和用生命为患者治病。

一、用药物、手术刀和器械为病人治病

用药物、手术刀和器械为患者治病是任何人都可理解的。前面谈到，疾病所引起的病理、生理改变，需要药物治疗，如感染引起的肺炎、心血管改变引起的血压升高、细胞的恶性无序增生所致的肿瘤等等，都需要药物治疗或手术治疗。此种治疗是最基本的治疗疾病的方法，是治疗疾病的第一个层次，它主要基于对疾病的自然属性的判断，是医生对所学知识的实际应用。

二、用脑子为病人治病

治疗疾病的第二个层次是用脑子为患者治病，简单来说是医生对疾病自然属性的理性思考和科学判断。这就要求医生能够熟

练掌握疾病发生、发展的规律和各种各样的治疗方法，医生能够在疾病自然属性层面上把握应该使用什么方法治疗，不应该使用什么方法治疗这一基本的治疗常识。

三、用心为病人治病

治疗疾病的第三个层次是用心为患者治病。用心治病在临床上被许多医生广泛使用，病人听了这句话也往往感到十分高兴。但什么叫用心治病？用心治病包括什么含义？这些并不是每位医生都能说清楚的。

经过长期临床观察和感悟，我对用心治病提出如下解读：它实际上包含了三层含义，即技术、责任和智慧。

用心治病必须有好的技术和本领，此是用心治病的第一基本要义。没有好的技术和本领，给患者正确的治疗就无从谈起，焉能谈到用心治病？这一基本要义说起来简单，但对医生而言却是一件非常不容易的事情。虽然医生治病救人的理论和技术是通过书本然后通过实践中得来的，但新技术、新方法、新知识的快速涌现，要求医生不断学习，要求医生一生都要努力学习，与时俱进，不断更新自己的知识，潜心于治疗、实践和临床研究中，不断提升自己的专业技术水平和能力。

用心治病的第二个含义是责任。为患者祛除疾病、解除痛苦是医生的天职，救死扶伤是医生义不容辞的责任，有了强烈的责任心，才能及时和认真处理患者的各种问题。

目前社会上对医生诉病最多的是冷冰冰的面孔，缺乏应有的热情和温度，由此即认为医生缺乏责任心。笔者在此想就责任心和服务态度多说几句。责任心不完全等于好的服务态度，医生强烈的责任心不能被简单理解为是"想病人所想，急病人所急"，"把患者当亲人"之类的表面现象。责任心实质上是一种爱，强烈的责任心是一种大爱和至爱。父母对儿女的爱表现在提供力所能及的条件和环境将他们培养成材，没有人怀疑父母因孩子成绩不好责骂和打孩子是一种爱的表现（虽然此种方法并不为人所称道）。正如前面所述一样，医学从某种意义上而言是一种自然科学，理性思维是对医生最基本的要求，没有理性思维的人很难说是一名好医生。中国古代有一句话叫作"医不自治"，说的是医生自己有病或家人有病时，往往要请其他医生为其治疗，目的是怕情感因素影响了对疾病的判断和治疗。再如在抢救病人时，医生不能像家人一样陷于恐慌和忙乱之中，恰恰相反，有强烈责任心的医生应是临阵不乱，淡定从容，能够排除各种情绪的干扰，把挽救患者的生命视为义不容辞的责任，理性科学地对病情的现状、进展及各种凶险因素作出及时科学的判断和合理的治疗，救病人于死亡之边缘。

医生的责任有时是一个眼神，使患者家属在绝望中看到希望；有时是一句话，使患者及家属放下心中久久悬着的一块石头；有时是将听诊器用手暖热后再放在患者的胸部，是用手摸一下患者发热的前额，使患者感到温暖和亲切；有时又是一个动作，使心理处于几乎崩溃的患者和家属得到信心、动力和能量。

在医院工作的同志经常会看到，假日期间全国人民团圆之际，医生仍工作在病房中、在手术台上，病房的呼叫使医生放下刚端起的饭碗，急匆匆赶到病人床前，在接到父母病危后仍坚持把急需救治的患者推上手术台，这就是医生的责任，就是大爱和至爱，真正的以病人为中心！

上面所说这些并不表示笔者认同医生冰冷的面孔。恰恰相反，一个有强烈的责任心的医生，应是在责任和爱的驱动下，将人性关怀和科学理性完美地结合在一起，使其升华至艺术层面。其实，单纯让医生改善服务态度和微笑服务，那太简单了！商场、宾馆的服务员都可以做到，对医生而言简直算不上是鸡毛蒜皮的事。可是让医生一生努力学习新知识，不断提高诊断和治疗水平，不断强化责任意识，那才是对他们最高的也是最难的要求。大家可以想象一下，一位医生对一个多次复诊、病情始终没有好转的病人总是微笑，病人会有什么反应？恐怕他/她会责怪这位医生："我这么痛苦，你笑什么笑！"

上面责任的含义说得太多了，有点冲淡主题的感觉，但笔者只是想通过这些叙述让大众真正体会到什么样的医生才算具有责任心和爱的情怀。

下面谈谈用心治病的第三个含义，那就是智慧。

智慧这个东西，说起来有点玄乎，因为它与哲学有关。哲学就是研究智慧的学问。那到底什么是哲学？知道这个词已有近50年了，我天生愚钝，虽然有时也在机场等飞机时买一本有关哲学的书，翻上几下，但一直没有搞明白它是咋回事。倒是前段时间偶然听到一"神马"段子，才对哲学有了一点启蒙认识。故事是这样说的：有一位农民的儿子考上了大学，上的是哲学系，他父亲（自然是农民）就问他儿子，你学哲学，给我说一下哲学是什么东西。他儿子从口袋里拿出1元钱（估计农民儿子口袋里的钱也不多），对他爹说，你看这是一元钱，我可以把它说成两元钱，也可以把它说成三元钱。他爹听后恍然大悟："噢，我明白了，你原来学的是抬杠。"抬杠就是哲学！我看了这个段子也有醍醐灌顶之感，一下子明白了：哲学就是让你思考的、争辩的、吵架的，在思辨中你会发现什么是对的，什么是不对的。就医生而言，思辨中你会知道，尽管是同一种病，张三为什么要用这种药物、这种剂量、这种手术方式治疗，而李四为什么用另外的药物、另一种剂量、另外的手术方式来进行治疗。

智慧虽然是看不见摸不着的东西，但在医生处理疾病中却是实实在在存在的，它教你如何透过现象抓住本质，如何从一个细节确定疾病的诊断。

如何从一种现象预知疾病的未来发展和变化，如何根据病人期望值、经济状况、基础疾病等因素制定出适合每个患者的治疗方案，这需要智慧！众所周知，教科书上和众多参考书中都介绍了一种疾病有多种治疗药物，但仅知道这些药物并不意味着你一定会治疗这种疾病。即使你会用这些药物治疗这种疾病了，也不意味着你是一个出色的好医生。智慧不是医生的治疗技术和水平，而是对治疗技术水平的出神入化的应用，是谋略、是眼界，是你对客观世界、对疾病认识的层次、精确度、宽度和厚度的提炼和升华。有一首歌中唱"毛主席用兵真如神"，即是讲的毛主席在军事上的大智慧。

张孝骞、林巧稚、裘法祖、吴阶平等之所以被称为大师、大医和大家，是因为他们不但拥有良好的诊疗技术和本领，更重要的是他们有强烈的责任心和超人的智慧。

四、用生命为病人治病

说到治疗疾病的第四个层次，还有个小故事。有一次我在上海讲课，讲到治病除了前述的三个层次外，还有一个最高的层次，请大家发表意见。有一位老医生站起来说："第四个层次是用中西医结合治疗。"这位老兄说的也没错，当今世界上有两大主流治疗方法，一是流传几千年的中医，另一是以现代科学为标志的西医，二者结合（我认为）起到了互补作用，对一些疾病确实会收到较为理想的治疗效果。

治病的第四个层次是用生命为患者治病。讲得具体一点、通俗一点，即是把为患者治病作为生命中最重要的部分，把自己的生命倾注在为患者治病的事业当中。

我曾看到一个报道说，有一位记者想在吴冠中先生作画时采访他一下。吴冠中先生说不行，记者又问为什么不行。他回答说："我一进画室，脱掉衣服，仅剩一个裤头，8个小时不吃不喝，不上卫生间。"

这是一个什么状态，完全是一种"疯子"的状态，是把自己生命完全融入到绘画事业当中的状态。可想而知，这样状态下完成的作品岂有不流传千古之理！

用生命为患者治病，使我想起了人的3种工作精神：第一种为奉献精神，所谓奉献即要牺牲自己的时间、空间和利益，我们常常在奉献前面加上"无私"两字，但不管怎么加，都有一种非情愿的感觉。因此，笔者认为奉献精神尚是层次不够很高的一种精神。第二种精神为敬业精神，所谓敬业是指把它当作神圣事业，甘愿为它献出自己的一切，包括自己的生命，像革命战争年代的"砍头不要紧"即是这种精神的体现，敬业精神是发自心底的"主动态"。第三种精神是"鸦片精神"，是指工作已完全进入一种生理状态，就像心脏跳动一样、肺在呼吸一样，已成为生命的一种状态、一种常态，也即是指为患者治病成为医生的一种生理需求，将自己生命融入为患者治病的事业之中。由此可以看出这种"鸦片精神"是最厉害的一种工作精神。

用生命为患者治病是一种人生态度，是对患者高度负责、大爱无疆的精神境界，这种境界激励着医生以治病救人为目标，以敬业和"鸦片精神"作为载体，挥洒着人生，成就了众多的医学大师、大医和大家辉煌的人生。

在诊治疾病时医生应该记住的三件事

人患病，特别是患眼病视力严重下降时，心情往往特别糟糕，也特别脆弱，焦虑不安、紧张恐惧、着急是在诊室常见的心理特征。病人千里迢迢找到著名专家，恨不得一下子把心中的问题全部倒出来。实际上，越是著名的专家越没有太多时间给患者解释，这样也会导致病人及家属对专家的不满意，认为这么快就把他们打发走了。病人离开诊室时，仍是满腹狐疑，对自己的病仍是心中没数。在这种情况下，患者对医生治疗的依从性和配合度即会降低，是导致治疗效果不理想的原因之一，也是容易出现医患纠纷的主要原因之一。

如何在短时间内让病人从惊恐中安静下来，如何化解患者的紧张情绪，如何能给患者一个定心丸，使病人有信心坚持用药，很好地配合医生治疗，这确实是每位专家每天都会碰到的问题，也是每位患者及陪伴家属最为关心的问题。

根据40多年的临床体会，笔者认为在接触病人时应做到以下几个方面。

一、要认真、诚恳

患者或其家属在就诊前，往往会通过网络查询或以往医生诊治过程中获取到对疾病的有关知识，虽然他们对这些知识是一知半解，或者是根本就无法理解，但在看到专家后，他们往往会询问有关所患疾病的一些情况。尽管有时医生的解释并不能使他们对所患疾病有更多的了解，但他们仍会把自己的疑问告诉医生。例如，在我门诊时很多病人或家属会问，他（她）所患的葡萄膜炎是怎么引起的？我通常会非常认真地告诉他们，是由于自身免疫反应所引起。很多病人听了之后会满意地点点头：哦，原来是这么回事！实际上我的解释并不能使他（她）理解什么是自身免疫反应，其所患的葡萄膜炎到底是怎么由自身免疫反应引起，也就是说他们还是不知道疾病是怎么引起的。但听了我的回答他们自认为是得到了所要的答案。

从这一例子可以看出，病人或其家属询问时，大多是想知道你医生是否清楚他所患的疾病，而不是他真正想弄清楚这个疾病的病因。当然也有少数病人会刨根问底，想弄清楚到底所患疾病是怎么回事。遇到这种情况，医生应使用非专业术语将疾病给予进一步解释，说到底病人或家属还是想了解医生是否真正懂这个病，是不是真正的专家，因为你给患者解释再多，他（她）都不可能完全弄懂这个疾病是怎么回事。实际上，他们要的是你认真、诚恳的态度。

二、医生要自信，用准确无误的语言将病情告诉病人

在问诊和为病人检查完毕后，医生与病人及病人家属的沟通是传递医生治疗决定和取得病人及家属配合的重要环节。医生与病人及家属交流时应使用自信、明确无误的语言，将疾病的诊断、严重程度、所拟治疗方案的作用及可能出现的副作用、对治疗反应及疾病走向的预测等告诉病人及其家属（当然在某些情况下，出于对患者的保护，有些真实情况不宜告诉患者），而不应使用含含糊糊、模棱两可的语言或易引起歧义的语言。

自信和明确的话语给病人及家属传递的是一种信心、希望和力量，会使他们产生信赖和值得托付的感觉，此时他们会认为找对了医生，也会很好地配合治疗。当然这种自信是源于医生对疾病有一全面和准确的把握，明确的语言不是医生给病人的保证或承诺，也不是医生有意夸大治疗效果或副作用，更不是医生对疾病的预后和后果避重就轻的预测。模糊不清的语言往往传递的是失望、悲观和恐慌，会加重病人及家属对医生的不信任感，会影响病人对疾病治疗的配合。如在介绍用一种免疫抑制剂治疗患者的葡萄膜炎时，我经常告诉患者，你先用这种药物治疗一段时间，多数情况下会有效果，如没有效果或效果不理想时，我再给你更换或加用其他免疫抑制剂。这样患者听后会感觉到他的病是有治愈希望的，这种药物使用后可能会有好的效果，即便这次用药治疗无效时，医生还有办法，还有药物可选。如果我们给患者开了一种药，说你试一下这种药吧，我不敢确定治疗是否有效。这样的表达会使患者产生许多疑虑，他会想，我只是试一下这个药物，是不是我患的病诊断不能确定啊，是不是无药可治了，是

不是医生心中根本没数啊？可想而知，在这样的情况下，患者肯定会有心理负担，也会影响治疗效果。

三、要将用药方式和注意事项给患者讲清楚

不同的药物使用方法有很大不同，多数药物需要一天服用数次，糖皮质激素通常宜每天早晨8点顿服，有些药物需要数天或1周服用一次。眼药水点眼也有很多学问，有些在使用前要用力充分摇匀，有些则直接点眼即可，一些眼药在治疗某些疾病或在疾病某阶段使用时需频繁点眼（如每半小时至1小时点眼一次），有时候则需1天点眼1到2次，或数天点眼一次，使用多种眼药时宜两种眼药水点眼间隔在15分钟（为的是避免将前面眼药水冲洗掉而降低药物作用）以上。此外，点眼时一滴眼药即已足够（一滴眼药水即可充满整个结膜囊，同时点多滴眼药水不但没有必要，还会因连续点眼刺激角膜，使泪液分泌增加，将药物迅速冲走，反而使药物作用减弱）。医生在开药时和药房取药袋上均标明了使用方法，但用药的具体方法必须向病人解释清楚，特别是对从农村来的、文化层次低的病人更应解释清楚，免得错误使用，影响治疗效果或带来不必要的副作用和不良后果。

我大学期间妇产科老师给我们讲了一个听起来滑稽但却是真实的故事：一位农村大嫂就诊妇科，告诉医生她已经生过4个孩子，不想再生孩子了，以前使用的避孕方法是宫内上环，但上环后往往引起子宫大量出血，因此请求医生给她使用其他避孕方法。医生为其开了避孕药膜，并告诉她，在行房事时将药膜放在与鼻子一样硬度的那个东西上即可。过了几个月，这位大嫂又来

找这位医生，告诉医生说，你给我开的避孕药膜一点用都没有，每次行房事时我都把它贴在鼻子上，怎么现在又怀孕了？这个故事给我们很重要的启示：医生在讲解用药或用法时一定要让患者完全了解和明白，否则有可能导致严重甚至是不可挽回的后果。

在开药时另外一个非常重要的事情是要把治疗过程中的注意事项给患者讲清楚。不同药物有不同的副作用，如何让患者配合治疗，并降低药物的副作用或不良事件的发生非常重要。一些药物可引起体位性低血压，在用药时应注意避免猛然站立以防摔倒跌伤，一些药物可引起白细胞、血小板、红细胞减少，在用药期间应定期进行血常规检查，一些药物可引起肝肾功能损害，在用药期间应定期进行肝肾功能检查，有些药物长期使用可引起不育，在用药前和用药后应定期进行精液常规检查，以期早期发现对精子的损伤和及时减药停药，避免引起永久性不育。

几年前，我曾遇到过多例尚未结婚即使用环磷酰胺、苯丁酸氮芥、雷公藤等药物而导致终生不育的患者。一位来自江苏的葡萄膜炎患者，20多岁，尚未结婚，当地医生使用环磷酰胺为其治疗1年，医生从未告诉患者使用的药物可引起不育这个副作用，也未进行过一次精液检查。在我为患者初诊时看到以往用药情况，建议患者立即行精液检查，结果显示无精子！看到这一结果，病人感到非常吃惊和大为恼火，我也很为患者惋惜。实际上医生用一两分钟时间即可把这些药物的副作用解释得清清楚楚，治疗过程中定期随访观察和进行必要的检查，完全可以避免这些副作用的发生。

在临床上为了引起病人重视，我们往往让患者把药物可能引起的副作用、定期进行的随访观察和实验室检查抄写一遍。即使这样，还是有一定数量的病人未定期进行相关检查，可见给患者反复强调注意事项是多么的必要！

综上所述，医生在诊治病人时，正确的沟通和耐心的解释是非常重要的，你与患者的沟通不单单是传递医疗知识、用药方法和注意事项等技术层面的东西，更重要的是你在传递真情、智慧和爱心！

教你如何配合医生治疗

　　今天接诊了一位来自新疆的女性患者，42岁，左眼患葡萄膜炎已有10多年。她自述左眼视力逐渐下降，无眼红、眼痛、畏光流泪等症状。在当地医院、北京多家医院诊治，均被诊断为葡萄膜炎，给予结膜下注射糖皮质激素、口服激素等治疗，无明显效果，最近又被诊断为并发性白内障（葡萄膜炎引起的白内障），已严重影响了视力。在几家医院均因有角膜后沉着物（KP）(由炎症细胞沉积于角膜后表面形成，是葡萄膜炎的一个常见体征)，而不敢为患者进行手术治疗，多个医生建议患者前来重庆找我诊治。

　　患者见到我时，非常着急，在我还没来得及向她询问病情和为她检查时，即一连问了我好多个问题：我的眼睛是咋回事？我有KP怎么办？我现在眼睛看不到了怎么办？能不能手术治疗？我眼睛瞎了怎么办呀？……

　　我告诉她，不要着急，我先要好好检查，弄清楚病情后才能告诉她。

　　在详细询问病史后，为患者进行了详细眼部检查，发现右眼正常，左眼无充血，有少量KP，前房无炎症细胞，虹膜有脱色素，但无后粘连，晶状体基本上全混浊。综合检查结果，将患者所患疾病确诊为Fuchs综合征。

Fuchs综合征是葡萄膜炎中一种独特的类型，虽然被称为炎症，但它与其他类型葡萄膜炎不同，通常不需要治疗，在前房有较多炎症细胞时，可短暂使用激素眼水点眼治疗，此病如引起眼压升高，应使用抗青光眼药物治疗，在出现并发性白内障时，只要患者感到影响生活和学习时，即可考虑进行白内障手术（目前常用的手术方法是白内障超声乳化及人工晶状体植入术），有KP和其他炎症体征并不是手术禁忌症。

我告诉患者，你患的是Fuchs综合征，白内障已严重影响到你的视力，可以考虑手术治疗白内障。

她着急地对我说，很多医生都说我有KP，不能进行白内障手术，手术有没有风险？到底能不能手术啊？

我耐心地告诉她，其他类型葡萄膜炎并发的白内障在有KP时是不能进行手术的，你患的这种葡萄膜炎伴发的白内障在有KP时可以进行手术。

她接着又说，手术有没有危险啊？到底怎么办呀？

我再次耐心地告诉她，在她眼睛上进行白内障手术是相对安全的，一般不会出现并发症。但是，任何手术都有可能出现并发症，不过发生率很低，可能是万分之几，与老年性白内障手术并发症的发生率是相似的，请她不用太担心。

她听完后还是很着急：如果万分之几发生在我身上咋办？我要你保证我百分之百的成功！

我看着这位惊慌失措急得脸上冒汗的患者，还是耐心地告诉她，我们已对数百例Fuchs综合征并发性白内障进行了手术治疗，还没发现1例出现术后严重并发症。我们把实际情况告诉你，给你信心，告诉你手术前后应注意的事项，但我们不能给你百分之百成功的承诺。

听了我的解释后，她仍不放心地问，手术后会不会出问题？出了问题咋办？眼睛会不会瞎掉呀？

看着这位患者的惊恐表情，我知道我遇到麻烦了，我不得不逃跑或举手投降。为了消除她的顾虑，我把一位与她患同样疾病刚做过白内障手术的患者叫了过来，给她介绍他手术后的情况。

这位患者来自哈尔滨，患葡萄膜炎已有5年，在多家医院诊为葡萄膜炎并发白内障，多家医院因有KP存在而不敢为他进行白内障手术。在我们确诊为Fuchs综合征及并发性白内障后，当即建议患者进行白内障超声乳化及人工晶状体植入手术，手术过程顺利，术后眼睛安静，视力恢复至1.0。

这位来自哈尔滨的患者详细给她介绍了他以往就诊的经过和在我院手术效果。但这位来自新疆的患者仍然将信将疑，仍重复地问手术到底安全不安全、出了事咋办这一类问题。

我能说的、该说的全说了，能做的也全做了。在万般无奈的情况下，我建议她与家人商量后再决定吧。

后来这位患者的爱人专门从新疆飞到重庆，在我向他详细介绍了他爱人病情和我们的治疗方法后，他们说回旅馆商量后再告诉我。第二天，他爱人告诉我，他们愿意手术治疗，并愿承担手术可能的风险。

我安排医生为患者顺利做了白内障超声乳化手术，术中植入了一枚人工晶状体，术后患者视力达到1.0。患者及其丈夫自然特别高兴，一再道谢！我说应该感谢你丈夫，要不是他，你永远下不了手术的决心。

这样的患者在门诊遇到的虽然为数不多，但遇到类似（情况没这么严重）的情况还真不少。如果你是一位医生，遇到此类情况你会怎样处理？你会选择以下哪种处理方式：（1）给患者开具治疗方法，患者因多种顾虑不接受治疗，此时耐心地向患者解释：你应该接受这样的治疗方法，否则疾病难以治愈，还可能出现严重的后果，并一再坚持要用此种方法治疗，直到患者同意接受此治疗方案为止；（2）给患者开具治疗方法，并作详细说明，在患者拒绝治疗后即不再说什么，随他的便吧；（3）给患者开具治疗方法后，患者拒绝使用此方法治疗，医生显得很激动，认为自己的好心被当成了驴肝肺，即训斥患者，不理解医生的良苦用心。如果你是一位患者，你会对哪种方式的医生表示赞同呢？

　　由上面这个患者所引出的三种方式，看似是医生应决定的事情，与患者没多大关系，但实际上最有关系的是患者，因为治疗方案决定着患者疾病的走向，是好转还是恶化。因此对这一问题的理性分析将有助于病人及家属的选择及与医生的配合。

　　先看第一种选择，如果是选择第一种，那么可以肯定的是，这个医生是位了不起的医生，不但有高尚的医德、为患者解除痛苦的慈悲情怀，还有着"百折不回"的毅力和不到黄河不死心的耐心和耐力。但是在实际工作中，估计有不少医生并不会选择这种方式，因为在诊疗过程中存在着很多不确定性，即使是一位高明的医生也难以完全预料和掌控治疗中可能出现的种种意外。每个患者都是一个非常复杂的个体，疾病的最终结局虽然与疾病本身有很大关系，但患者的自身因素，如年龄、体质、依从性、原有基础疾病、经济状况、精神心理因素都可能在一定程度上甚至从根本上决定疾病的最终走向。另外，在诊疗过程中一些难以预料的突发事件、意外反应或不可抗拒的事件也可直接影响治疗效果，甚至影响患者的生命。再者，医学尚未发展到可治愈所有疾病和解决所有意外和突发事件的地步。因此，即使经验再丰富的医生也无法给病人一个百分之百的保证。正因为如此，在医生为病人进行手术前或使用目前尚不完全成熟的治疗方法时，都要与患者及家属进行谈话和沟通，让其充分认识治疗的可能效果、并发症、可能带来的风险及注意事项，以期争取得到患者的配合和理解。术前及使用一些特殊治疗方法之前的患者及家属在知情同意书上签字，即是医患双方的一种契约，为的是避免以后可能发生的医疗纠纷。这就不难理解，为什么医生即使在很有把握的情况下也不会一直执拗地要求患者进行某种治疗，因为反复劝说而"迫使"患者进行治疗的可能不良后果是医生所不能承受的，如果治疗后出现了严重的意外或并发症甚至是死亡，虽然多数患者或家属会表示理解，但近年紧张的医患关系及医闹已使医生有些心寒。对于成功率在80%的治疗方案（如手术治疗或药物治疗），医生更不敢一而再、再而三地劝病人接受此种治疗，能做的只是本着治病救人的人道主义精神告诉你可能的治疗效果和可能的副作用或并发症。

第二种情况应是多数医生的选择，从医德方面而言，医生尽到了责任，从技术层面也给你介绍了可能出现的各种情况，算是仁心仁术了。

选择第三种情况的可能是少数，因为医生知道，他们只是有建议权，并不能"强迫"病人接受所拟定的治疗方案。医生发脾气虽然动机是良好的，但良好的动机和感情并不能代替医学中的理性，否则，若出现一些不良反应、副作用和意外的话，医生更是难逃其咎。

经过上面分析，患者应对此心中有数了。病人及家属对治疗可能出现问题的担心是完全可以理解的，但面临着抉择时，你一定要冷静分析，莫要错失良机、延误病情或带来不可挽回的后果。在此，我提出如下建议供大家参考：（1）在诊病前要对所去医院和要找的医生有一个了解，现在在网上都可查到这些信息，通过分析比较要找到"对口"的医生，确定所找到的医生是不是某种疾病领域中真正的专家，网上的信息或在医院的墙上列出很多专家的信息可供参考。一般而言，专家往往是在某一领域中的专家，出了该领域可能仅是一名普通医生，如果是患的青光眼应找青光眼的专家而不是白内障或眼底病的专家；（2）对医生提出的方案作一评估，虽然医生在给你介绍手术方式或治疗方案时会告诉你可能的风险，但从医生的语气、眼神和动作中你会评价出医生对治疗效果的信心。如果医生介绍时模棱两可，显得心中无数的话，你应非常慎重。如果医生心中有数，只是给你介绍可能的意外，你应该尽早做出决定，以免延误病情所带来的后果；（3）如不放心，可询问以往治疗的病人或在网上对拟用治疗方法进行查询，以期对该种治疗方法有一个合理评价。

最后提醒大家的是，网上的信息有时会鱼龙混杂，其中还可能夹杂着一些由于利益驱动而出现的信息，不可不防。

做一名好医生

又是一个金秋10月！10月是收获的季节，春天的播种已结出累累硕果，辛勤汗水的浇灌已收获丰收的喜悦。我们葡萄膜炎团队经过20多年的风风雨雨一路走来，从弱不禁风的一棵小苗长成了一棵树，从Ocular Immunology and Inflammation杂志上的一篇小综述到目前为止的130篇SCI文章；有过苦、有过泪，从未放弃过；彷徨过、沮丧过，从未改变过；穿过风、穿过雨，披荆斩棘一路歌！

回想起来我非常幸运，感谢我的父母让我出生在一个生活贫穷但精神富有的农民家庭，生活的艰辛磨练了我的意志和毅力，父母朴素的教育使我明白了做人的道理，耳闻目睹农民缺医少药的痛苦，铸就了我为之奋斗一生的目标——做一名好医生！

"做一名好医生"在那个年代对一名农村孩子而言简直是一种奢侈的梦想，时代的变革赋予了我希望，"文革"后恢复高考为我打开了成为一名好医生的大门。五年大学寒窗使我真正了解了"一名好医生"的含义：好医生不但要有高超的专业知识，还应有爱、有责任、有智慧，不但要立足于国内，还要能够站在世界的舞台上！

"种瓜得瓜，种豆得豆"，小学一年级课文那直白得再也不能直白的道理一直在引导着我前行。三年的硕士、三年的博士生活既紧张又兴奋，既枯燥又惬意，既痛苦又快乐！我认识到知识的海洋是如此之宽广，实现做一名好医生的目标绝不是一蹴而就！博士毕业后的那段时间里正是处于"文革"后价值趋于多元化的时代，也就是有些人戏称的"造导弹的不如卖茶叶蛋，拿手术刀不如拿剃头刀"的时代。一些朋友曾好心地劝我离开葡萄膜炎这一"贫瘠的"领域，去开发"富饶的"领域。但为葡萄膜炎患者解除痛苦的信念以及做一名好医生的志向使我毅然放弃了转换方向的念头，全身心投入到葡萄膜炎研究之中。多少个日日夜夜，寒来暑往，实验室——门诊——图书馆在不经意间一天天重复着，其间既有百思不得其解之困惑，也有豁然开朗之畅快；既有阴雨灰霾之懊恼，亦有春风拂面之喜悦。面对各种各样葡萄膜炎患者，心中充满的是对生命的敬畏，对患者的感激！是他们的信任使我有幸接触到来自全国各地及部分来自国外的数以万计的患者，使我们拥有了世界上最宝贵的病人资源，从他们身上学会了葡萄膜炎的诊断和治疗；是他们的密切配合使我们不断将葡萄膜炎的研究推至更深层面，将处理、治疗疾病升华至艺术层面、思想层面；是他们的期待激励着我一直不敢懈怠、勇往直前，把中国眼科界曾是最薄弱的葡萄膜炎的治疗推向了国际的最前沿，赢得了世界赞许的目光！

修炼成一名好医生的过程是漫长和艰辛的，好在有许许多多的好人在陪伴着我，他们或使我坚定了信念，或给予了我无私的帮助，或在幕后给予了坚强有力的支持。正是他们的帮助和支持，使我一路前行，虽有泪水、汗水，但不寂寞不失落。我的硕士导师张效房教授那种永不疲倦的工作精神深深地感染着我，博士导师毛文书教授、李绍珍院士严谨的学风和谆谆教诲使我受益终生，不是导师的导师陈家祺教授、罗成仁教授那宽广的胸怀和渊博的学识为我树立了榜样，成为我一生学习的楷模，成为我人生航行中的指路明灯。2008年4月重庆医科大学敞开宽广的胸怀欢迎我的到来，雷寒校长专门画了一个圈，立即解决了眼科学实验室无场地的难题。任国胜院长、傅仲学书记高度重视实验室的建设，院长亲自批示："打破常规，动用一切手段，尽快建成眼科学实验室！"仅用3个月就建成了一个现代化眼科学实验室。黄爱龙副校长、杨竹处长（现已升至副校长）、袁军处长、重庆医科大学附属第一医院的许平书记、高永良副院长、吕富荣副院长、肖明朝副院长、罗天友副院长和胡侦明书记在工作、生活方面给予了无微不至的关怀、支持和帮助。雷博师弟毅然放弃了美国优越的生活和工作条件，不远万里回来帮助我组建科研团队，在幕后做了大量日常却是非常重要的工作。重医附一院眼科的同事们在生活和工作中给予了我兄弟姐妹般的照顾和帮助。重庆市科委、重庆市卫生局、重庆市教委等许多领导在科研及工作上给予我大力支持和帮助，使我们葡萄膜炎研究进入了一个快速发展的轨道，使中国的葡萄膜炎研究跃至国际最前沿。重庆市许多眼科专家和全国其他地方的眼科专家、老师和同道们对我们研究工作给予了宝贵的支持和帮助。出版界的朋友杜贤总编、刘红霞老师在出版葡萄膜炎专著中给予了宝贵的支持和帮助。国际著名眼免疫专家Aize Kijlstra教授自1994年相识和合作以来，以科学家特有的睿智、严谨，执着地支持和帮助着我们，已合作发表了上百篇SCI论文，国际著名风湿病专家、眼科专家James T Rosenbaum

教授，国际著名的免疫学家、眼病理学家陈之昭教授，国际著名的葡萄膜炎专家Shigeaki Ohno教授、Justine Smith教授在长期的葡萄膜炎研究中给予了无私的支持和帮助。特别值得提出的是周红颜、周春江两位女士兢兢业业、任劳任怨，帮我处理了许多繁杂的日常事务，使我能安心进行葡萄膜炎研究，可谓是功不可没！

人生中的一大乐事是有一些很好朋友相伴。值得庆幸的是我遇到了许多值得自豪的朋友，硕士研究生、博士研究生就是这群朋友的杰出代表。他们来自祖国各地，为葡萄膜炎研究付出了辛勤劳动和智慧，贡献了宝贵的青春年华，无怨无悔！是他们的艰辛劳动和卓越的工作成就了一篇又一篇SCI论文，使我一次又一次站到了国际讲台上和领奖台上！他们当中不少人已工作在祖国各地的不同医院，成为我国葡萄膜炎诊治和研究的中坚力量，可以相信，他们的努力将会铸就我国葡萄膜炎研究新的辉煌！我深深地感激他们，也感激所有支持我、帮助我的朋友！他们的努力、支持和帮助使我圆了做一名好医生的梦想！

做一名好医生既是一件崇高的事情，也是一件非常遗憾的事情。这些年来有一件事情一直在折磨着我的心灵：那就是因工作的忙碌很少顾及家人！王蕴慧女士曾给我事业上最大的支持和帮助；国辉夫人无怨无悔地在幕后默默地支持我，家中的事情、两个儿子的事情从没让我操过心，使我能专心致志地投入到葡萄膜炎诊疗和研究之中。我虽然不是一个合格的父亲、一个合格的丈夫，但作为一名合格的医生在某种程度上弥补了我人生的缺憾。《十五的月亮》中唱道："军功章啊，有你的一半也有我的一半。"我经常用这句歌词慰籍我那对家人愧疚又充满感激的心灵！

日月如梭，匆匆50余载，脸上的皱纹记录了日月的印痕，头上的白发告诉我已不是那朝气蓬勃的年龄，但做一名好医生的志向却没有改变！我相信以后也不会改变，为患者解除痛苦、带来光明的信念已深入至骨髓和灵魂深处，做一名好医生实是人生一大快事，善莫大焉！

人生三宝

2013年7月6日，重庆医科大学附属第一医院眼科与白塞病联盟联合举办了首届全国白塞病联盟暨葡萄膜炎之家病友联谊会，在重庆医科大学附属第一医院的大礼堂举行了学术和科普讲座。下午1点半我以"心路·思维·艺术·人生"为题，作了4个小时的讲座。

在心路这一部分里，我主要回顾了自幼研习中医，到考上大学、硕士研究生、博士研究生以及后来致力于葡萄膜炎诊断、治疗以及研究的整个过程，并总结出我人生的三个体会和经验，即感恩、珍惜和坚持。我将它们称为我的"人生三宝"，它们伴随着我一路走来，使我一步一个脚印、一步一个台阶，在人生和事业的舞台上经历了酸甜苦辣，感悟到失败给我带来的财富，领略到成功所带来的喜悦。

一、感 恩

我出生在河南北部一个农民家里，贫穷和艰辛的生活使我过早地懂得了感恩。

我要感谢我的父母对我的养育之恩，感谢爱人和儿子多年的理解和支持，感谢小学、中学、大学老师、研究生导师、博士生导师及许多老师对我的指导、培养和提携，感谢许多亲朋好友、国际友人及合作教授对我工作的支持，也感谢我的硕士研究生、博士研究生在葡萄膜炎研究中的辛勤努力和无私奉献。

更感谢全国各地及部分来自海外的患者对我的信任、理解和支持，从他们身上我学会了葡萄膜炎的所有知识，是他们成就了我的事业。正是这样感恩的心，使我多年来不敢懈怠，老老实实做人，认认真真做学问。对待每个病人，不管是富裕还是贫穷，都一视同仁，关爱有加，用自己的知识、智慧和责任心为他们解除痛苦。每周两天的门诊，通常是从早上8点看到晚上9点、10点，甚至到夜间12点，最晚一次竟是到凌晨2点。

经常有人问我累不累的问题，说实话，不累是假的，但医生为患者祛除病痛的责任感使我感到人生价值所在。每当我穿上白大褂坐在诊室的时候，就好像运动员站在起跑线上，学生坐在高考的考场里，所有的组织和器官都动员起来，高度紧张的大脑活动，使我忘掉了烦恼，忘记了口渴和饥饿，甚至忘掉了上卫生间，有时连续工作8个小时、10个小时，都顾不上喝一口水，顾不上去一次卫生间。

我曾自我调侃地说："上门诊的时候连呼吸的时间都没有。"说得虽然有些夸张，但也的确是事实。我的患者从祖国各地赶到重庆，带着希望和企盼，在短短的就诊时间里要把病人最初发病的情况、最初的诊断、所用药物及用药的反应、病情变化、全身情况和所患基础疾病等弄清楚，并把目前病人的眼部表现、过去用药后的效果及作用搞清楚，确是一件不容易的事情。虽然疾病有普遍性，但每个病人都有其特殊情况，要掌握这些信息并制定出适合每一位病人的治疗方案，绝非轻而易举的事情，需要医生全神贯注，甚至需要他将生命倾注在这一诊治疾病过程中。也正因为如此，每次门诊之后，大脑的兴奋状态需要几个小时才能逐渐退去，绷紧的神经往往需要通过自己努力转移注意力才能舒缓下来。

俗话说，习惯成自然，长年的临床工作已使我自己在意识和身体上都适应了这一状态，正像我在《医生能用什么拯救你》一文中指出的那种已进入了"鸦片精神"状态，也就是这种工作习惯已进入到生理状态，已成为生命的一个重要部分。我曾在我写的第三部葡萄膜炎专著《葡萄膜炎诊断与治疗》一书的序言中写道：我的生命已不属于我自己，它已经属于全国葡萄膜炎患者。看到许多葡萄膜炎患者治疗后恢复光明，想到这么多葡萄膜炎患者惦记着自己，听说不少病人在佛前祈祷保佑自己的时候，我知道了自己的价值所在，更使我懂得了感恩！

一个人能做自己想做的事情是一种幸福，一位有能力的医生能用自己的医术、智慧、爱心和激情为患者看病，那将是最大的幸福！自己虽无惊天动地之举，但每天都在做着治病救人的事情，患者不远千里从祖国各地前来诊治，把眼睛、光明和未来托付给你，那是一种沉甸甸的信任，信任使我懂得了感恩，感恩使我感到幸福和满足！

二、珍 惜

如果说感恩使我懂得了回报，那么，珍惜则是我回报所有帮助我的人、回报社会、回报这个时代、回报生我养我这片热土的最重要的方式。我无数次地告诉自己，要珍惜生命赋予我的每一次苦难和挫折，珍惜上天给予我的每一个机会，珍惜给每个患者治病的机会，珍惜与同事们一起工作的缘分。正是这种珍惜，使我一步一个脚印地走到今天。

我的父亲是位农村医生，早年在张学良东北军中做马夫，后来学了些兽医知识，辗转到陕西宝鸡做兽医，并学了些西医知识，解放前回到家乡做农村医生，为农民诊治疾病。父亲50岁时生我，在我10来岁时就有意识引导我学些西医知识，并鼓励我学习为病人注射的技术。每当夜晚邻近村子有需要注射的任务时，我总是替父亲代劳，再后来父亲在诊病时总是带着我这个"小尾巴"出诊。

我清晰地记得父亲告诉我的话："每个病人都不一样，即使都是感冒的人，病情也会有很大差别，每次看病都是学习的机会，一定要用心学习。"

当时我虽然不能完全明白父亲话的用意，但自那时起就慢慢养成了认真观察患者病情的习惯。

北方冬天天气寒冷，有很多慢性支气管炎的患者，到后来即发展成了肺气肿和肺心病，出现下肢水肿和腹水。病人不能平躺在床上，只能端坐在床上，非常痛苦，这些病人通常需要抗感染、强心、利尿等治疗。用于强心的常用药物是毒毛旋花子苷K，此药的有效剂量和中毒剂量非常接近，如剂量把握不好，很容易出现中毒现象。为了观察药物的疗效和毒副作用，我通常为患者静脉注射此种药物后，就长时间守候在病人床边，不断观察，有时竟是彻夜守候以观察病人的变化。没过多久，我就能根据每位病人的具体情况使用恰到好处的剂量，往往用药数小时后即有大量排尿，1到2天即能够平稳睡下，并不会出现毒副作用。从治疗这些患者中，我逐渐悟出了珍惜每一次诊治疾病和观察疾病机会的重要性。

博士毕业后我留在中山医科大学中山眼科中心工作，当时学校搞了个中青年优秀论文评奖活动，经过报名初选后，对入围者进行答辩，选出一等奖3名，二等奖6名，三等奖9名。中山医科大学是一所久负盛名的医学院校，学科门类齐全，人才济济，要拿到这个奖还真不容易，而一等奖、二等奖对眼科研究生和医生来说更是不容易。当年还没电脑打字，所做幻灯都是手写的。为了争取拿到这个奖项，更确切地说是珍惜这个锻炼、学习、提高的机会，每次我都认真准备，反复修改，有时幻灯稿前后修改10次之多，试讲也不下10次，直到最后自己完全满意为止。在连续参加的4次中青年优秀论文评比中，我两次获得一等奖，两次获得二等奖。当时有人对我说："这个奖不算什么事，你费那么大劲干什么？"我笑了笑，不置可否。实际上4次答辩的准备，已使我在素材的准备、幻灯的制作、演讲的节奏和技巧把握等方面有了很大进步，我尝到了珍惜每一次机会所带来的甜头，也养成了认真严谨的习惯，使我在以后人生中很好地完成了数以百计的大大小小的答辩和演讲，也为我在治病救人和科学研究领域的不断攀登铺平了道路。

记得在2003年，我以课题负责人的身份申请了国家自然科学基金创新群体基金，研究的主要疾病是葡萄膜炎。当时此类项目在生命科学部（包括农业、医学、林业以及涉及所有生命研究的领域）每年仅有5项，医学只是生命科学领域中的一个部分，在医学中眼科比起恶性肿瘤、心脑血管病、肝脏疾病、艾滋病等只能算是"小儿科"，在眼科中葡萄膜炎比起角膜病、青光眼、视网膜疾病等显得有些"微不足道"，因此，要获得该项目的可能性简直是微乎其微！

出人意料的是，我们的项目通过了第一轮评审，接下来是第二轮答辩，要从第一轮胜出的8个项目中淘汰3项，可以说初选的项目个个都是非常强的项目。不得不承认的是，我们团队的基础和实力明显逊于其他团队，因为我们的文章基本是发在眼科SCI杂志上，这些杂志的影响因子（代表杂志的学术影响力）远远低于基础研究以及其他很多学科杂志的影响因子。

珍惜每次机会、不要错过每一次机遇，已成为我人生的信条和做事的基本原则。在接下来准备幻灯的日子里，为了弄清楚每一个问题，我先后查阅了数百篇参考文献，为了修改一张幻灯甚至是一句话，我能花上整个晚上，反复推敲和琢磨，以求把每张幻灯都做到完美和极致。

在最后答辩时，我们的项目顺利通过，获得360万元的资助。会后一位评审专家对我说："你们的团队实力和基础确实比不上有些团队，但你做的幻灯片是一个字不多，一个字不少，你讲的是一个字不多，一个字不少，打动了评委，评委认为把钱给你们是完全可以放心的。"这位专家的话，虽然对我们有褒奖之嫌，但也道出了我们成功获取该项基金的关键所在。

珍惜每一次为患者诊治疾病的机会，是一个医生良好的品质，它已经成为我从医几十年的习惯。

2010年夏天去印度尼西亚的巴厘岛开会，在回来的旅途中可能因吃的食物有问题而出现了腹泻，一天下来没有吃一点东西。回来的当天刚好是我门诊，同事们都劝我把门诊停掉，待病情好转后再出诊。腹泻确实使我浑身酸痛，无一点力气。但当时想到这么多患者坐飞机、坐火车提前一天或几天就到重庆等我出诊了，其中不少的人都买了回程的机票或车票，一些初诊患者在未得到诊治前通常是非常着急的，此外还有一些类型的葡萄膜炎的救治是刻不容缓的，耽误一天就可能失去最佳治疗机会，就可能造成无可挽回的后果。患者把恢复光明的希望寄托在我身上，我只要撑得住就不能让患者错失治疗的时机！那一天我拖着一天未吃东西的虚弱身体，在门诊把将近100个病人全部看完，待到晚上8点我才到急诊科输液。

还有几次因为出差回来时飞机晚点，有时甚至是一夜未睡，门诊当天还是照样出诊，以珍惜每次为患者诊治葡萄膜炎的机会。正是这种珍惜和认真努力的态度，赢得了患者的信任和爱戴。不少患者对我说："找到你为我们诊治，我们就放心了，你就放心大胆治吧，即使在你这里治不好眼睛，瞎掉我们也不后悔了。"

也正是这种信任，使我每天都有如履薄冰之感，唯有珍惜每一次诊治机会，倾尽我全部的技术、爱和智慧，为他们解除痛苦，才能对得起这些患者朋友！

当你每时每刻珍惜每一次机会的时候，实际上珍惜即变成了一种自觉和习惯；在诊治每一位病人时，珍惜每次诊治的机会，也就变成了一种责任和爱。换句话说，为患者解除痛苦的责任感和爱心是由一串串珍惜联系起来的。懂得珍惜才会付出，才会品尝到它带来的硕果，才会感悟到成功的真谛。正是这每天的珍惜，使我在不厌其烦的病史询问中感受到了快乐，在乐此不疲的诊治疾病的过程中感悟到了人生价值所在，使我一点一滴地掌握了葡萄膜炎这一类疾病的临床特征、进展规律、致盲规律和治疗方法，才有了在治疗葡萄膜炎中的那份云淡风轻的淡定和从容……

三、坚　持

有人说过，人的智商大抵相似，唯一不同的是在能否坚持上。此话虽然有些以偏概全的味道，但也不无道理。

我出生在河南农村，当时的农村生活特别艰苦，为了减轻父母的负担，在我小学二、三年级时就帮着家里干活。当时最常做的一件事是放学后下地割草，用来喂羊和积肥。不知道为什么，那个年代庄稼地里、道路两旁就是没草，与我一起去割草的小伙伴到傍晚回家时总是轻松地扛着草篮子回家，而我割的草总是扛不动。这主要是因为他们总是捡大棵草去割，并且是割着草玩着，而我一到地里，不管是大棵草还是小棵草一律都不放过，一刻不停地割。到后来就没有人跟我一起割草了，因为他们父母亲看到他们孩子割的草比我少得多，总会拿我做榜样，训斥他们的孩子。

当时村里人都说我勤快，不偷懒。我也慢慢知道了干活中不偷懒是会有收获的，割草这么一件小事所养成的坚持习惯为我以后工作中的踏实、不懈怠和坚持奠定了良好的基础，更使我受益终生。

在初中时，语文老师郭华民对我写的作文给予了很好的评价，并鼓励我要多写、常写。当时我记住了老师的话，每天一篇作文，可以说是雷打不动。在夏天有很多蚊子，坐在煤油灯下做作业、写作文，双脚常被蚊子叮咬得体无完肤。当时农村无电扇，没有驱蚊药，更没有驱蚊器。为了避免被蚊子叮咬，我想了很多办法，但都不行，最后母亲想到一个办法为我解决了这个问题：她给我准备了一大盆水（盆是土窑烧的，有40多厘米高），让我把脚泡在水里，再猖狂的蚊子也不会咬脚了。正是在这样差的环境下，我创造了每天一篇作文的"神话"，使我的写作水平有了很大提高，为我日后撰写医学专著、中英文科技论文奠定了很好的基础。也正是由于多年坚持养成的习惯和磨炼出的毅力，我独立完成了两本葡萄膜炎著作：《临床葡萄膜炎》（143万字，2004年，人民出版社）、《葡萄膜炎诊断与治疗》（254万字，人民卫生出版社）。主编了《眼科学基础与临床》（杨培增、陈家祺、葛坚、吴德正主编），《葡萄膜炎》（杨培增、李绍珍主编）、卫生部五年制规划教材《眼科学》第七版、第八版（赵堪兴，杨培增主编）等400多万字的教科书和参考书，发表了200多篇医学文章，其中以英文发表在国际性杂志上的有130多篇。

　　我所从事的专业是眼科中一种相对常见的疾病，叫葡萄膜炎。葡萄膜炎是一大类疾病，病因和类型有上百种之多。很多种感染性疾病如梅毒、结核、艾滋病及其他多种病毒感染性疾病都可引起或伴发葡萄膜炎，一些全身性疾病如强直性脊柱炎、炎症性肠道疾病、牛皮癣性关节炎、类风湿性关节炎、系统性红斑狼疮、糖尿病、白癜风、全身性血管炎、白塞病等均可引起或伴发葡萄膜炎。此外，此类疾病多呈慢性或复发性炎症，因此不少患者需长期复诊和治疗。医生要正确诊断和治疗此类疾病，往往需要准确了解它们伴随的全身性疾病、以往眼病发生和复发情况以及治疗用药和效果。

　　在攻读博士学位期间，我发现绝大多数葡萄膜炎患者是在门诊治疗。在中国各级医院中，门诊病历都是病人自己保存的，待下次就诊时由病人把原来的病历拿给医生看，以帮助医生了解以往的诊断和治疗用药情况。实际上，不少病人在治疗随访过程中由于病历丢失、毁坏等多种原因，难以将原有病历带给医生，这就给诊断和治疗及评价治疗效果带来了很大困难。由于病历的缺失、资料的不完整，医生对该类疾病经验总结、诊疗水平的提高也几无可能。因此，在上个世纪八九十年代，我国葡萄膜炎诊治水平还相当落后，可以说是眼科中最薄弱的一个领域。

为了总结经验、提高葡萄膜炎诊治水平，在我攻读博士学位期间，即萌发了保存门诊病人病历的想法。从我博士毕业后第一次门诊开始，我把这些病人的病历写成两份，一份记录病人主诉、主要病史、临床检查结果、所用药物的简单病历，交由病人自己保管；另外一份由我自己保管，在我保管的这份病历中，详细记录了病人第一次发生葡萄膜炎的情况，当时的诊断、以后在其他医院复诊和用药的情况、对用药的反应、药物的副作用、各种辅助检查结果、有无全身性疾病、伴有什么样的全身性疾病、这些全身性疾病与葡萄膜炎之间的关系，等等。

保存病人病历看起来是一件非常简单的事情，但实际上做起来是困难重重。我博士毕业时在业界和患者中尚无知名度，病人依从性是一个不小的问题。另外这类病人流动性特别大，今天看这个医生，明天又看另一位医生。曾经有一位病人告诉我，他患葡萄膜炎后一天曾看了3位教授，在一周内曾就诊了10多位专家。如果我们把门诊病历保存下来，病人就诊其他医生时医生对以往的诊治情况不清楚，不利于患者治疗。再者，保存病历要增加很大负担，特别是在询问病史方面，一个人即可能花去20分钟或半个小时的时间，有时候仅写病史即写满整整一页纸，比常规门诊要多花5倍甚至更多的时间和精力。但是不管困难有多大，只要是对病人有利，对总结经验、提高诊疗效果有利，就一定要排除万难去做，就一定要坚持！

俗话说，一分耕耘一分收获，在我坚持询问病史保存病历不到3年的时间，即把我国常见葡萄膜炎类型及其主要特征搞得一清二楚。病人首诊时，有时问上三两句话，即使没有对患者进行眼部检查，即可大致判断出患者所患的葡萄膜炎类型。可以说这项看似简单的工作，使我对葡萄膜炎的认识、诊断和治疗有了质的飞跃和提高。

随着在业界知名度和在病人中声誉的提高，全国各地前来就诊的患者越来越多，特别是在随后的科研任务日渐繁重及承担了单位的一些行政工作之后，时间显得越来越不够用，但是自幼养成的"坚持"习惯，硬是让我把这项保存病历的工作坚持了下来。近10多年来，我招收了不少硕士研究生和博士研究生，研究生培养的重要一课是问病史和书写病历，虽然此项工作有些枯燥乏味，但就培养一个人的毅力和耐力而言的确是一门很好的课程。现在我每周有两天的门诊时间，一般每天诊治的病人多达100余人次，从早上8点看到夜里9点、10点、11点甚至12点，再忙再累，详细询问病史、完好保存患者资料这项工作从未间断过，也从未马虎过。

时光荏苒，23年过去了，我已保存了上万份葡萄膜炎患者的病历资料，对我们总结我国葡萄膜炎的疾病谱系、临床表现、疾病进展规律、致盲规律和治疗经验积累了第一手资料，成为我们葡萄膜炎病因、发病机制研究的最宝贵的资源。基于这些资料，我撰写了3本葡萄膜炎专著（460万字），发表了130多篇SCI论文，这些工作使我们获得了两项国家科技进步奖、5项省部级一等奖和4项省部级二等奖。也正是这样一种小的不起眼的收集病人资料的工作和20余年的坚持，使我们的诊治葡萄膜炎水平有了显著提高。20多年的葡萄膜炎知识推广和普及以及葡萄膜炎专业硕士生、博士生的培养，还有与全国眼科同道，特别是与眼免疫学组的各位专家的通力合作，已整体上提高了我国葡萄膜炎诊断水平，也把我国眼科界曾是最薄弱的葡萄膜炎推向了国际先进行列，特别是在葡萄膜炎发病机制研究方面已处于先进或领先水平。根据web数据库统计，我们团队近5年发表的SCI论文总数和影响因子（反映文章影响力的一个重要指标）在国际葡萄膜炎团队中已位于第二位，国际著名免疫学和葡萄膜炎专家对我们团队给予了高度评价。国际著名的葡萄膜炎专家、美国前葡萄膜炎学会主席Rosenbaum教授评价我们团队是国际葡萄膜炎领域最富有成果的团队之一（"Prof. Yang's team is becoming one of the most productive uveitis study groups."）；亚太眼内炎症学会主席Ohno教授评价杨培增教授团队正在领导着世界葡萄膜炎和眼内炎症的免疫学研究。（"I am quite sure that your Department is now leading the immunology of the uveitis and intraocular inflammation in the world!"）

　　坚持使人付出的是汗水和泪水，收获的是成功的喜悦。大家对《西游记》的故事都耳熟能详，唐僧之所以能取回真经，是因为唐僧所领导的团队锲而不舍的结果。据说唐僧经历了蒸、煮、煎、炒、炸、炖、红烧九九八十一难，更为要命的是，经历了多次美女的诱惑，但他都矢志不渝，继续西行，历经17年，行程5万里，穿越了138个国家，终于从西天带回佛经520箧，657部，回长安后又面壁20年，翻译佛经1335卷。

　　每次唐僧获救后，他说的一句话就是"向西，一直向西"，这就是坚持！虽然在自己工作中有那么一点点坚持，但比起唐三藏先生来简直微不足道！因此我们大家要向他学习这种坚韧不拔、百折不挠的"坚持"品格，相信一定会收获人生丰收的喜悦。

四、还想说的话

回想几十年的路程，我庆幸出生在一个贫穷的农民家庭，为供我上学，父母所流下的泪水和汗水使我懂得了感恩，使我懂得了"滴水之恩当涌泉相报"的道理。感激我所遇到的所有好人，是你们的支持成就了我的人生，也感恩我的竞争对手甚至是由于不理解而为难我、喝倒彩或对我不友好的朋友，是你们使我学会了包容、尊重和理解，培养了我的耐力、韧性和一往无前的精神。感恩使我懂得了珍惜，珍惜上天赐予我的每个机会，抓住历史赋予我的每一个机遇，珍惜每天太阳的升起和降落，珍惜成功带来的经验和失败带来的教训，珍惜与人相遇和在一起工作的缘分，珍惜每位患者坐在我面前所给我提供的学习提高的机会和为他们解除痛苦、恢复光明的责任。珍惜使我学会了坚持，从一点一滴做起，用一砖一瓦砌起了人生一道道风景线，从小事、琐事做起，用汗水、泪水浇灌出成功的果实！

一个人做一点小事并不难，难的是把这个小事一直做10年、20年、50年，一个人做一件平凡的事并不难，难的是一辈子每天都在做着这件平凡的事，如果把这个小事、平凡的事一直坚持做几十年，那将会把小事做成大事和不平凡的事。

但愿我的人生三宝和词不达意的表述能给你带来一点点启示，为你的人生和事业带来帮助和推力。

人生需要正确的思维方式

在人生道路上，天赋、勤奋、努力、机遇等对人的成长和成功都非常重要，但还有一项不可或缺的是正确的思维方式。有人说思维方式决定人生成败，更有人列出以下公式以示思维方式的重要性：成功=激情×能力×思维方式。如果思维方式不正确（是负数），那么再大的能力和激情也没有用，还可能走向反面。

一、思维方式是思考和解决问题的方式和方法

何谓思维方式？我在网上查了一下，发现有这么一段话："思维方式是人们大脑活动的内在程序，它对人们的言行起决定性作用。"接下来还说："思维方式表面上具有非物质性和物质性，这种非物质性和物质性的交互影响，'无生有，有生无'，就能构成思维方式演进发展的矛盾运动。"我认为，这是学者们对思维方式研究的一种表述，但对大多数老百姓而言，看后确实有些云里雾里的感觉。

说得简单一点，思维方式即是哲学，是人生观、价值观的体现。说得再直白一点，思维方式就是思考问题和解决问题的方式

方法。

每个人在遇到问题时，思考角度和解决问题的方法可有很大不同，这反映了他们思维方式的不同，也是不同人做同样事情最后有不同结果的重要原因之一。

我记得小学课文中有《司马光砸缸》的故事，说的是一个小孩掉进水缸里，司马光用石头将水缸砸破，水从水缸破洞流出后落水人最终获救。在人落水后，一般人的思维方式是赶快让人脱离开水，但司马光由于年龄小和个子矮，无法达到这一目的，但他想到的是，尽快使水脱离开人，因此将水缸砸破，救出了落水人。如果他按人脱离水的思路去救人，恐怕难以达到救人之目的。

在很多书上和报纸上都流传着下面这个故事：有两个鞋业公司各派一名经理去非洲调查鞋的潜在市场，两人到了同一个市镇调查时，发现所有的人都不穿鞋子。一名经理回来后向老板汇报说，那里没有市场，因为人人都不穿鞋子。而另一位经理回来向老板汇报说，那里有巨大的潜在市场，因为人人都没鞋穿。从这一个故事可以看出，对同一件事情、同一个事实、同一个问题，不同人的反应和回答的差别竟是如此之大，反映了他们思维方式的巨大差别。

二、建立正确思维方式、打破思维定势

既然思维方式是解决问题的方式方法，在日常生活中和科学研究中遇到问题时，我们都想用科学、合理正确的方法解决这些问题。要达到这一目的，就必须建立、培养和形成正确的思维方式。

何谓正确的思维方式？在我看来，即是能够根据事物发生的

具体时间、地点、环境及各种影响因素，客观地分析、归纳、判断，找出问题的症结所在，并用适当的方法正确处理这些问题。我在《治病需要正确的指导思想》一文中讲到，医生在处理疾病时应具有四种思维方式，即系统思维、辩证思维、整体思维和唯美思维。这四种思维方式不但适用于治疗疾病，也适用于处理日常生活中和科学研究中所遇到的多种问题。从对思维研究的角度而言，人类的思维方式还有形象思维法、演绎思维法、归纳思维法、逆向思维法、移植思维法、聚合思维法、目标思维法、发散思维法等20多种思维方式，正确使用这些思维方式将会为你的人生和事业带来巨大的推动作用。

思维方式的形成与个人经历、经验、体会、利益、环境等多种因素有关，因此，思维方式的形成、改变、提升和完善可以通过学习实践和训练来实现。也正是思维方式与个人的诸多因素以及所从事的行业等有关，那么在思考问题和解决问题时即会出现思维方式固化或惯性，此即为思维定势。不同的群体、不同的行业和职业往往都会有自己的思维定势，说得直白一点，也就是不同行业的习惯和观念有很大不同。

不同行业有不同的思维定势，即便是同一行业不同专业也有不同的思维定势。下面这个故事可以很好地说明各个专业的思维定势是不一样的。有一天内科医生、精神科医生和外科医生一起去打猎，飞来了一只野鸭子，内科医生端起枪要打这只野鸭子，这时他想到了一个问题：这是一只家养的鸭子还是一只野鸭子呢？这么一想，野鸭子飞走了。过了一会儿又飞来了一只野鸭子，精神科医生端起枪要打野鸭子，这时他也想起了一个问题：这只野鸭子它知不知道自己是一只野鸭子？这么一想，这只野鸭子也飞走了。过了一会儿又飞来了一只野鸭子，外科医生一枪将它打了下来。内科医生和精神科医生问这位外科医生：你知道这只鸭子是家养的还是野生的？这只野鸭子知不知道自己是一只野鸭子？外科医生嘿嘿一笑说：管它呢，拿回去解剖一下再说。这个故事很好地反映了内科、精神科和外科三个专科医生思考问题的角度和处理问题的方式上的巨大差别。

思维定势一旦形成，在日后生活和工作中即很难突破这一框架。要想打破这种思维定势，改变这一观念，是一个非常困难的事情。下面这个例子可以窥见一斑。

上个世纪80年代，我国葡萄膜炎治疗中普遍使用糖皮质激素（地塞米松）结膜下注射，这种治疗可使药物在眼内（前房内）形成足够高的浓度，对前房内炎症（前葡萄膜炎或伴发眼前段炎症的葡萄膜炎）有治疗作用，但问题是，这种治疗方法有以下问题：（1）结膜下注射常引起剧烈疼痛，特别是反复多次注射给病人带来的痛苦甚至是恐惧是不少病人难以接受的；（2）此种注射可引起多种并发症，如易引起白内障、激素性青光眼等，特别是引发激素性青光眼时，如要立即中止激素升高眼压这一副作用，几乎是不可能的；（3）结膜下注射成本高。实际上，用糖皮质激素眼药水点眼基本上可以替代结膜下注射糖皮质激素，点眼后药物很容易穿透角膜，在房水中达到与结膜下注射后相同的房水药物浓度，可以发挥同样的抗炎效果。但是，由于人们以往总是认为将药物注射到组织中要比点眼效果好，所以对葡萄膜炎和白内障摘除手术后的前房炎症反应，几乎是千篇一律地使用结膜下注射这种方法进行治疗，给病人带来不必要的痛苦和副作用。

在上世纪90年代初，我即发现了这一问题，并着手纠正这一错误观念。我利用在全国各种眼科学术会议、专题会议、学习班、讲座等机会，通过撰写文章比较点眼和结膜下注射两种治疗方法的治疗效果和利弊，指出糖皮质激素结膜下注射是治疗葡萄膜炎中的常见误区。开始时，不少医生对我的观点还横加指责，也有些医生感到我说的很在理，但在临床治疗中又自觉不自觉地使用了结膜下注射这种方法。20多年过去了，虽然有不少医生改变了使用结膜下注射糖皮质激素治疗葡萄膜炎的习惯，但仍有相当一部分眼科医生仍在频繁地为病人进行结膜下注射糖皮质激素以治疗葡萄膜炎。可见改变一个错误观念，打破一个思维定势是多么困难的事情！

我在中大时，听一位老师讲到改变一些人的观念和思维方式时有以下描述：我费了好大力气把他从猪圈中拉了回来，没过多久，他又跑了回去。说得有点不雅，也有点骂人的味道，但也道出了一个事实：思维定势有强大的惯性，突破思维定势，改变人的思维方式和观念太难了！也难怪有人不无调侃地说：世界上有两种事情最难，一是改变观念，二是将别人的钱赚到自己的口袋里，第一件事做好了是老师，第二件事做好了是老板，两件事都做好了是老婆。

三、创新性思维是成功的关键因素

创新思维是在科学研究、管理等工作中经常使用的一种思维方式。创新思维是指以新颖独创的方法思考事物的成因及解决问题的方法。简单而言，创新思维即是说别人没说过的话，想别人没想过的事情，做别人没做过的事情。

江泽民同志曾经说过：创新是一个民族进步的灵魂，是国家兴旺发达不竭的动力。也就是说，创新在推动社会发展及科学研究中具有重要的意义。现根据自己工作经历及人生体会谈一下创新的几个特征。

创新的第一个特征是"只有第一，没有第二"。在科学研究过程中，这种特征表现得最为明显。新方法、新发明、新理论之所以被称作新，即是前人没有提出来，如果已有人提出或发表，你的发现至多是验证别人的观点和发现，也就说不上是创新的东西。我把创新比喻为美国选总统，只有总统，没有副总统，在世界舞台上，你看到的是美国总统匆忙的身影，其副总统是谁，恐怕不少人不知道，其副总统是干什么的，更是没有多少人知道。

创新是做别人没有做过的事情，但并不是所有做别人没做过的事情都叫创新。创新是基于以往人们的发现、基于科学原理、基于自然规律而进行的一项全新的活动。不基于客观世界自然规律、科学原理的活动不叫创新，只能是瞎折腾。如将角膜移植到大腿上，这个事情到现在还没有人做过，如果进行这样的实验，那纯粹是瞎胡闹，因为将角膜移植到大腿上，病人永远不会恢复视力。

创新的第二个特征是打破常规、突破原有思维定势。科学中的大多数发现都是突破原有的思维定势而取得的。2005年诺贝尔医学奖颁给了两位澳大利亚科学家，罗宾沃伦和巴厘马歇尔，他们之所以能获得如此大的成就，是与他们打破思维定势密不可分的。

1979年，澳洲珀斯医院的病理科医生罗宾沃伦发现胃溃疡的标本上有弯曲状的细菌，于是他提出了这种细菌可能是胃溃疡病原体的观点。当时很多人嘲笑他，认为胃液中不可能有细菌存在，因为正常空腹情况下胃液的pH值是0.9～1.5，在这种酸性环境下，细菌不可能生长和存活。但是，罗宾沃伦并没有被这一思维定势所束缚，而是进行了更为深入的研究。1981年消化科年轻医生巴厘马歇尔加入了这一研究队伍，并自愿进行人体试验，在服食了培养的细菌后，发现自己患了胃溃疡。他非常高兴，用自身的实验证实了这种曲状细菌是胃溃疡的病原体。这一发现使胃溃疡的治疗发生了革命性进展，抗生素在治疗中的应用，结束了以往胃溃疡几乎无药可治、不能治愈的历史。如果当年他们不打破胃酸中不可能有细菌生长这一思维定势，即不可能发现胃溃疡的病原体。

值得提出的是，打破常规不一定都叫创新，举一个日常生活中的例子：你每天回家都帮着太太洗碗、做饭、打扫卫生，今天你回到家里，突发奇想要创新，决定不做饭、不洗碗、不打扫卫生了，那不行，那不叫创新。

创新的第三个特征是要独树一帜、与众不同。创新的本质是新奇和与众不同，如果看问题的方法与别人相同，研究的对象与别人相同，研究所得结果与别人的相同，那么这种活动只能说是一般的重复活动，或者说是学习和练习过程。像我们在临床上治疗疾病一样，我们每天重复地对同一类病人用一种或几种常规性的治疗，这种活动很重要，但无法将我们的治疗方法再往前推进一步。如果我们在治疗疾病过程中，能以独特的视角发现疾病病因或临床进展规律，提出新的干预措施，那将是创新，将会加深人们对疾病的认识，有利于提高治疗效果。

值得注意的是，与众不同不一定都叫创新，生活中一些奇思怪想，会被当作笑料，科学中的没有科学根据的奇思怪想会被斥为无稽之谈。前些年有人用茄子、绿豆治疗疾病，虽然博得眼球，但最终落了个身败名裂的下场。下面这个笑话可以很好地说明与众不同并不一定是创新。有一天，一位老板对员工说，怕老婆的都站在右边，人们哗一下都站到了右边，只有一个人站在原地没动。老板很纳闷，就问他，难道你不怕老婆吗？那人怯生生地说，老婆说了，人多的地方不能去！此人虽然与众不同，有独树一帜的感觉，但根本与创新不搭界。

创新的第四个特征是不能人云亦云、随波逐流。创新需要有一种敢于质疑和承受别人冷嘲热讽的精神和勇气，如果只是一味地人云亦云，对传统的观念不敢质疑，即不可能有创新性发现。

王永志先生是中国载人航天工程的总设计师，2003年他获得了国家最高科技奖，胡锦涛总书记把500万元大奖亲自颁发给他。他为什么能获得如此巨大的成就？这与他的创新思维密不可分。1964年，在戈壁滩上发射火箭，当时遇到了一个难题，发现火箭的推力不够。不少专家都在设计如何增加燃料以增加火箭推力的方案。当时王永志先生大学毕业后才几年，经过计算，他认为不能增加燃料，而应往下卸燃料。他的方案一经提出，即引起一些人的反对，火箭推力不够，往下减燃料这不是开玩笑么？王永志先生把他的想法告诉了钱学森，得到了钱学森的赞同。最后卸去了600公斤的燃料，解决了火箭推力不够的问题。在遇到火箭推力不够这一问题时，一般人的思维方式是要增加燃料，但让燃料发挥最大作用才是问题的关键所在。从这一事例可以看出，王永志先生那种敢于质疑的科学精神和勇气以及逆向思维方式为我们树立了很好的学习榜样。

下面用一个有些调侃味道的故事，再次说明随波逐流和思维定势的危害性。

　　拿破仑是伟大的军事家，曾经驰骋沙场，横扫欧洲，是法兰西帝国的缔造者，但最后兵败滑铁卢。据说在滑铁卢战役中，他没有在前线指挥，而是在帐篷休息。为什么要休息？他要吸食鸦片。为什么要吸食鸦片？他要止痛。为什么要止痛？他的痔疮发了。为什么痔疮发了？他穿了一条紧身裤。为什么穿紧身裤？当年法国巴黎流行紧身裤。拿破仑随波逐流，穿了一条紧身裤，兵败滑铁卢。他更加惨的是败在了思维定势上。在滑铁卢之战后，拿破仑被流放到圣赫勒拿岛上，这时他的一位朋友送给了他一副象棋。拿破仑拿到象棋后，每天摆弄，自己与自己下象棋，最后了却一生。拿破仑死后，这副象棋拍卖，有一个人买到了，他仔细研究这副象棋，最后把一个象棋的底盖打开，发现其中有一个线路图，即如何逃出这个孤岛的线路图。拿破仑这么伟大的人物，他仅想到朋友送象棋是让他下象棋的，而没有想到朋友送象棋是让他逃出这个孤岛的。如果说他败在滑铁卢之战是由于随波逐流的原因，那么，他没能逃出圣赫勒拿岛却是实实在在败在了思维定势上。这个故事虽然有些戏说的味道，但可以很好地说明突破思维定势的重要性。

首届全国白塞病联盟
暨葡萄膜炎之家病友联谊会纪实

　　2013年7月6日在重庆医科大学附属第一医院（重医附一院）举办了全国首届白塞病联盟暨葡萄膜炎之家病友联谊会，来自全国的400多名患者和家属以及重医附一院、重庆西南地区部分医院眼科的医护人员参加了此次活动。在全国范围内第一次搭建起白塞病、葡萄膜炎病友之间互助、鼓励和信息交流的平台，也搭建起医生和病友之间的一座桥梁。

　　这次活动的举办缘起一本书《我要怒放的生命》。

　　2013年5月份白塞病联盟的发起者和负责人老骏马先生给我寄来了《我要怒放的生命》一书的清样，想让我为此书写个序。书中的作者全是白塞病病友，记录了他们在患白塞病后的痛苦、彷徨和与疾病斗争的感人故事。这是一个非常不幸的群体，多系统、多器官受累和疾病的反复发作，残酷地折磨和吞噬着他们及家庭成员的躯体和心灵，长期的治疗和治疗费用使他们更是雪上加霜。但是，众多的白塞病友以其有病之躯顽强地与疾病抗争，演绎出一个个动人的故事，彰显出人性之美和生命之美，读后不禁使人对生命产生敬畏，对这个群体肃然起敬！当时我立即作出了以下决定：（1）为《我要怒放的生命》写一篇文章，题目为

"白塞人，你并不孤单"；（2）与白塞病联盟共同策划在重庆举办第一届全国白塞病联盟和葡萄膜炎之家病友联谊会暨《我要怒放的生命》首发式；（3）个人捐出1万元支持这次活动；（4）为白塞人写一首歌以表达对这个群体的敬意和医务工作者为征服病魔不懈努力的决心和毅力。

我的建议得到了老骏马先生的赞许和支持。经过协商，决定于2013年7月6日在重医附一院举办首届全国白塞病联盟暨葡萄膜炎之家病友联谊大会，并拟定出此次联谊活动的四个板块：（1）7月6日上午，白塞病友介绍个人患病经历，并与大家分享诊治体会和生活中点点滴滴的感受；（2）7月6日下午，我为白塞病病友和葡萄膜炎病友举行一场讲座和义诊；（3）7月6日晚举办一场大型的公益晚会；（4）由重医附一院风湿科周教授为病友举办白塞病的诊断治疗等相关知识的讲座。

接下来的日子是紧锣密鼓地筹备此次活动，重医附一院任国胜院长、许平书记及医院其他院领导以及多个职能部门给予了大力支持和帮助；山西靳光明先生在门诊就诊时获知这一活动的消息后，当即决定捐出3万元人民币支持此次活动；以前曾找我诊治过眼病，目前正在中国音乐学院攻读硕士研究生学位的李德永女士（国家二级演员），听到这一消息后决定免费帮我策划这次公益晚会；安徽的吴萍女士（曾是专业歌唱演员）是一位强直性脊柱炎伴发急性前葡萄膜炎的患者，当她听说我们要为白塞病友和葡萄膜炎病友举办一场晚会时，毫不犹豫地推掉了多项工作，来参加这次晚会；一位陕北正在读大学的葡萄膜炎病友听到这一消息后，决定要演奏两首钢琴曲，她母亲的朋友直接将钢琴送到晚会现场；我的重庆患者晓雨是婚庆主持人，虽然没有主持晚会的经验，但毛遂自荐主动要求承担晚会的主持人；还有来自山东的冬蕾、甘肃的育硕、黑龙江的云阳、重庆的叶曦、张忍、黄波、河南信阳患者的家属樊老师等都主动要求参加这次活动。

7月6日上午9点病友交流会在长城宾馆举行。来自全国各地近百名患者简要介绍了患病以来的诊治过程、治疗中的心得体会、人生的酸甜苦辣以及与病魔抗争的故事。每一位病友的发言都引爆了阵阵掌声，极大地增强了大家抗击病魔的信心和勇气。

下午1点半在重医附一院学术报告厅，我为大家作了题为"心路·思维·艺术·人生"的专题讲座，根据我诊治葡萄膜炎的经历我总结出了人生三宝，即感恩、珍惜和坚持（见《人生三宝》一文），介绍了自己诊治葡萄膜炎的心得体会和正确思维方式，总结出治疗疾病的指导思想、原则和策略，提出治疗疾病是将正确思维方式转化为治病救人和挽救病人视力的一门艺术，最后提出了八点建议与大家一起共勉。讲座持续了近4个小时，讲得大家时而热泪盈眶，时而屏住呼吸，时不时的热烈掌声使我有些"热血沸腾""忘乎所以"的感觉。

讲座完后举行了义诊，此活动持续了2个多小时，为众多来自全国各地的病友免费检查了眼睛，对所提问题逐一进行了回答。

晚上8点钟在重医附一院学术报告厅举行了首届全国白塞病联盟暨葡萄膜炎之家病友联谊晚会。晚会由李德永、晓雨共同主持。首先播放了杨培增教授短片介绍（重庆市委组织部专门拍摄的十八大代表宣传短片），然后由白塞病联盟负责人老骏马致感谢词，随后一曲重医附一院眼科同仁合唱的《爱从这里起航》（是重医附一院的院歌）正式拉开了晚会的帷幕。冬蕾声情并茂地朗诵了《白塞人你并不孤单》这首我专门为白塞人所写的歌词。李德永女士首先介绍了这首歌诞生的过程："杨教授创作出来这首歌词之后，他就给我打电话，他在电话里给我朗诵这首歌词的时候，非常激动，充满了激情。最后问我，能不能为歌词谱曲，当时我在想，作为一个国内、国际上著名的专家，为自己的病人用心创作了这样一首歌词，作为一个普通人，我能为大家做些什么？于是，我就尝试着为这首歌词作了曲。"

介绍完此首歌的创作过程之后，德永用她那富有磁性和感染力的女中音为大家献上了《白塞人你并不孤单》这首歌曲，赢得了大家阵阵掌声。吴萍女士以女高音的悠扬和抒情为大家献上了三首歌曲：《再唱为了谁》《祝福祖国》和《长城长》。黄波一首《流浪记》，唱得是如泣如诉，把自己患葡萄膜炎之后那种情绪低落、郁闷、忧伤、彷徨、无助演绎得淋漓尽致。叶曦和她的学生夏辉演唱了《当时》《龙文》《望乡词》《风流寡妇》，其高难度的演唱技巧和悠扬的歌声使大家如痴如醉。舞蹈演员张忍素以刚柔并济而著称，他为大家表演了《Eyes Like You》这段舞蹈。薛辰欢、张育硕分别为大家演奏了肖邦《谐谑曲》、海顿《奏鸣曲》、《庐州月》和《茉莉花》。贾云阳深情演绎了《红尘情歌》。患者家属樊长静老师为大家演唱了《高原蓝》《妻子》两首动人的歌曲。重医附一院工会跳的印度舞使大家耳目一新。重医附一院眼科同仁为大家献上了《重一眼科人之歌》，表达了医务工作者仁心仁术和甘于奉献、治病救人的情怀。李德永女士的《众里寻你》《Memory》《绿叶》三首歌曲把晚会推向了高潮。随后病友代表桂志义先生发言表达了对杨培增教授过去多年来致力于葡萄膜炎研究，兢兢业业、全心全意为患者服务的感谢。最后由杨培增教授为靳光明先生颁发了捐资赞助此次活动的感谢牌，白塞病联盟负责人老骏马先生为杨培增教授捐资赞助此次活动颁发了感谢牌。部分病友和重医附一院眼科同仁为大家表演了《感恩的心》，表达了医务人员对病人将生命和眼睛托付给自己的感激之情，也表达了广大患者对医务人员辛勤劳动、无私奉献的崇高敬意！

所有参加演出的病友和家属以及重医附一院眼科和工会的老师们把发自内心的感受通过歌唱和舞蹈的形式淋漓尽致地表达出来，其中一些病友在晚会中还与大家分享了他们患病后的痛苦和治愈后的喜悦，观众对他们的不幸经历深表同情，对他们恢复健康和光明表示由衷的高兴。现记录几位病友的经历以飨读者。

吴萍女士曾是一位专业歌唱演员，90年代在一部电影中担任重要角色，后因患强直性脊椎炎以及伴发的葡萄膜炎而被迫放弃了演员生涯。特别是到了2005年前后，脊椎炎和膝关节的肿痛已使她不能下床行走，葡萄膜炎的频繁发作更是雪上加霜。家人用手推车把她推上飞机，陪伴她在北京多家医院诊治了4个月，无明显效果，从此悲观失望笼罩着她的生活，整天以泪洗面，并产生了一种生不如死、痛不欲生的感觉。好在家人永不言弃，陪伴她到广州找我治疗（当时我还在中山大学中山眼科中心工作），经过半年的治疗，脊椎炎、关节炎和葡萄膜炎均得以控制，让她从轮椅上站了起来，并恢复了光明。已经8年过去了，虽然在阴天下雨时关节还会有些疼痛，但已不会影响她的生活和工作，葡萄膜炎经过治疗后一直未再复发。

当天她穿着漂亮的演出服登上舞台，在为大家介绍她患病和治病经历时，曾几度哽咽。她把自己的患病感受、康复后的喜悦、对医务人员的感恩之情和对病友的鼓励，全部融进歌声里，观众对她的演唱报以长时间的掌声。

　　晓雨是一位葡萄膜炎患者，曾在其他多家医院治疗，但疗效不理想。医生告诉她此病难以治愈，给她生活和未来蒙上了一层阴影。当时她情绪特别低落，对生活也失去了信心。后经介绍在我的门诊治疗1年后，葡萄膜炎得以彻底控制，药物得以完全减掉，双眼视力恢复至1.0。她重拾自信和生活的乐趣，后来参加婚庆主持学习班，成了当地有名的婚庆主持人。当她站在晚会舞台的那一刻，她激动得不能自已，热泪盈眶。

　　育硕来自甘肃的农村，在不满3岁时即患上了葡萄膜炎，从此整个家庭失去了笑声和欢乐。她父母带着她四处求医，历经的辛酸和苦难难以描述，我为她治疗恢复光明后，她写了一封既令人心酸却又使人高兴的信。在信中，她这样写道：

　　永远忘不了父母带我求医治病的日子。我家住在一个偏僻的小镇，去省城只有两个途径：要么半夜两点起床步行20分钟，站在公路边守望从宁夏银川发往甘肃兰州的长途汽车；要么乘短途汽车到县城，再乘上去省城的大客车。为了节省开支，我一直都记得，爸妈总是半夜三更带我到公路边守望那趟天亮可赶到省城兰州的长途汽车。一次次怀着希望而去，一次次又失望而归。多年过去了，葡萄膜炎一点都没有得到减轻。后来又到西安、北京多家医院求治。

　　为了治病，家里的一切开支降到最低限度，一家人好几年都不曾换新衣服，就连每月家里的水、电费我们都要做到最低消费。

　　为了给我看病，全家人遇到废旧品就捡回家里，家里一直都有几个大袋子，分类装着平日捡到的破烂，捡满后拿出去卖上几个钱。用妈妈的话说，这多少也是个贴补。

为了节约每一分钱，每次只能是父亲或母亲单独陪我去医院检查。忘不了他们肩上扛着个那填满干粮和凉开水瓶的沉重的行李包；忘不了他们求医途上，十几年如一日地紧紧拉着我的那双手；忘不了他们在拥挤的人群中排队买火车票的身影；忘不了他们凉开水就着干馒头的每一餐；忘不了他们为节省住店费，而用自己的外衣裹着年幼的我整夜露宿在医院大厅；忘不了他们来来往往的行程中在火车车厢接头处度过的漫长日夜；忘不了那次因乘客过多而拥挤，致使爸爸不慎头被撞破流血；忘不了爸爸忙得脱不开身时，有孕三个多月的妈妈不得已带我赶去复查；忘不了懂事的弟弟每次见到心爱的玩具只能爱不释手地端详一会；忘不了削铅笔时妈妈坚持用2角钱的旧小刀，也不愿花钱去买个快捷的转笔刀；忘不了爷爷奶奶、姥姥姥爷为了给我治病，把多少年积攒的零花钱全用在了我看病上；忘不了所有的亲人，为了我治病而一分钱掰作两半用……

因为葡萄膜炎，从小父母就不要求我学习有多好，但每次考试我总能名列前茅，学校数学竞赛、演讲比赛我都能拿到理想名次。然而好景不长，就在我小学四年级时，我的视力下降到指数，我郁闷极了，第一次有了绝望的感觉！因视力太差上学有困难，我就呆在家里，不愿出门见人，怕生人问我怎么不去上学？怕熟人问我眼睛是否还看得见路……

我一直都在追问自己，前世到底做错了什么？罪孽深重到今生要以这样的方式接受惩罚！父母不愿年幼的我这样孤单，独自承受我这个年龄不该承受的痛苦，哀求校领导让我能继续呆在学校里，只求我能够开心些！可我害怕同学们笑话我，怕他们用那种异样的眼神看我。但为了不让爸爸妈妈伤心，我还是勉强答应去"上学"。课本上的字我看不清，妈妈为了使我能看到书本上的字，就一遍一遍地帮我抄写成大的字体，在我书桌上，妈妈帮我放大字体的手抄本堆放得很高。

一次课间听同学闲聊："还是育硕好，作业都不用写，美慕死了！"听到这些，我那颗本来滴血的心像被针扎了一般，眼泪哗哗流了下来。年幼的同学虽然是无心刺激我，但在我心中留下了永远抹不去的痛！他们哪里知道我连做作业的机会都没有了！

就这样好不容易熬到了小学毕业。因为那万恶的葡萄膜炎，初中的大门对我来说完全关闭了。从小我就有理想、有追求，可命运偏偏与我作对……

这些年，四处寻医问药，从未间断的治疗，眼科医生们的答案如出一辙——你患的葡萄膜炎没办法治疗！

苍天有眼，2010年秋，绝望的我，寻寻觅觅中有幸遇见了您——杨教授！经过您认真、细致的治疗，我的葡萄膜炎得以控制，您又安排为我做了白内障手术。术后揭开纱布的那一瞬，我看到了病房中的一切，更清楚地看到爸爸、妈妈那爬上额头的道道皱纹……从此，我对生活充满了希望。我复习着小学的知识，自学着初中课本的内容，职业培训学校一位好心的老师让我免费学习钢琴。虽然有些艰难，但我能够正常生活了，能够看到这个五彩缤纷的世界了！

尊敬的杨教授：是您精湛的医术让我重获光明，是您给了我生活的勇气和美好的未来！吾将永世难忘！

看着台上春风满面的育硕在用心地弹奏《好一朵茉莉花》，回想起她给我的信中所叙述的治病经历以及恢复光明后的那种欣喜如狂，我禁不住眼睛湿润了，我理解了风雨过后是彩虹的含意，懂得了光明对人生之珍贵，感受到泪水、汗水付出所带来的开心、愉悦、回报——一种用金钱和物质难以换来的精神满足！

在联谊晚会结束后，很多病友及家属围在我身旁不愿离去，他们或是在倾诉个人感受，或是表达希冀，或是表达对下次病友联谊会的期盼……

我一一告诉他们：我已用心记了下来……

医道艺术

治病需要正确的指导思想

治国需要有治国的方略，战争需要正确的军事思想，治疗疾病同样也需要正确的指导思想。那么，治疗疾病应有什么样的指导思想？要说清楚这个问题，我们首先要认识疾病的本质，再来讨论应该有什么样的指导思想。

疾病是机体在内因、外因作用下所引起的结构和/或功能性紊乱。实际上，机体无时无刻不在与外来病原体、摄入的有毒有害物质及体内产生的各种代谢产物、有毒有害物质作斗争。在正常情况下，机体能够及时消化、降解、清除这些因素所致的各种危害，维持着平衡和协调的关系，人体即处于健康状态。如每天我们都接触到空气、水和食物中的一些有毒有害或感染性物质，当机体能有效应付它们时，我们并没感到有什么异常。但在某些情况下，各种外来或内在的因素或数量过多，或作用过强，超出了机体防御、处理系统的能力，不能有效地将这些因素及时处理掉，那么就会导致机体内部组织和/或功能的紊乱，引起疾病。

由上可以看出，机体内部相当于一个社会和系统，各个分系统或子系统有效地协调地正常运转，是保持健康的重要基础，也是机体能够强大有效地处理各种外来或内在不良因素的基础。中医所说"正气内存，邪不可干"即是这个意思。机体内部各分系统或子系统之间低效的、无序的、不协调的运转，本身即可引起疾病，同时也使机体对各种外来及身体内部的不良因素的抵御和处理能力大大降低，因而出现一有风吹草动即发生疾病的现象。在我们周围，确实经常可遇到一些人，一遇北风来袭、冷空气杀到，必患感冒。中医所说"邪之所凑，其气必虚"即是讲的这个意思。

总而言之，疾病是"正气"与内邪或外邪斗争或博弈的结果。这样看来，疾病似乎并没有显得那么庞大和复杂。但我们进一步分析可以看出，疾病其实是非常复杂的一个体系。

首先，外来的各种致病因素有千万种之多，并且还可随着环境改变而出现新的细菌或病毒等病原体，这些无数的病原体造成数都数不清的疾病。其次就一种病原体而言，其致病的毒力随着环境变化可出现新的变异，从这一层面而言，使得各种外在因素（病原体）所致的疾病更为复杂。再者我们分析体内致病因素（如营养、代谢、免疫、遗传等）所致的疾病，也可以看出疾病是一个非常复杂的体系，如糖尿病的发生不但与饮食结构有关，还与遗传因素等有关，有些病人易出现肝脏损害，有些易发生神经系统并发症，有些易发生糖尿病视网膜病变等等。因此我们所说的糖尿病在临床上表现的是一个谱系，是一个庞大的疾病体系，而不是单一的疾病。此外，我们再从人的社会属性来看，疾病更是一个复杂的体系。人的社会属性对疾病发生、发展、转归、对治疗的反应有着重要的影响，疾病发生在不同年龄、不同性别的个体上，其临床表现和预后可能有很大不同。患者的体质强弱有时可决定疾病的走向和治疗效果，患者的心理状况、社会因素、家庭经济条件等也对疾病的发展和转归起着重要影响。最后，我们将上面几类因素综合考虑，可以看出疾病的复杂性远非我们能够想象得到：外在和内在因素与机体的相互博弈，机体内部各个子系统之间关系互相影响，心理、精神、社会等各要素之间及与致病因素之间的相互作用等，即构成"疾病"这个庞大系统的整体框架，是我们认识和处理疾病的基本要素和重要切入点。

基于上面分析可以看出，疾病表现有复杂性、非一致性和对治疗反应的不恒定性。这些特性也决定了我们在处理疾病中应具有活的指导思想，诚如孙子兵法所云："水因地而制流，兵因敌而制胜，故兵无常势，水无常形，能因敌变化而制胜者，谓之神。"根据病因、病机、临床表现及个体的各种因素而制定适合每个患者治疗方案者，才可谓是神医！

笔者根据自己多年的临床体会，加上对疾病的思考和感悟，提炼出如下治疗疾病的指导思想：科学认识致病因素所致的宏观、微观及功能的改变，与机体防御和修复能力之间的关系，充分调动机体防御和修复能力及使用必要的药物和手段，以驱除疾病，达到恢复健康之目的。

这一基本指导思想看起来有虚无缥缈之感，也曾有医生对我说这一指导思想很抽象，不知道在临床中如何应用。为了将这一指导思想能够落实到疾病治疗过程之中，我将其具体化为4个思维，即系统思维、辩证思维、整体和局部思维及唯美思维，使其在指导疾病中具有可操作性、实用性和可预见性，这4个思维将在以后有关文章中逐一介绍。

在这里还要多说几句，我曾经在全国多个会议上、多地眼科专题讲座以及在中山大学的文科、理科、医科博士生的"马列主义和现代技术革命"(即原来的政治课，中山大学挑选了一些认为对学生人生有益的老师授课，我有幸被选中，为学生讲授《思维·艺术·人生》的课)的课上，多次讲到治病的四个思维，很多学生和医生感到对他们日常工作和科研工作都有很好的指导作用。一位医生在听我讲课后告诉我，他有一种豁然开朗的感觉，感到4个思维对治疗疾病太重要了。但在临床面对病人时，在处理病人中，往往又回到以前的思维模式上，即便是听我演讲3次，在治疗病人时仍不能自觉运用这4种思维方式。他不解地问我这是为什么。我反问了他一个问题："战争年代蒋介石是否知道毛泽东的军事思想？"他沉思片刻说："应该知道吧，因为抓住几个俘虏一审恐怕就审出来了。""但是蒋介石为什么还是往毛泽东设的圈套里钻？"这是一个问题，一个大问题！

他沉思良久，摇摇头说不知道。

我告诉他，那是因为它是毛泽东的军事指导思想，不是蒋介石的军事指导思想，蒋介石可以对毛泽东的指导思想了解得一清二楚，但在指挥战争时，又不自觉地回到他自己原来的思维定势上了。

学习别人的手术技巧和治疗疾病的具体方法，并不难，但要把别人的思想、理念学到手就非常不容易了。不少人跟着大师学习钢琴、绘画、写字、创作，不少学生跟着名医学习治病，但学到精髓者，成为大师、大医者却寥寥无几。要真正把别人的思想学到手，就必须天天学、月月学、年年学，真正把它融化在血液中，深入到骨髓中，把它变成自己的东西！

另外，值得提出的是，用新的思维方式取代原来已经形成、根深蒂固的思维方式更加困难，习惯所形成的惯性是巨大的，不经一番功夫，没有深刻思考和自省，则很难走出原有的思维框架。

最后还要啰嗦几句，我提出的指导思想虽然是针对疾病处理的，但是实际上，它对处理日常事务、处理人际关系，甚至规划你的人生都可能有一定借鉴作用。慢慢体会、慢慢思考和细细品味，你能读出别样的东西。但愿它能给你工作和生活带来一些启迪和灵感，在你人生征程中助你快马加鞭！

治病需要系统思维

昨天在门诊上遇到一例来自外省的男性少年儿童葡萄膜炎患者，患者12岁，患葡萄膜炎已有5年。因出现双眼并发白内障，当地医生为其双眼做了白内障超声乳化及人工晶状体植入手术，术后葡萄膜炎反复发作，当地医生建议患者到重庆找我治疗。为患者检查时发现双眼已无光感，眼内炎症严重，前房有大量炎性渗出物，人工晶状体前面覆盖有厚厚的一层增殖膜，眼底已完全看不到。患者的失明着实令人惋惜，如果患者能在葡萄膜炎完全控制后再行白内障手术治疗，患者可能会获得很好的视力！

这个病例使我想起了10年前的一个病人，患者50多岁，双眼患葡萄膜炎多年，最后发生了并发性白内障、继发性青光眼和带状角膜变性。一位角膜病医生为其做了双眼白内障手术、抗青光眼手术和角膜移植手术，手术后患者发生角膜移植排斥反应，医生又为其再次进行了角膜移植手术，患者术后再次出现了角膜排斥反应，医生为其再次进行角膜移植手术。找我就诊时，患者双眼已进行了8次角膜移植手术。为患者检查发现，双眼角膜植床有大量新生血管，角膜植片水肿混浊，前房内可见大量炎性渗出物覆盖于虹膜和人工晶状体前表面。

患者告诉我，医生认为他手术后角膜又发生了排斥反应，建议再次进行角膜移植手术治疗。我告诉他，你现在最重要的是控制炎症，绝对不适宜再进行手术治疗，在炎症控制后方能考虑手术。我当即为患者开了免疫抑制剂，让病人服用，并嘱患者每1~2个月前来复诊一次。当时我的感觉是，尽管我一直强调现在应药物控制炎症，而不是进行手术，病人好像似懂非懂地带药回去了。一年后这位患者的儿子领着他又来找我诊治，此时他已不能自己行走，生活已不能自理了。他儿子告诉我，自上次就诊后医生又为他父亲双眼各进行了一次角膜移植手术（双眼共进行了10次角膜移植手术）。为患者检查时发现，患者双眼视力只有光感、光定位不良（说明视网膜已受到严重损害），双眼充血、角膜混浊、植床有大量新生血管、角膜与眼内组织完全粘连在一起。我扼腕叹息：患者再没有机会进行角膜移植手术了（双眼已没有希望恢复视力了）。

这两例患者之所以出现无可挽回的结局，是因为在处理疾病时忽略了系统思维所造成的。系统思维，讲究按程序办事，关注的是最终效果和结局。所谓治疗疾病的系统思维，是指把治疗疾病当作一项系统工程，处理疾病要考虑时间上的先后顺序和空间上的先后顺序，依照程序进行序贯处理，即要知道第一步做什么，第二步做什么，第三步要解决什么问题，最终要达到什么目的。比如说做手术，其本身就是一个系统工程，首先要消毒，然后铺巾，再做切口。这一连串动作的顺序不能改变，不能先做切口，后消毒，再铺巾。实际上做任何事情都需要系统思维，如建大楼需首先挖地基，再建楼；教育是系统工程，要从小孩抓起，而不是从中年抓起；去外地旅游，先要考虑坐什么车到机场，下飞机后再乘什么运输工具到达目的地。日常生活中这类例子比比皆是，不胜枚举。

我曾在中山大学附中为中学生讲课时讲到系统思维，问了这样一个问题，有一个人想在火山旁建造一座房子，火山一直在喷着岩浆，大家说能否建起来房子？学生们异口同声地说，不能。我又接着问，在什么样情况下才能建起来房子？他们又异口同声地说，在火山不喷岩浆的情况下。也就是说，要想建起来房子，先使火山不喷岩浆。说起来系统思维是如此的简单，可谓妇孺皆知！

我们从系统思维的角度去分析前面所说的两个例子，可以看出，不按系统思维去处理疾病是要付出沉重代价的。第一个例子是少年儿童葡萄膜炎，一般而言，葡萄膜炎发生在少年儿童比在成人更难以控制，并发性白内障虽然是导致患者视力下降的直接或主要原因，摘除白内障和放置人工晶状体（代替摘除掉的晶状体）诚然可消除屈光间质的混浊，但要使手术获得良好效果的前提是手术后炎症不再复发。如果在炎症未能有效控制的情况下进行白内障手术，手术创伤本身即可引起炎症或使炎症复发和加重，更不要说在眼内放置一人工晶状体（是一种异物，异物可以引起炎症或使炎症加重）。由此看来，首先控制炎症特别重要，也就是按系统思维去处理疾病特别重要！

笔者曾在全国眼科大会及葡萄膜炎诊断治疗学习班讲课中反复强调，对此类病人要有足够的耐心、治疗足够长的时间，以期使炎症完全静止（尽管有时难以达到此种理想状态）后，再行白内障手术和人工晶状体植入术，可使术后炎症发生的可能性大大降低，这样才会使患者恢复良好的视力。值得提出的是，此例患者第二只眼的白内障手术是在第一只眼手术后有炎症复发的情况下进行的。也可能是当时医生让患者恢复视力的心情非常迫切，也可能是医生因第一只眼手术未能成功而愧对患者，一心为患者补救或为患者免费手术，结果导致了不可挽回的后果，使患者终生生活在黑暗之中。好心在正确思维方式的基础上才能办成好事，否则好心可能办成错事、坏事，教训不可谓不深刻！

再来说第二个例子，由于葡萄膜炎引起了并发性白内障、继发性青光眼和带状角膜变性等并发症，要使患者恢复视力，首先要很好控制炎症和眼压，待炎症控制好后再逐步解决白内障和角膜混浊（带状变性）的问题。对本例患者，以往经治医生并没有考虑先解决炎症的问题，而是利用角膜移植的方法来解决角膜混浊的问题。众所周知，器官或组织移植后会发生排斥反应，如肾移植后排斥反应、肝移植后排斥反应。虽然角膜移植后排斥反应发生率较低，但此种排斥反应还是会发生的，特别是在有炎症的情况下或角膜植床有大量新生血管的情况下，角膜移植排斥反应几乎是不可避免的。在患者历次手术前医生均未进行有效的抗炎治疗，术后发生角膜移植排斥反应和葡萄膜炎加重自是难免的，也就不难理解患者为什么会出现如此无可挽救的结局。

通过上面两个例子的剖析我们会发现，治疗和处理疾病在某种意义上来说是按疾病发生、发展的规律而进行的"按部就班""循规蹈矩"的一种实践活动（笔者并不排斥医学实践活动中的创新理念），这种"按部就班"实质上是对应于疾病发生发展规律而设计的。人文关怀和以病人为中心，实际上更强调的是以高度的责任心和对患者的满腔热忱，更好地尊重疾病规律，尊重个体特质和差异，尊重生命，制定出适合疾病、适合患者的治疗方案，以达到最大化和长久恢复健康和功能之目的。

治病需要辩证思维

众所周知，世界上万事万物都在发展、运动、变化之中，要抓住事物的本质，必须要有辩证思维。诊断和治疗疾病与处理其他任何事情一样，也应当有辩证思维。

那么在诊断和治疗疾病中应当辨什么？这是一个非常重要的问题。

笔者根据自己40多年的临床体会，认为应当主要辨三个方面，即辨疾病、辨患病的人和辨治疗方法。

所谓辩疾病是指辩疾病的类型和性质、疾病的严重程度和疾病所处的阶段以及疾病所引起的并发症等内容。

下面以葡萄膜炎为例谈一下如何辨疾病的问题。

葡萄膜炎和心脏病、呼吸道疾病、消化道疾病一样是一大类疾病，而不是一种疾病，因此，在遇到这类患者时首先要将疾病辨别清楚和诊断清楚。

对葡萄膜炎而言（其他疾病大体上也是如此）应辨其复杂性、可变性和伪装性三个方面。

所谓辨葡萄膜炎的复杂性是指要弄清楚其病因和类型。葡萄膜炎病因和类型繁多，据报道有100种之多，如感染性葡萄膜炎

（结核性葡萄膜炎、病毒性葡萄膜炎、艾滋病伴发的葡萄膜炎、梅毒性葡萄膜炎等）、外伤性葡萄膜炎、自身免疫性葡萄膜炎等。上述这些类型在以下方面有很大不同：（1）每种类型都有自己独特的临床特征和进展规律，有些表现为急性疾病，有些表现为慢性炎症，有些表现为视力逐渐缓慢下降，有些在患病当天即可双眼失明，有些类型表现为眼红、剧烈眼痛，有些患病多年尚不被患者发觉；（2）这些疾病的治疗方法有很大不同，如感染性葡萄膜炎需使用相应的抗感染药物，自身免疫性葡萄膜炎需使用糖皮质激素及其他免疫抑制剂，有些需眼局部用药治疗，有些则需全身用药，有些需短期治疗，有些则需长达1年甚至数年的治疗；（3）不同类型预后可能有很大不同，如艾滋病所伴发的葡萄膜炎（视网膜炎），视力预后不良，甚至可危及生命，白塞病视力预后通常不佳，其所伴发的中枢神经损害及动脉瘤破裂也可导致死亡，有些则有很好的视力预后，且对患者全身情况无任何影响。从这些不同可以看出，在遇到葡萄膜炎患者时，医生要做的第一件事情是要正确诊断出患者所患的葡萄膜炎类型，而不是笼统诊断为"葡萄膜炎"或"视网膜炎"或"虹膜睫状体炎"，并且还应了解疾病所处的阶段，因为不同阶段的处理方法也可能有很大不同。

　　所谓辨葡萄膜炎的可变性是指辨别疾病发生部位的可变性、疾病性质的可变性和其与全身病变关系的可辨性。葡萄膜炎可发生于不同部位，如虹膜、睫状体、脉络膜、视网膜、视网膜血管，发生于虹膜的炎症可以蔓延到眼后段，发生于脉络膜的炎症也可蔓延到眼前段。有些类型葡萄膜炎在疾病不同阶段累及的部位是可变的，葡萄膜炎的性质也是可变的，如Vogt-小柳原田综合征（是一种多发于中国、日本的葡萄膜炎类型，表现为葡萄膜炎，可合并脑炎、白发、脱发、耳鸣、听力下降、白癜风等），在早期表现为弥漫性脉络膜炎（眼底炎症），而在后期则表现为虹膜睫状体炎（眼前段炎症）。再者，多种类型葡萄膜炎可伴发全身性疾病，如强直性脊椎炎、幼年型慢性关节炎、炎症性肠道疾病、牛皮癣性关节炎等，这些疾病的全身表现可发生于葡萄膜炎之前，也可发生于葡萄膜炎之后，还可与其同时发生。我们遇到病人时往往看到的是疾病的一个断面，全身病变不一定出现或仅出现一项或若干项，要想获得早期正确诊断，一定要对这些临床表现及其可变性和疾病的临床特征有充分的了解。

所谓辨葡萄膜炎的伪装性是指要辨别它是真正的炎症性疾病还是非炎症病所致。有些非炎症性疾病，如眼部恶性肿瘤、全身肿瘤的眼部转移，一些变性疾病（如视网膜色素变性）或视网膜脱离，在临床上均可引起类似葡萄膜炎的一些改变（因此被称为伪装综合征），这些疾病特别是恶性肿瘤引起的伪装综合征，如果诊断不出来，而按炎症来治疗的话，那将会贻误治疗时机，可能给患者带来不可挽回的后果。

笔者曾在8年前遇到一例女性眼内—中枢神经系统淋巴瘤患者，被误诊为葡萄膜炎长达1年之久。开始时患者感到视物模糊，眼前有黑影遮挡。在上海某医院被诊断为葡萄膜炎，用药后无任何效果。患者回到北京后，一年中曾就诊多家医院，均被诊断为葡萄膜炎。其间又到新加坡就诊，仍被诊断为葡萄膜炎。多个医院为患者使用了糖皮质激素、抗细菌、抗真菌、抗病毒等药治疗，但病情仍不断加重，最后在某医院又行玻璃体切除联合药物玻璃体内注射，病情仍继续进展恶化。患者找到我时，视力已严重下降，眼底检查可见大片状黄白色病灶，伴有出血。我当即考虑为眼内—中枢神经系统淋巴瘤，嘱患者行头颅及双眼CT检查，发现颅内有占位性病灶（肿块），肿瘤科医生为其进行了肿瘤切除手术，术后病理学检查和免疫组织化学检查（是确定肿瘤的两种常用而又准确的检查方法），确诊为淋巴瘤。

　　笔者还遇到一例10岁女性患者，一眼红痛4个月，当地医生建议找我诊治，因患者未能挂上号而就诊其他教授。当时检查记录显示有睫状体充血（眼红）、有前房积脓，遂被诊断为葡萄膜炎，住院期间给予激素和抗生素治疗，未发现效果，进行B超、CT检查，也未发现异常，医生又给患者进行了前房穿刺，并行细菌、真菌培养等检查，结果还是没发现问题，无奈之下医生让患者出院。这位患者后来终于挂上了我的专家号。我为其检查时发现，眼睛充血（睫状充血）、前房呈雪片状积脓（不同于细菌感染、真菌性感染引起的积脓），虹膜表面有大量突出于虹膜表面的结节。根据这些表现，笔者高度怀疑是"视网膜母细胞瘤"（一种常发生于儿童的恶性肿瘤）。为了验证这一诊断，再次让患者进行CT检查，还是没有发现问题，又行前房穿刺和细胞学检查（是确定肿瘤细胞的一种可靠检查），为了引起病理科医生的重视，我在送检单上专门标明在临床上高度怀疑视网膜母细胞瘤的诊断。但令人遗憾的是，病理科医生在化验单写了如下结果："不能确定肿瘤的诊断，也不能排除肿瘤的诊断"。面对这一模棱两可的病理检查结果，我的直觉告诉我，视网膜母细胞瘤的诊断不会有错，当即与患者的母亲进行了充分的沟通，建议摘除患眼眼球，以免肿瘤扩散危及生命。好在患者母亲对我非常信任，同意摘除眼球，术后病理检查确诊为视网膜母细胞瘤，避免了诊断延误造成的肿瘤扩散和不良后果。

从这两个病例可以看出，辩证思维在诊断疾病中有多么重要：它使我们能够透过临床表面的现象看到疾病的本质，能够使我们从临床上的蛛丝马迹中寻找到疾病诊断的线索，作出正确诊断！

值得提出的是，随着科技的发展，诊疗仪器越来越先进，但再先进的仪器设备都不可能代替人的眼睛、人的大脑，眼睛的洞察力、思维的穿透力有时会胜过高端先进的仪器设备！后一例患者两次做CT检查都没有发现肿瘤，甚至进行被认为是诊断肿瘤的金标准的眼前房穿刺活检都没能确定诊断，但根据特征性眼部表现，我们即作出了正确诊断。忽略基本检查，一味依靠先进的仪器设备是不可取的。基本功的训练、正确的思维方式是对每个医生的最基本要求，所以听诊器不能丢，触诊不能丢，先进的仪器设备仅在我们难以确诊时或在某些必需的情况下才考虑使用。

这里顺便提一下，建议病人摘除眼球是一件非常慎重的事情，在医生没有足够经验、足够证据、足够信心的情况下建议患者摘除眼球是不可取的，因为这需要承担很大的风险！万一摘除后病理检查不是肿瘤那怎么办？无论从病人健康的角度，还是从目前紧张的医患关系角度，摘除眼球均可谓是天大的事情，应慎之又慎！

辩证的第二个方面是要辩患病的人。疾病发生在人身上，人的体质、年龄、性别、遗传因素、基础疾病、心理因素、家庭经济状况、对治疗的期望值等因素对疾病的临床表现、疾病的进展和转归及药物选择等均有很大影响。历史上曾出现霍乱大流行、鼠疫大流行，但并不是所有患病的人均发生死亡。这些例子说明，在一定程度上患者本身的因素可能决定着疾病的转归及预后。少年儿童免疫反应强，容易出现使炎症复发，老年人、酗酒者在用糖皮质激素药时易于发生股骨头坏死，糖尿病人服用激素后易引起血糖升高，甚至酮症酸中毒，少年儿童患者长期服用大剂量糖皮质激素易出现生长发育障碍。所以对这些患者治疗中使用糖皮质激素应格外谨慎和严格控制剂量。少年儿童患者、没有结婚的患者、结婚后尚未生育的患者或有生育要求的患者，对一些免疫抑制剂（如环磷酰胺、苯丁酸氮芥、雷公藤等）所引起的不育副作用通常不能忍受，而那些中年以上或无生育要求的人，对这样的副作用通常不会介意。经济状况好的人总是希望开好药和贵药（尽管有时贵药并不治病，治病的不一定需要贵药），而经济条件差的患者则更需要用廉价的药物进行治疗。只有充分辨别这些因素才能够制定出适合每个病人的治疗方案。

辩证的第三个方面是辨治疗方法，治疗方法包括药物、手术和其他各种干预方法。治疗一种疾病往往有很多种药物、多种手术方式，但不同药物的作用环节、作用机制、作用强弱以及副作用都可能有很大不同，不同手术方式的适应症、禁忌症、优点和缺点也有很大不同，这就需要医生能够对这些有全面了解，在前述辨疾病和辨病人的基础上，艺术地、智慧地为不同患者制定出合适的个体化治疗方案，以期达到最佳的治疗效果。

辩证思维的核心是以人为本，以病人为中心。由于辩证思维强调的是一切根据病人的各种具体因素进行处理疾病，所以更加关注的是人而不是疾病，因此其核心是以人为本、以患病的人为中心！

目前很多医院都在开展以人为本、以病人为中心的活动，强调微笑服务、想病人所想、急病人所急、把病人当作亲人等理念。应当说强调这些都没错，但是它们只是以人为本、以病人为中心的一种外在形式，实质上以病人为中心的内核是，以患病的人为中心，治疗的出发点是人，落脚点还是人。在辨疾病和辨治疗方法的基础上，要根据患者年龄、性别、体质、所患基础疾病、病人对治疗的期望值、他(她)不希望出现的副作用、经济状况等各种因素制定出适合患者的治疗方案，最终为了救人和活人（使人健康地活着、活出高质量的生活），这才是真正叫作以人为本、以病人为中心。大道理讲的不一定使大家真正明白什么叫以病人为中心，下面一个例子可以很好地诠释它的含义。

1992年底，我诊治了一位来自成都的26岁男性患者，他患巩膜葡萄膜炎已10个月之久，曾在北京多家医院诊治，最后因炎症无法控制而将患眼眼球摘除，当时另一眼尚未发病。他回到成都后不久健眼又发生了同样的巩膜葡萄膜炎，成都医生对他高度重视，使用了大量糖皮质激素和其他多种药物治疗，未获理想效果。医生曾为其举行了3次全市大会诊。在最后一次会诊时，内分泌科专家说，患者使用了大量的糖皮质激素，出现了严重的"满月脸、水牛肩"等副作用，如再继续使用激素，可能会有不堪设想的后果，所以建议再也不能给患者使用激素了。眼科专家则无奈表示，如不使用激素，这只眼睛恐怕也要被摘除。此时一位老教授建议让患者到广州找我诊治（我从博士毕业后至2008年初，一直在广州中山医科大学中山眼科中心工作），并告诉患者说杨培增医生能够给你解决问题。

患者的爱人及岳母陪他到广州治病。由于使用大量的激素，病人看上去已严重变形，体质非常虚弱，走路都需要他爱人和岳母搀扶。到广州后饮食习惯又发生改变，患者感到体质更为虚弱。我在为患者检查眼睛时发现，眼部红得特别厉害，巩膜葡萄膜炎已相当严重。根据眼病的严重程度，患者需要使用更为强烈的免疫抑制剂，但患者的身体则难以支撑。此时我想到的是首先要调理患者身体，使其逐渐能耐受免疫抑制剂，缓慢减少糖皮质激素剂量，并逐渐加用其他免疫抑制剂。经过3个月的治疗，患者体重下降了20公斤（即显著消除了糖皮质激素所致的副作用），巩膜葡萄膜炎得到控制，视力从0.05提高到0.5（患者有白内障遮挡，否则视力会更好），体质得到显著恢复。患者又经过1年的治疗，眼病得以彻底控制，直到现在20多年过去了，患者眼病未再复发过，视力一直维持0.5。

再回过头来分析当时我的治疗策略，如果当时仅看到了严重的巩膜葡萄膜炎，而一味强调控制炎症，给病人使用更多更为强烈的免疫抑制剂的话，病人可能因体质虚弱不能耐受药物副作用而出现严重的后果，甚至会失去生命。如果所用药物使病人的生命不存在，那么治疗还有什么意义？面对这一炎症严重体质又非常虚弱的患者，我首先看到的是人，想到的是让患者尽快恢复体质，使身体恢复到可以耐受药物副作用时，再加用其他药物以逐渐消除疾病，最后落脚到恢复人的健康上。从本例患者的治疗过程及效果来看，我们不难理解什么是以人为本、以病人为中心。

辩证思维的本质是"活"的思想和"活"的灵魂，强调的是具体情况具体分析，而不是千篇一律地使用公式化的治疗方案来治疗同一种疾病。

电视连续剧《神医喜来乐》中曾有这么一个场景，当喜来乐把皇帝的病治好以后，太医问他你怎么把皇帝的病治好了？喜来乐说一个字治好的，那就是"活"字，人无常人，病无常病，药无常药，这是一个典型的辩证思维。

大约2004年，我在印度参加了一个国际葡萄膜炎会议，一位德国专家讲他如何用糖皮质激素治疗葡萄膜炎，开始用多大剂量，治疗多少天后开始减量，每次减多少剂量，治疗多少天后再减量。这一减药方法就像解数学题一样，一步一步非常清楚。他还没讲完，即有一位眼科医生站起来，表示不认同德国医生的治疗方案，这位医生详细解释了他的格式化的治疗方案。未等讲完，又有一位医生站起来对第一位、第二位医生的方案均不认同，他又给大家报告了他的格式化的治疗方案。会后那位德国专家告诉我，他很生气，我问他为什么会生气？他说那两位医生没礼貌。我告诉他，不能怨他们俩人没礼貌，是你们讲的都不对。他感到很诧异。我给他解释说，你们都把葡萄膜炎当成了一种疾病，当成了一成不变的疾病，寻找的是一种千篇一律的格式化的治疗方案；实际上葡萄膜炎是一类病因和类型非常复杂的疾病，每一种类型的严重程度、病程、对治疗的反应都有很大不同，每个患者的具体情况又千变万化，怎么可能用一把钥匙打开千把锁呢？怎么可以用一种治疗方案治疗所有葡萄膜炎病人呢？他听后不得不频频点头称是。

在日常生活中，我们经常会说在世界上找不到两片完全相同的树叶，那么在处理疾病时我们为什么总是寻求一种格式化的治疗方案呢？近年来，很多人提出要建立诊断和处理疾病的临床路径或指南。总体而言这是正确的，每一种或一类疾病有基本的特征和进展规律，在处理上有其共性原则，因此这种临床路径或指南会规范某种疾病的处理，对临床工作有指导作用。但我们也应该认识到，疾病处理的灵活性和个体化原则也非常重要，盲目要求对患某一种疾病的所有个体使用同样的处理和治疗方法是不合理的，也是有违科学原理的。实际上，现在西方医学已经注意到了病人的个体差异，强调个体化治疗。在日常门诊工作中，我们经常看到不少患者为了挂上某些专家的号，通宵达旦排队，就是为了寻求"非路径"样的、"特殊的"、"个体化"的治疗。

　　由上分析可以看出，辩证思维是医生诊疗工作中的一种重要的思维方式，以活的灵魂处理复杂多变的疾病，体现的是医生对苍生、对人类、对患者的大爱和至爱！实际上，辩证思维也是每一个人在处理人生、事业、家庭和日常生活中各种问题的一种重要思维方式。不断体会、不断领悟会提升人生的境界和智慧，拓展人生的宽度和厚度！

治病需要整体思维

医生在处理疾病时，局部思维的重要性已广为人知，如阑尾炎的手术切除治疗，恶性肿瘤的局部切除治疗，血栓性疾病的溶栓治疗等等。但整体思维在处理疾病中的重要性尚未得到广泛和足够的重视。

10年前我诊治了一位来自土耳其的40多岁的男性白塞病患者，一位在广州工作的土耳其人一同前来作翻译。翻译告诉我，患者已患白塞病5年，有口腔溃疡、葡萄膜炎、阴部溃疡和皮肤病变，这些病变反复发作，特别是腿部出现了两个大的溃疡，直径分别为5cm和4cm，在土耳其历经许多医生治疗，局部使用了很多种药物，未见任何效果，经朋友介绍，前来找我诊治。

为患者进行了详细全身和眼部检查后，我将患者所患疾病确诊为白塞病。它被认为是一种自身免疫性疾病或自身炎症性疾病，虽然病变常发生于眼、口腔、皮肤和生殖器，但它是一种免疫反应引起的全身性疾病。患者腿部溃疡历时5年，以往治疗主要集中于局部，由于全身自身免疫反应这一病因未能消除，所以腿部溃疡始终未能愈合。

根据疾病这一特点，我从整体上把握疾病的免疫病因和发病机制，为患者制定出免疫抑制剂（糖皮质激素和苯丁酸氮芥）联合补气养血、利湿解毒和化腐生肌的中药，局部未再给予任何药物。在用药1周后，溃疡的边缘长出肉芽组织，随着用药时间延长，溃疡逐渐愈合。在用药后2个月时，溃疡竟完全愈合。患者坚持用药1年，葡萄膜炎和其他全身病变也都全部治愈。患者已随访近10年，腿部溃疡及其他全身病变未再复发。

在为患者治愈腿部溃疡后，患者啧啧称奇，见证这位患者治愈过程的其他患者也感到不可思议。当时我的一位同事给我开玩笑说，杨教授你的运气真好，患者腿部溃疡在发病5年时本来该愈合了，刚好碰上了你给开的药。我笑着对她说，不排除这种可能性，但在某种程度上说明了治疗疾病整体思维的重要性。

我还引用了下面一个笑话来佐证我的观点。有一位首长下去检查工作，拍着一位战士的胸脯说："小伙子胸肌练得不错。"那位战士马上打了个立正："报告首长，我是个女兵。"这个笑话告诉我们，只看局部不看整体是不行的，是要出问题的。我曾经在全国多个会议和葡萄膜炎专题讲座中列举这个例子，以示在治疗疾病中整体思维的重要性。医生听后无不印象深刻，再也不会忘记疾病治疗中的整体观。

上面所举的这个例子听起来确有神奇之感，但也在意料之中。腿部的溃疡实是机体免疫反应所引起，局部使用再多药物，并不能解决患者腿部病变的病因和发病机制问题，因此病变迟迟不能愈合，终于酿成5年之久不能愈合之溃疡。使用免疫抑制剂抑制了过强的免疫反应，解决了病因和发病机制这一根本问题，所以溃疡愈合也在情理之中，所用中药可能对溃疡愈合起到了促进作用或加速作用。

我是你的眼

上面这个例子也为我们治疗其他疾病提供了一些有益的思考和启示。现代科技为我们提供了很多针对性很强的或具有靶向作用的药物，如目前在治疗视网膜新生血管疾病中使用的Lucentis、Avastine，治疗白塞病、强直性脊椎炎等一些顽固性疾病中使用的肿瘤坏死因子可溶性受体或单克隆抗体，对顽固性视网膜炎或其他后葡萄膜炎所进行的糖皮质激素玻璃体内注射。毫无疑问，这些药物治疗确实有很好的效果，但问题是当这些药物作用消失后，通常需再次注射，并且可能是多次反复注射，以不断抵消病变局部新出现的致炎因子和致新生血管形成的因子。且不说此种治疗的费用昂贵（如目前使用的抗新生血管生物制剂Lucentis，使用一次即需将近10000元人民币），单就药物的副作用和反复注射所致的并发症而言也不容小视，如糖皮质激素（俗称激素）反复注射至玻璃体内不但可引起激素性青光眼和激素性白内障，还增加因反复注射导致眼内感染发生的可能性。众所周知，眼内细菌和真菌感染都是非常可怕的并发症，确诊和治疗的延迟可能造成患者视力永久性丧失，甚至失去眼球！因此在处理此类疾病时既要着眼于局部的病变，又要注意消除引起局部病变发生的真正元凶；既要考虑急则治标的问题，也要考虑实现疾病的永久性控制；既要发挥药物的作用，又要权衡药物作用、副作用和治疗费用。

几年前，将激素注射至玻璃体内治疗葡萄膜炎曾流行了一段时间，当时笔者多次在有关学术会议上和讲座中指出这种治疗方法的有效性和局限性。葡萄膜炎的炎症发生在眼局部，但引起这种炎症的免疫反应是全身性的，玻璃体内注射可使激素在眼内达到相当高的浓度，可以避免全身大量应用所带来的全身性副作用，此是该治疗的优点所在，同时也是其缺点所在，由于局部治疗对全身免疫反应无作用或少有作用，当药物作用消失后，炎症往往卷土重来。你可以重复多次激素玻璃体内注射，但你不可能无休止地进行此种治疗，因为长期反复注射治疗所带来的风险是巨大的。由此可以看出，此种局部治疗虽能凑一时之功，但确有"扬汤止沸"之嫌。要彻底解决这一问题，恐怕还需从整体上、从病因上、从发病机制上统筹考虑，以全身用药方式逐渐消除体内过强的免疫反应，此即所谓"釜底抽薪"之意也。当然，根据具体情况对一些全身用药难以立见功效的患者或者全身用药在局部难以达到理想药物浓度时，可以局部用药以消除局部病变，全身用药以"治本"，以求从根本上消除疾病持续或慢性化的根源，二者有机结合则可收事半功倍之效也！

治病需要唯美思维

当你穿上白大衣，在诊室面对病人的时候，你想到的是什么？恐怕很多医生会说，想到的是生命之重、敬畏生命、责任、救死扶伤等等。这些都没错，都非常重要。但是不够全面，你还应该想到美学和艺术！

心脏的规律跳动、呼吸的平缓舒畅、目光的炯炯有神，均体现出生命的韵律之美和丰盈之美。心律失常、呼吸困难、面色灰暗无华则显示的是生命之树的衰败、生命之花的枯萎。作为一位医生，则有责任恢复生命之美好、之丰盈、之灿烂！这样就有了治疗疾病中的唯美思维，就有了治疗疾病是一门艺术的精辟见解。

唯美思维和治疗疾病看起来并不搭界，但是，实际上二者有密切的关系，唯美思维是治疗疾病中的一种重要思维方式，也是医疗活动中的一种最高追求。

要理解这个问题，首先要了解和谐与美的关系。我们经常说自然界是一个和谐的整体，高山、河流、草原、蓝天，人与动物、环境等组成一幅和谐的画面；人体内部是一个和谐的整体，五脏六腑功能正常，阴阳气血调和平衡，使人精力充沛，面色红

153

润；人与自然也是一个和谐的整体，蓝天白云下的孩子嬉戏，小桥流水旁的人影倒立，使人感到无限惬意、轻松和愉快！

由此可以看出，和谐的本质即是"风调雨顺""形神合一"和"天人合一"，归结为一个字，那就是"美"！

所谓疾病，就是人体内部出现了紊乱、失调和不平衡，也就是出现了不和谐，此是所有疾病共同的病理生理学基础。医生治疗疾病的目的在于纠正紊乱、恢复平衡，最终恢复和谐，这就不难理解治疗疾病为什么需要唯美思维了。

在处理疾病时运用唯美思维，就是要强调用最少的药物、最小的剂量（刚好能控制疾病的剂量）、最简便的给药途径、最经济的成本、给病人带来最小的痛苦（副作用）、最优化的治疗方案、最适宜的治疗时间，最终达到在不知不觉过程中治愈疾病这一目的。这是治疗疾病的最高境界！

2013年12月，国家卫生和计划生育委员会宣布开展"健康中国行——全民健康素养促进活动"的活动主题是"合理用药"，制定了十条核心内容。第一条是合理用药，指安全、有效、经济地使用药物。第二条是用药要遵循能不用就不用，能少用就不多用，能口服不肌注，能肌注不输液的原则。这两条实际上就是医疗工作中唯美思维的具体要求。

实际上，我们在遇到疾病时很多时候考虑的是如何用大剂量的药物和多种药物祛除疾病，使用手术的方法赶快祛除疾病和肿瘤。但这种过大剂量的药物或深度干预可能给患者带来更大的和更为严重的危害，甚至是危及患者生命。

在医院里、在坊间经常可以听到这样的叹息：这个肿瘤患者如果不使用化疗，可能还能活个一年半载的，而一用化疗药物，病人很快死亡了。2003年SARS流行过后，我看到一则报道说，在北京某个医院的SARS病人痊愈后，约1/3至1/2的病人发生了股骨头坏死。去年我还看到一个对这些股骨头坏死患者的追踪报告，称他们已成"石膏"人，骨头一碰就碎，不少人已有生不如死、痛不欲生的感觉。这不禁使我想起了在门诊遇到的一些以往由于使用大剂量激素而发生股骨头坏死的患者。或许医生当时治病时是出于赶快把病人治愈的意愿，便使用了大剂量及超大剂量的药物治疗，结果给患者遗留下终生的遗憾。前段时间笔者遇到一例来自甘肃的18岁女孩，患葡萄膜炎已十余年，长年使用大剂量糖皮质激素，今年已十八岁，个子只像7岁的孩子，至今月经尚未来潮。

看到这些患者，笔者心中甚是惋惜，如果我们在治病中有一些系统思维、辩证思维和整体思维的话，不至于出现如此大的副作用，如果有唯美思维的话，更不至于如此！

大学药理学教科书上明确无误地写着，在一定剂量范围之内，药物的作用与其剂量是成正比的，超过这一剂量，再增加剂量并不一定增加效果！我在全国多种会议、葡萄膜炎专题讲座或学习班上，举了这样的例子：一匹马拉一部车，速度可能慢些，3匹马拉这部车时速度可能达到了极限，如让10匹马同时拉这部车，是跑得快还是跑得慢？答案恐怕是不言自明的！

值得提出的是，过度用药、过度治疗在临床上时有发生，其原因是多方面的：医生一味追求快速的治疗效果应是主要原因之一，也可能有其他因素的影响，还与部分病人及家属喜欢使用所谓的贵药、好药、输液等有关，也不能不说与医生治病的观念和缺乏"唯美思维"的意识有关。

为了加深大家在治疗疾病时应使用适宜剂量的认识，笔者还举出另外一个故事来加以说明：一位县委书记被免职，一气之下变成了植物人，老婆把他送到医院，医生抢救了很久未能使其苏醒过来。医生无奈地对他老婆说，看来还得给他念"官复原职"才能使其苏醒过来。他老婆则想，官复原职多不过瘾呀，何不让她老公好好高兴一下呢？于是她就对着老公念："经组织上决定，升任你为省委书记。"听到这话，她老公从床上挺身而起，大笑一声，气绝身亡！

为什么？是因为剂量太大了，从县委书记到省委书记这样大的剂量估计没人能受得了。所以要记着，在治疗疾病时，应使用适宜的剂量，而不是要使用超大剂量！

令人欣慰的是，笔者在全国各种学术活动中的讲座已使越来越多的医生理解和接受了唯美思维的理念，在我国葡萄膜炎治疗中以往大剂量甚至冲击疗法使用糖皮质激素的越来越少了，越来越多的医生认识到消除紊乱、恢复平衡、和谐的重要性，不再一味追求短期治疗效果了。这真可谓是医疗界的一大幸事！

诊室花絮

诊室花絮

病人在诊室里往往非常紧张和焦虑，如何缓解病人的紧张情绪，拉近医生和病人之间的距离，取得病人的信任和配合，最终获得好的治疗效果，是一门大学问。这不单单是技术层面的问题，更为重要的是医生应以爱心和智慧创造出一个温馨、轻松的医疗环境。现记录我在门诊时化解患者紧张情绪的一些片段，以期起到抛砖引玉的作用。

1. 都是月亮惹的祸

病人患葡萄膜炎多年后才被某医生介绍找我，或在网络上找到我的信息，前来我院就诊。就诊时，患者通常会显得非常紧张和害怕，生怕这么多年会耽误了病情，会影响眼病的治疗和预后。此时他们都会急切地说，教授，我患葡萄膜炎已有10年了，现在才找到你，以前不知道啊！我往往作以下回答："找不到我不是你的错，都是月亮惹的祸。"病人听后往往会忍俊不禁，所有因疾病引起的紧张及见了所谓大教授的紧张均一扫而光。

2. 吃饭

一位患者在经我长达一年治疗后完全治愈。我为她检查眼睛后说，你可以不吃药了。她以往曾听说葡萄膜炎是不可能完全治愈的，听了我的话后，她惊讶地问我："教授我不吃药，那吃什么啊？"我告诉她："吃饭。"患者愣了一下，扑哧一下笑了，重复着说："是吃饭，吃饭。"

3. 还是教授好

一位黑龙江的患者经我治疗后，葡萄膜炎得到治愈，她非常开心，同时也希望在诊病时给多一些时间，能够详细询问一下以后生活工作中应注意的问题以及如何避免葡萄膜炎复发等问题。一次我给她看病时，她半开玩笑地说："教授，我哐当哐当坐火车坐了4天4夜来看你，你只给我几分钟的时间（我诊治病人往往有一批助手帮我问病史，开化验单和辅助检查单、抄病历、抄处方等工作）。"我笑着说，是啊，每位患者在外面候诊时，都恨不得前面那一位进诊室后马上就出来，等轮到他（她）进诊室时，恨不得能呆上半个小时。如果我给你半小时，就意味着很多病人今天看不上病。她听后点点头，但还是想让我多给她一点时间交流和沟通。我给她开玩笑说，我给你几分钟时间很不错了，如果你到北京想见某位领导，恐怕等十天半月，他都不会给你一分钟。病人听了捧腹大笑："那是，那是，还是教授好！"

4. 爱感冒还是爱太太

有一次，我为一个来自北京的男性患者检查完眼睛，准备为他开药时，他郁闷地告诉我："杨教授，能不能帮我治疗一个毛病？"我问他要治疗什么毛病。他告诉我，在过去一年多中，他老爱感冒，爱人总是躲得远远的，生怕他传染给她。我笑着告诉他："你老爱感冒，你爱人肯定躲你远远的。你应该爱你太太、爱你父母才对呀。"他愣了一下，笑着说："是，应该爱太太、爱父母，不应该爱感冒！"

5. 天鹅肉不能吃

不少患者在患葡萄膜炎后，都会询问忌口的问题。

在网上流行一种说法，患葡萄膜炎后不能吃羊肉、牛肉、狗肉、海鲜之类的食物。实际上，只有极少数人吃了这些食物后，葡萄膜炎会复发，那可能是对这些食品中某种蛋白过敏所致，只要患者对这些食物无过敏史，一般不用介意。但网上不知道为什么总是流传着葡萄膜炎不能吃土豆一说。

很多患者在就诊时问我："杨教授，我需不需要忌口啊？"我通常告诉他（她）："只要你以往吃东西不过敏，就都可以吃。"患者又问："能不能吃土豆？"我说："黄豆都可以吃。""那到底什么不能吃？"我想了想告诉他（她）："天鹅肉不能吃。"病人往往被我逗得捧腹大笑。

6. 要生孩子

在治疗葡萄膜炎和其他全身免疫性疾病的药物中，有一些药物（如环磷酰胺、苯丁酸氮芥、雷公藤等）有引起不育的副作用。在使用前应向病人交代清楚，并告诉患者在用药前应检查精液，以便了解病人精子状况。在用药期间还要定期进行精液检查，以便及时发现药物对精子的损伤，再决定是否减药或停药，以期最大限度地为患者保留生育功能。

一次一位30多岁尚未结婚的男性患者找我诊治葡萄膜炎。为患者检查后发现病情较重，我建议给他应用环磷酰胺，并告诉他此药有可能引起不育的副作用，请他用药前先作精液常规检查。他说不用作此项检查了。我问他为什么，他沮丧地告诉我，患葡萄膜炎已近10年，家里已经没有任何值钱的东西了，眼睛也不好，也不会有人嫁给他了。所以有没有生育能力已无任何意义了。根据他患的葡萄膜炎类型，治愈疾病还是有很大希望的，我当时告诉他："如果你的葡萄膜炎治好了，你又中彩票3000万，你要不要生孩子？"

他说："我的病真的能治好吗？"我点点头，他高兴地说："那我要生孩子，赶快给我查精液。"

这个患者经过一年悉心治疗和定期随访观察，葡萄膜炎得到彻底治愈，虽然他没中彩票3000万，但眼病好后，自己办了个养鸡场，娶了媳妇，不久后还生了一对双胞胎。

7. 你想着人人都是贝卢斯科尼啊

一位20多岁的白塞病患者前来就诊，他在多家医院诊治长达两年之久，葡萄膜炎仍然没有控制。我检查完眼睛后，建议给患者应用糖皮质激素联合环磷酰胺治疗，也清楚地告诉他，环磷酰胺有引起不育的副作用，并给他开了精液检查单。他告诉我不用查了。我问他为什么不查，他说："现在很多女人改嫁，都带着小孩，也省你的事了，那多好啊！即便是改嫁不带小孩的，结婚以后，你让谁帮忙谁都会帮忙的！"听后，我睁大了眼睛，直呼："你想着人人都是贝卢斯科尼（意大利前总理，以喜欢"帮忙"而著称）啊？"

8. 处男

一次为一位60多岁的老先生诊治葡萄膜炎，发现他性格非常乐观，患葡萄膜炎已20年之久，他的朋友扶着他到医院找我治疗葡萄膜炎。我为患者检查后，决定要用苯丁酸氮芥为他进行治疗，想着他已60多岁高龄，对影响生育的副作用估计他不会介意。谁知当我问他介意不介意对生育有影响时，老人认真地说介意。我问他为什么，他告诉我他还没有结婚。啊，一下我晕了，问他，你还是处男啊？老人听后哈哈大笑，笑得前仰后合。

9．早点休息

一位男性葡萄膜炎患者前来就诊，其爱人陪同。他爱人趁他去做辅助检查的机会告诉我："教授，你要告诉我先生，说患了葡萄膜炎绝对不能吸烟喝酒。另外，他总是上网，很晚才睡觉，既影响我休息又影响他眼睛，你劝他晚上要早点休息。"我点点头表示同意。为病人开药时候，他问我："杨教授，我用药期间需要注意什么吗？"我告诉他："烟不吸，酒不喝，回家天天暖被窝。"他老婆在一旁开心地说："你看我早就给你说过这三件事了吧，你就是不信，教授说的总该信了吧！" 病人睁大眼睛不解地问我："回家暖被窝对葡萄膜炎治疗也有帮助吗？"

10．听医生的话与听老婆的话一样重要

一位葡萄膜炎患者在用药过程中，发现自己无红痛且视力提高后，总是自行减药或停药，接着就是炎症复发。每次我为他复诊时都会一遍一遍地告诫他不要自行减药，要听医生的话，他总是不听。最近一次为他复诊时我使用了另外一种方式告诫他应按医生的医嘱用药。我问他："在单位你听谁的话？"他说："领导的话。"又问："在学校听谁的话？"又答："听老师的话。"后又问："在家里你听谁的话？"接着又答："听老婆的话。"接着又问："在医院听谁的话？"接着又答："听教授的话。""那你为什么不按我的医嘱去用药呢？"他沉思了一会说："没想到我被你绕进去了，弄得听你的话与听老婆的话一样重要！"

11. 后悔

　　一位籍贯河南南阳的老太太找我诊治葡萄膜炎。她为了和我套近乎，说她与我是老乡，老家是南阳的。我给她说，南阳是出圣人的地方，有医圣张仲景，发明地动仪的科圣张衡，智谋过人的智圣诸葛亮，叱咤商海的商圣范蠡。她听后随便说了一句："我很早就从南阳出来了。"我不无遗憾地说："你要是晚出来几年，说不定也会弄出个什么圣人来。"她听完后哈哈大笑，连声说："后悔，后悔呀！"

12. 见别人发美金都不眼红

　　一位女性巩膜炎患者告诉我，她总是眼睛红红的，还伴有眼痛，每个月发一次。

　　我问她："是不是眼红得像发奖金那样准时？"她点头称是。我又问她是不是看到别人发奖金时眼红？她不好意思地说："你别说，我的眼还真是在单位发奖金时发红。"

　　经过一段治疗后，她眼睛再也不红了。我问她："见别人发奖金也不眼红了？"

　　她笑着说："岂止是见别人发奖金不眼红，见别人发美金都不眼红了！"

13. 再也没有理由失眠了

一位男士患葡萄膜炎后感到非常紧张和焦虑，一直处于失眠状态。我为其检查完眼睛开药后，他对我说："教授，我总是晚上失眠，吃安眠药也没多大效果。你能不能帮我用中药调理一下？"我问他为什么失眠。他告诉我每天一睡觉，脑子里总是冒出很多很多问题。我告诉他："十八届三中全会已经开过了，嫦娥3号都飞到了月球上了，你还有什么不放心的？还有什么担心的？"他笑了起来，连声说："是没有什么担心的了，有杨教授为我们治疗眼病，我再也没有理由失眠了！"

14. 有党就有希望

一位福建女孩患了葡萄膜炎，先后在全国多家大医院治疗1年有余，葡萄膜炎没有得到控制，仍然反复发作。最后经医生介绍前来找我诊治。在我为她检查完眼睛后，她抹着眼泪小心翼翼地问我："我的眼睛还有没有希望？"我看着她惊恐的面容，用坚定而又有力的语气告诉她："只要党在就有希望，有党就有希望。"听完我的回答，她破涕为笑，后来她的葡萄膜炎在治疗后得到了彻底康复。

15. 结一次就够了

在门诊遇到一位近30岁的女性葡萄膜炎患者，经治疗一年后她的葡萄膜炎得到彻底控制。我让她停药，她有些不放心，问了很多问题，如以后生活中要注意什么，有什么忌口的没有，感冒了咋办等等。我一一作了回答。她最后有些不好意思地说："教授，我想再问一个问题行吗？"我说："可以。"她一脸严肃地问："能不能结婚？"我说："想结10次婚都行。"听后她笑得前仰后合，连声说："结一次就够了"。

16. 配眼镜

有一次，我给一位男性葡萄膜炎患者治愈了疾病后，发现他的裸眼视力为0.3，矫正视力达到1.0。我告诉他："配个眼镜就好了。"他说他习惯了这个视力，不想配眼镜。我告诉他："满大街跑的都是美女，你看不清不吃亏啊？"他一本正经地问我："戴上眼镜真的能看清楚吗？"我答："难道骗你不成？"他不好意思地对我说："我怎么没想到这个问题，还是给我配眼镜吧。"

17. 彼此

一位女性病人，患葡萄膜炎已有10多年，视力一直不好。经过多家医院治疗没有效果，最后经人介绍找到我。我用西药联合中药为她治疗一年，炎症得到了很好控制，又为其做了白内障手术。第二天揭开眼罩后，她视力恢复到0.6，非常高兴。此时，她看了老公一下，突然用手把眼睛捂住。我问她为什么？她怯生生地指着她眼前那个男人问："他是我老公吗？"我说："是呀！每次都是这个男人陪你来看病的。"她不好意思地说："教授，还是让我看不到为好。"我问她："为什么？"她说："才过去10年，他怎么变得那样惨不忍睹呢？"听完她的话，她老公在一旁反唇相讥说："你对着镜子看一下，你才是惨不忍睹呢。"

18. 是不该急

春节将近，门诊上有一位小伙子找到我，他很着急，要我赶快给他加个号，早点给他看病。我问他为什么那么着急？他说要急着赶回家去。我又问他为什么要急着赶回去？他说他哥马上就要结婚。我很惊讶，问："你哥哥结婚，你急什么呀？"他听后脸上红一阵白一阵的，吞吞吐吐地说："是不该我着急，我就慢慢排队等着看吧。"

19. 这个理由没法拒绝

有一次，一位上海的病人想让我给她多开一些药，她说4个月后才回来复诊。她患的是白塞病，此种病是葡萄膜炎中最顽固的一种类型，用药后的反应及药物的副作用都需要密切观察。我告诉她，不能这么久才复诊。她说她工作忙，请不到假。我给她说，为了你的眼睛和你的家人，你还是一个月到两个月来复诊吧。听后她面露难色，还是坚持要我多给她开药。最后我告诉她："你那么久才来，我想你的时候咋办？"她听后愣了一下，扑哧一下笑了起来："是得回来复诊，这个理由没法拒绝。"

20. 千万不能对老公说

我治疗的患者中多数来自重庆市以外的地区，这些患者用的免疫抑制剂都具有毒副作用，在治疗过程中，需要每两周查肝肾功能、血常规、血糖等，并且需要1～2个月复诊一次。

有一次，一位北京患者在用药后半年才来找我复查。接诊时，我对她说："一走就是半年多。"她说："杨教授，我来一次太不容易了，工作很忙，事情很多。"我接着说："180个日子不好过。"她又说："用了你的药，我的葡萄膜炎没发过。"我又接着说："你心中根本没有我。"她哈哈大笑说："杨教授，你为我治好了葡萄膜炎，我天天都想着。"我对着她嘘了一声："千万不能对老公这么说。"患者听后笑得前仰后合。

21. 到桃花盛开的时候

一位来自浙江的葡萄膜炎患者于今年2月份来找我治病。经过1周的门诊治疗后，葡萄膜炎的症状明显减轻。但病人还是对所患葡萄膜炎非常担心，他忧心忡忡地问我："能不能带药回去治疗？"我告诉他："可以带药回去治疗，过一段时间再来复诊。"他接着问我："什么时候来复诊？"我告诉他："到桃花盛开的时候。"病人先是一愣，然后扑哧一下笑了起来，连声说："好，好，到桃花盛开的时候。"

22．大约在冬季

一位来自福建的30岁女性患者，去年10月份来重庆找我诊治葡萄膜炎。她已是第5次来找我复诊了，葡萄膜炎控制得很好，在将近1年的治疗中炎症未再复发过。她很想尽快停药以尽快怀孕生育。我为她检查完后，她迫不及待地问我："教授，我什么时候停药啊？"我告诉他："大约在冬季。"她听后啊了一声："这么快啊！"我给她说："你不想这么快停药啊？"她连声说："想，想。"患者在停药1年后顺利生下一个大胖小子，再次复诊时还给我带来了喜糖。

23．不能姓夏

一位男性葡萄膜炎患者来自江苏，他爱人陪同他来重庆找我诊治眼病。他姓韩，名流。在我看到他名字时，不经意问了他一句："你太太姓什么？"他说："姓夏。"我说："亏得你姓韩，如果你姓夏，可就麻烦了。"他听后怔了一下，笑着对我说："是不能姓夏，姓夏就麻烦了。"

24．心不花

一位来自广东40多岁的男性葡萄膜炎患者，第一次找我检查时，双眼视力只有0.1，经过1年的治疗后，双眼视力恢复到1.0，但他对我说："教授，我视力1.0，怎么近的还是看不清楚？"我告诉他："你花眼了。"他对我说："我怎么会眼花呢？"我说："到你这个年龄一般都会花眼的。"我顿了顿又告诉他："花眼没问题，配个花镜就可以了，只要心不花就行，心花了就没有办法了。"他连声争辩说："我是眼花，心不花，心不花。"

25. 从不多说一个字

一位来自新疆的男性葡萄膜炎患者，是一个寡言少语之人，从来不多说一个字。给他治疗将近一年后，葡萄膜炎得到很好的控制。最近一次复诊时，我问他眼病有无复发，他说"无"。我问他视力如何？他说"好"。我再问他："有无什么不舒服的？"他说"胀"。我不解地问："你到底有什么不好的？"他还是那一个"胀"字。我对他说："你肯定是股民，要不怎么老说涨呢？"他"嘿"了一声（"嘿"两下都是奢侈和啰嗦）说："眼胀。"

我们一米梦

云梦想，云人生

人生每个阶段都似梦，一个个梦叠起来就是人生。我的童年异常艰苦，我每天吃的都是老红薯、水煮红薯干、红薯面和他的窝窝头和红薯面做的稀饭。那些我梦想过春节、过中秋节，因为可以吃上猪肉和馒头。

小学期间是我梦想着父母亲能给买件新衣服。记得大约在上小学四年级时，看到比我高一年级的一位同学穿了件毛衣衣，当时羡慕得不得了！心里总梦想着能穿毛衣穿。那么接近一年都没敢对父母说，因为怕穿之，又敢给父母增加负担。

❀ 我记得她到春节了，母亲问我想要点什么，

GuangBo

手写稿

高中时期青涩照（1973年）

大学期间（1980年）

和父亲（1980年）

174

与母亲、哥哥、表哥、表姐、儿子杨沐在一起（2000年）

在阿根廷会议期间出席探戈晚宴（2000年）

与Robert B. Nussenblatt、陈之昭教授在一起（阿根廷，2000年）

在第五届国际葡萄膜炎大会作大会发言（阿根廷，2000年）

与爱人和儿子杨墨在一起（2004年）

与Aize Kijlstra、James T. Rosenbaum、Jerry Niderkorn教授、国辉、
杨墨合影（2005年）

第四届国际葡萄膜炎研讨会合影（2013年）

参加中国共产党第十八次全国代表大会时留影

文 学 之 梦

我是你的眼

今天在门诊上遇到一位来自河南的女性患者，名字叫春儿，今年43岁，她患的是Behcet病（白塞病），已有近两年病史。此病是我国常见的一种葡萄膜炎类型，反复发作，治疗很是棘手，不少患者因治疗不及时或得不到有效正确的治疗而失明。美国一位葡萄膜炎专家曾经说过，此类疾病可通过旷日持久的炎症进展造成患者及其家庭经济上和精神上的浩劫。

春儿已是第四次就诊了，上次复诊是2个月前，经过我的治疗，她双眼视力已提高到0.6，可这次是她老公扶着她来的。她老公一再哀求我，要不惜一切代价把他太太的眼病治好，甚至他还要求我将他的一只眼移植给春儿。

我告诉他，此种疾病不需要进行眼球移植，即使需要的话，目前科技尚未达到能移植眼球的水平。听完我的解释，她老公心情沉重，表情极为痛苦。

为春儿检查后发现她双眼的葡萄膜炎复发了，而且炎症非常严重。我感到有些疑惑不解。因为凭我的经验，她的葡萄膜炎应该得到很好控制，视力会比以前更好才是，怎么两个多月下来就没视力了？我怀疑她自己减药了。

一开始，她极力否认。后来在我一再追问下，她才偷偷地告诉我，她已经停药了。

我问她："为什么停药？"

她告诉我："用药后发现月经显著减少了，并且出现了紊乱。"

我接着对她说："在用药前我就把用药的副作用都给你讲得很清楚了，所用药物确实可引起月经紊乱和闭经，尤其对40岁以上的女性而言，因机体生殖功能已经大幅度衰退，更易出现这些副作用。但对你而言，月经减少甚至闭经应该不是很大问题，你这个年龄也不需要生育了，把眼睛治好了才对呀！"

春儿哽咽地对我说，她还想生育。

我记得有一次看见她女儿陪她前来看病，就问她："你不是已经有女儿了吗？再说，这个年龄即便是没眼病，生育也是一件危险的事情，你为什么还要再生孩子呀？"

春儿眼里噙满了泪水，她说她现在老公对她太好了，她一定要为他生一个孩子。

我感到非常吃惊，问她为什么要冒着双眼失明的危险为老公生孩子？

她哽咽地给我道出了一段催人泪下的故事。

春儿出生在豫南革命老区一个叫郭家寨的小山村，当地的山山水水曾见证了如火如荼的革命年代和腥风血雨的恐怖日子，也造就了山妹子清丽脱俗的灵气。春儿在初中时即出落成一个如花似玉的大姑娘，一双大大的眼睛，像弯弯的清泉，清澈而明亮，笑起来显得特别甜美，格外迷人。在初中时即有很多男孩围绕在她周围大献殷勤，但不知为什么，她从不为所动。

班里一位叫晓雷的男生总是吸引着她的目光。晓雷的父亲是位长期患有慢性肝病的患者，不能干重体力农活，母亲是一位从小就有类风湿性关节炎的患者，膝关节和腕关节已经变形，行动有些不便，一遇寒冷天气即周身关节疼痛，不能下地干活，因此家境相当贫穷。在这样的环境下，晓雷过早地品尝到生活的艰辛，小小年纪即承担起生活的担子，一放学即帮父母亲干农活。

晓雷是一个聪明的孩子，虽然没有多少时间复习功课，但在考试时成绩总在年级前三名之内。他虽然寡言少语，但同学们在学习中遇到困难时，他总是乐于相助。

春儿和晓雷是同桌，贪玩的她常常不能按时完成家庭作业，就会找晓雷帮忙，晓雷总是乐于提供帮助，这给春儿留下了难以抹去的好印象。她知道晓雷家境贫困，便时不时给晓雷买一些铅笔、圆珠笔和作业本之类的文具。晓雷非常感激她的帮助。

有一次在放学的路上，刚下过小雨路特别滑，在路过一座小桥时，春儿一不小心滑到，跌落到小河里。

晓雷虽然不会游泳，但不知道他从哪里来的那么大的勇气和力量，一下跳进齐胸深的河里，硬是把春儿从河里拉了上来，春儿感动得直抹眼泪。

在随后的日子里，春儿在心理上和学习上都有离不开晓雷的感觉。春儿的父亲是个生产队长，有些小特权，因此她家生活显得相对富裕一些。春儿后来就把晓雷的学杂费全包了，晓雷对此感激不已。日久天长，他也逐渐喜欢上了春儿，到后来两人竟有难以分离的感觉。

高中三年级时，晓雷的父亲突发心肌梗塞被送往医院抢救，最终不治而亡。父亲住院的治疗费使这个本来就贫穷的家庭变得难以为继，晓雷不得不放弃考大学的梦想，辍学去南方广禺市打工。

在晓雷临走前的那天晚上，晓雷和春儿相约在村头的一个山坡上。刚立过秋的天气仍是秋老虎，闷热得使人喘不过气来，皎洁的月光洒在两人无助的脸上。晓雷深情地对春儿说："春儿，等我回来，我一定会用我勤劳的双手混出模样来，你总是鼓励我考大学，如果有一天我们有钱了，我还想为你和我实现这个梦想。"

泪眼婆娑的春儿紧紧拥着晓雷，生怕松开手他就会飞了似的。她心痛地说："好，我等着这一天。你一人在外要注意冷暖，不要太劳累，我不求你富贵，只要你平安！"

晓雷指着天上的月亮说："春儿，今夜月亮为证，我要娶你为妻，并且此生非你不娶！"

春儿动情地说："我等你回来，非你不嫁，等到海枯石烂，地老天荒……"

说着说着，春儿已有些哽咽，她从一个小包里拿出了一块手绢、两双鞋垫递给晓雷。手绢是春儿前一天专门到镇上门市部买的。送鞋垫是当地人表达感情、亲情、爱情和感谢的一种常用方式，春儿当时还不大会做针线活，她是专门花了两天时间，边学边做才完成的。

接过鞋垫，看着上面密密麻麻的针脚，晓雷感动得泪水直在眼里打转，心里热乎乎的，他知道春儿的一针一线已经把他俩紧紧地缝在了一起。

第二天早上，晓雷怀着对未来美好生活的向往，扛着一个编织袋（里面装有几件衣服和母亲为他蒸的几个窝窝头），徒步走了30公里来到县城，然后依依不舍地踏上了南下的火车。他从未离开家乡，甚至从未见过真正意义上的楼房，在火车上忐忑地度过了20多个小时来到南方的广禺市，一下火车即被裹进了熙熙攘攘的人流之中。

80年代末的广禺火车站，还比较陈旧，挤满了各色各样的人。手举接站牌的人见到一拨从车站里出来的人即蜂拥而上，询问火车是从哪里开来的；一群群素不相识的人席地坐在火车站广场水泥地上，茫然地四处张望；一些背着大包小包行李打工的小伙子、小姑娘漫无目的地穿梭在人群中；一些上了年纪的头发已经花白的打工老人躺在冰冷的水泥地上，不知是在等着回家还是等着未知的未来；一些小贩拎着篮子迂回穿梭于人群中，叫卖着煮玉米、矿泉水、方便面之类的食品。小贩的叫卖声、孩子的哭闹声、来自人群中的嗡嗡的嘈杂声还有时不时从远处传来的摩托车、公共汽车的喇叭声交织在一起，使人心烦意乱。空气中弥散着汗味、脚臭味和小孩随地小便挥发的尿骚味道，简直使人喘不过气来。

晓雷走进车站广场，两眼四处张望，努力辨别方向和寻找公共汽车站。

这时，一个蓄着小胡子、流里流气的家伙突然叫住他，指着地上一个钱包说："兄弟，这是你掉的钱吧？"

晓雷这才发现他脚下有一个钱包。他说："不是，这不是我的钱包。"

那人赶快把晓雷拉到一边对他说："兄弟，不要出声，我们俩人各分一半。"

晓雷往后退着说："不要，这不是我的钱，我不要！"

那人紧拉着晓雷的手，硬是把钱包塞进他裤兜里。

几乎是同时，上来了两个20岁左右穿着时髦的人，其中一人一把抓住晓雷的衣领说晓雷偷了他们的钱包。晓雷努力争辩说他没有偷钱包。

二人即上前搜他的裤兜，发现了刚才被塞进去的钱包。

两个人二话没说，对他一阵拳打脚踢，晓雷被打得鼻青脸肿，满脸是血。接着二人把他身上搜了个遍，把他仅有的10多元钱的盘缠全部掠走了。

举目无亲、失魂落魄的晓雷走在广禺市夜晚的大街上。天空下着丝丝小雨，街道两旁的霓虹灯在夜空中夸张地闪烁着，饭菜的香味从街边的一个个餐馆里飘了出来，钻进晓雷的鼻子里，嘈杂的迪斯科音乐时不时从街道两旁的夜总会中传出，仿佛诉说着人们的躁动不安，温柔的"何日君再来"的曲子从一家舞场弥散至潮湿的空气中，在夜空里慢慢散去……

这时一个穿着并不破烂的乞丐伸手拦住了他的去路："兄弟，行行好吧，我已经一天没有吃饭了，给三块钱买个盒饭吃吧。"

晓雷苦涩地摇了摇头。

乞丐瞪了他一眼："穷鬼！连三块钱都拿不出来，还在广禺混什么混！"

小雨在淅淅沥沥下着，没有浇灭初秋的闷热，却打湿了他的衣服，浇灭了他心头对未来美好生活的憧憬。饥肠辘辘的他想买一个馒头或一碗米饭，尽管他知道口袋中并无分文，但还是下意识地翻了一下口袋。孤独无助的他想到了死，但转念又想到了千里之外的母亲和春儿，想到了对春儿许下的承诺，所以他不能死，他还得坚强地走下去。

　　饥饿感一阵阵向他袭来，闷热的天气使他透不过气来。他拖着像灌了铅似的双腿一步一步艰难地向前走着。他不知道要走到哪里去，他也不知道脚下的路通向何方。

　　不知过了多久，他感到身上一阵寒冷，像掉进冰窖里一样，浑身发抖，一会儿又热得像进了蒸笼一样，浑身冒汗，最后竟不由自主地瘫倒在一座天桥下，昏了过去。

　　不知过了多久，他醒了过来，发现自己躺在医院的病房里。原来是一位餐馆的女老板在早晨买菜路过立交桥时发现了他，急忙把他送到医院里。

　　经过3天的治疗和女老板的精心护理，他的烧退了，身体渐渐恢复起来。他告诉女老板他来自河南南部的一个小山村，到广禹市是为了打工以偿还父亲住院治病时所欠下的债，不幸的是到广禹市后钱即被抢走了，因此沦落街头。

　　女老板对他的遭遇非常同情，让他康复后到她餐馆上班。晓雷当时感动得双眼噙满了泪水，不知说什么才好。

　　老板姓张名晓凤，31岁，来自河南的一个小县城，高高的个子，白皙的皮肤，瓜子脸，披着一肩乌黑的长发，忽闪着两只会说话的眼睛，楚楚动人。她平易近人，待人和气，员工都亲切地叫她凤姐。

　　3年前，她丈夫因车祸不幸去世。料理好丈夫的后事，即投奔在广禹市工作的哥哥。哥哥帮她租了个地方，便开起了河南餐馆，主营河南小吃，像胡辣汤、郑州烩面、信阳甲鱼泡馍、道口烧鸡、开封灌汤包等等。女老板勤快精明，待人热情厚道，几年时间餐馆已是远近闻名，客人络绎不绝。餐馆一连扩大了三次，现在已是拥有50多个员工的餐饮企业了。

晓雷康复后来到餐馆上班，他勤奋好学，乐于吃苦，加上为人忠厚老实，深得店员的喜欢，也得到女老板凤姐的赏识，老板把他当成弟弟来照顾，晓雷也亲切地尊称她为姐姐。

晓雷帮助凤姐把餐馆经营得更加井井有条，生意更是红红火火。凤姐看在眼里，喜在心里，在不知不觉的过程中竟逐渐喜欢上了比自己小11岁的晓雷。

在晓雷到餐馆工作4个月的一天晚上，凤姐一改以往营业到夜晚十点多的习惯，9点多即关门打烊。正准备回宿舍休息的晓雷被凤姐叫住，要他与她一起看电影。

随着经济的改革开放，电影的开放也在悄然地进行着，到了上世纪90年代初，已出现了一些有点少儿不宜的镜头了：荧幕上一对男女在河旁嬉戏追逐，最后相拥在一起。

晓雷看得有点不好意思，便低下头来。突然他感到凤姐一双发烫的手紧紧握住了他的双手，她的肩膀不知什么时候也靠在了他的肩膀上，温暖而又紧张。晓雷顿时感到心跳加快，喉咙发干，胸口好像有一团柔软的东西堵着，想拿开，又力不从心，慢慢地往上滑动，滑动到了咽喉，像是卡住了脖子，想咽咽不下去，想吐又吐不出来。再往后，这团柔软的东西还在往上冲，一点一点，慢慢地冲上了脑门，他感到浑身发软，脑袋一片空白……

在回家的路上，凤姐拉着晓雷的手动情地说："晓雷，我知道你有一个残疾的妈妈，知道你一无所有，但是我喜欢你的忠厚老实，虽然我们俩相差10多岁，但我是真心地喜欢你，娶我吧，我爱你，我会让你过上体面的生活……"

晓雷当时紧张得不知所措，脸上红一阵白一阵，他不知道说什么才好，只是不停地吞咽唾沫。

当天晚上晓雷失眠了。来到广禺市，在贫病交加、孤独无助的时候，是凤姐救了他，4个月中凤姐像亲姐姐般地呵护着他、照顾着他，他心中涌出的是无限感激。正是由于这份感激，他每天起早贪黑帮助凤姐料理餐馆的事情，也希望以后在凤姐的事业上能助她一臂之力，报答她对自己的救命之恩和知遇之恩！不想凤姐喜欢上了自己，这使他左右为难，儿时与春儿的嬉戏、春儿帮他支付学费等往事一幕幕在他的脑海中呈现，特别是分别前的那个晚上，他对春儿的许诺一遍一遍地响在耳旁，凤姐救命之恩和姐弟之情与春儿青梅竹马的恋情均使他难以割舍，备受煎熬，他感到头痛得像要爆炸似的，心中乱成了一团麻……

经过一夜的辗转反侧，他最终选择了与春儿的恋情，决定离开凤姐，待有朝一日，混出个模样再想办法来报答凤姐的救命之恩。临走时他给凤姐留下了一个纸条，上面写着：凤姐，请原谅小弟的不辞而别。你的大恩大德，永世不忘，日后定当报答！

晓雷在一位老乡的帮助下，在珠江三角洲一家建筑工地谋到了一份工作。当他爬上七八层楼高的脚手架时，感觉到心和双腿一起随着脚手架在风中晃动，浑身冒着冷汗。但为了能赚到钱，早日迎娶春儿，让她能过上幸福生活，他努力告诫自己，要坚强，要挺住，一定要克服恐高症，一定不能失去这份工作！

繁重工作一天下来，他腰酸背痛，躺在床上，浑身像散了架似的。但一想到春儿，他心中即有了丝丝安慰，思念的日子使他感到既抓狂又甜蜜。

接下来的日子虽然辛苦，但勤劳聪明的晓雷很快即熟悉了工地上的各种工作。他总是累活脏活抢着干，很受工友的欢迎，也

我是你的眼

深得老板的赏识。在第一个月发工资时，老板多给了他100元钱，以表示对他努力工作的奖赏。

拿到第一个月工资，晓雷马上给母亲和春儿各寄去一封信，告诉她们他有了工作，发了工资，他非常喜欢这份工作，他会更加珍惜这份工作，会更加拼命地工作，争取早日返回家乡，孝敬母亲和迎娶春儿。

随后不久，晓雷接到春儿的来信，要他多多保重身体，生活上不要太俭省。并告诉他，她常常去看望晓雷的母亲，她身体很好，要他安心工作，不要挂念！

广禺市的冬天虽然不像北方那样寒冷，但寒流袭来即会出现阴雨绵绵，气温可降到3℃左右，给人一种阴冷潮湿的感觉。在一个冬日的下午，天空飘落着细雨，冷风在嗖嗖地吹着，晓雷爬上5层高的脚手架，正准备工作时，突然一脚踩空，摔了下来，当即昏迷过去。

两天后醒来时，他发现自己躺在洁白的病房里，他想翻一下身子，但怎么也翻不动，他想抬一下腿，怎么也抬不起，两条腿好像不是自己的。

医生告诉他，他双腿多发性骨折，非常严重，恐怕要进行多次手术治疗，即便这样，以后站起来的可能性也是微乎其微！

像是晴天霹雳！晓雷一下子精神崩溃了，他哭着、叫着、喊着："为什么上天这么不公平！为什么，为什么……"哭着哭着他又晕了过去。

好心的老板为他出钱做了手术，手术后他双腿都打上了石膏。躺在病床上，望着洁白的墙壁，他一次次陷入深思。医生的话一遍一遍在他耳边响起，想到自己可能再也站不起来了，他想到了死，但一想到远在家乡身患重病企盼他挣钱回去的母亲，他打消了死的念头。他曾许诺要让春儿过上幸福生活，可如今他可能要在轮椅上度过余生，自己不但不能给春儿带来幸福，还是她的一个累赘，春儿是个好姑娘，我不能拖累她！想到这些他绝望了……

他向护士要来了纸和笔，提笔向春儿写了一封绝交信，信中写道："春儿，非常对不起！我因工地的一起事故而双下肢残废，再也不能站起来了，我活着已经没有意义，你收到这封信时，我已经不在这个世界上了。请你找一个好人嫁了吧，我永远祝福你。永远爱你的晓雷。"

春儿收到这封信，悲痛欲绝，一连哭了三天，眼哭肿了，泪哭干了，她想追他而去，了却自己的一生。

春儿的父母在一旁默默地掉泪，反复劝导她："孩子你不要傻，你去了，晓雷的母亲谁来伺候？我们怎么办？"

冷静下来的春儿一下成熟了很多，她来到晓雷的家中，对晓雷的母亲说："大娘，晓雷在外打工不能照顾你，我就是你的儿媳妇，以后就由我来照顾你吧。"

晓雷的母亲感动地说："姑娘，太感谢你了，我的身体不好，真难为你了！"

从此以后，春儿承担起照顾晓雷母亲的担子，帮助她做农活和针线活；请医生看病，为老人家做饭、煎药，嘘寒问暖，就像亲闺女一样。

老人家乐呵呵地给春儿说："姑娘，我们欠你的太多，你给晓雷去信吧，要他早日回来和你结婚，我还等着抱孙子呢！"每次说得春儿心里一阵阵隐隐作痛，不得不转过背去抹眼泪。

冬去春来，日月穿梭，一晃即过去了两年，春儿已是22岁的大姑娘了，在农村，像春儿这样的姑娘都已结婚生孩子了。好心的街坊邻居和亲戚看到春儿还是孤身一人，都为她着急，上门给春儿提亲的络绎不绝。春儿心中仍怀念着离去的晓雷，她对所有提亲的人都婉言拒绝了。

春儿的父母看在眼里，痛在心里，就反复劝导她："你一个女孩子要照顾两个家终究不是回事，还是找个人嫁了吧，这样也有人帮你照顾晓雷的母亲和我们俩啊！"

春儿何尝不愿找个人嫁了，她知道心爱的人已经走了，自己照顾两家三个老人确实有些吃力，但她怕晓雷的母亲承受不了她嫁人这个打击，如果老人知道晓雷不在了，更是没办法活下去了！每想到这里，春儿都以她还小的理由来拒绝父母。

在晓雷走后的第三个年头，晓雷的母亲突发脑溢血，不治而亡。春儿像儿媳妇一样披麻戴孝，送老人下葬，引得全村人都赞不绝口。

老人走后，父母亲又一次一次地给春儿提起婚事，春儿看着为她操碎心、脸上布满皱纹的父母，感到对不起父母，最后她答应了父母的要求。在与邻村一个小伙子经过一段时间接触后，感到对方为人老实憨厚，又会木工活，并且愿意倒插门在春儿家生活，就与他缔结连理了。婚后，生活虽不富裕，但二人恩爱有加，一年后女儿出生，给这个家庭带来了无限欢乐。

再说晓雷，自从给春儿写了绝笔信后，心中异常沉重，对生活已失去了信心。可偏偏遇到了好心的老板，他看到晓雷聪明、好学、勤奋，一直想要帮助晓雷站立起来。老板为他从北京、上海请来了最好的骨科专家，在两年中先后为晓雷做了4次手术，最后使他奇迹般地站了起来。

丢掉双拐自己能站立和行走的那一刻，晓雷欣喜若狂，他想到了春儿，想给她写信告诉她这一喜讯，但转念一想，自己只是能站起来了，还不知道能否正常工作和生活；再说现在自己仍是一文没有的穷光蛋，不可能给春儿一个好的生活。想到这里，他的心又凉了下来，打消了给春儿去信的念头。但是他暗暗下定决心，一定要努力工作，干一番事业，到那时再告诉春儿，迎娶春儿。

随后的日子，晓雷不再消沉，他积极配合医生的康复治疗和加强锻炼，在不到半年时间里，即能正常行走和工作了。老板立即为他安排了工作，让他在办公室负责日常接待和处理一些行政事务。

聪明的晓雷知恩图报，每天把办公室工作安排得有条不紊。他还报考了电大，学习建筑和管理方面的知识。经过3年的努力他终于顺利拿到了电大文凭。为了便于与人交往和沟通，他还学会了粤语（白话）、潮汕话和客家话。经过了3年的历练，晓雷从一个青涩腼腆的小伙子变成了一个帅气、自信、成熟的管理人员。

在晓雷的帮助下，老板的生意风生水起，如火如荼。老板看在眼里，喜在心里，在为晓雷26岁生日举办的晚会上宣布了两个决定：一是任命晓雷为工程部经理，另一个是给晓雷10%的公司股份。

听到老板宣布这一消息，晓雷激动得热泪盈眶，以往他品尝的泪水尽是苦涩味道，可今天的泪水里他还品尝到了甘甜和喜悦。这时他想起了春儿，远在家乡那个小山村的春儿。离开家乡已经6年，为了实现对春儿的那个承诺，他尝尽了人间的酸甜苦辣，为了怕自己残疾拖累春儿，他违心地以最为极端的方式给春儿写下了绝交信。多少次他梦游故乡，跪在有病母亲的膝下，多少次他在梦中呼唤着春儿，醒来时已是泪湿枕巾。他再也不能等了，他要马上回去探望那日夜想念的母亲和魂牵梦绕的春儿。

当即他向老板提出了回家探亲的请求，老板爽快地答应了他。

第二天，他乘飞机赶到南阳，一下飞机即乘坐长途汽车赶往老家。在村口处他看到了一位大嫂在田里干活，路边上一个2岁多的小女孩在玩耍。

当他路过小女孩时，小女孩可能看到"西装革履"提着个大行李箱子的晓雷有些奇怪，就问他："叔叔你是哪里人啊，要去谁家呀？"

晓雷看着乖巧漂亮的小女孩，蹲下来问小姑娘："你是谁家的女孩，这么漂亮懂事？"

小女孩朝田里正在干活的大嫂一指说："我是春儿家的女孩。"

晓雷心头不觉一震，顺着小女孩指的方向，晓雷看到一个约摸30岁的女人在田里收割着稻子。那女人的背影是那么熟悉，那不就是他日夜想念的春儿吗！

晓雷把行李往路边一扔，快步向春儿跑了过去。似乎是听到孩子和大人的说话声音，春儿直起腰来向路旁望去，看到一个人向她飞奔过来，熟悉飞跑的身影，使他一下就认出了是晓雷，但她又不敢相信自己的眼睛：晓雷早已不在了，难道是幻觉？

她揉了一下眼睛，发现晓雷已经跑到她眼前。晓雷一下张开双臂把春儿抱在怀里："春儿，我的春儿，你让我想得好苦呀！"晓雷抱着春儿像小孩子一样喃喃地说。

春儿突然一下泪如泉涌，紧紧抱住了晓雷，失声痛哭了起来。

过了一会，晓雷像是想起了什么，他双手抱住春儿的脸仔细地端详着，发现昔日洋溢着青春气息、俊俏的脸庞已经被风吹日晒得退去了光泽，生活的磨难已在她的眼角留下了一道道印记，唯有那迷人的双眼还是散发着与往日一样清澈的光亮，此时扑闪着将一颗颗泪珠弹下，更使人有一种疼爱有加的感觉。

忽然春儿挣脱了晓雷的怀抱，后退了两步，双眼中透出的是愠怒，大声质问道："晓雷，你为什么骗我？我答应你我等你回来，你也答应要来娶我，你为什么呀……"接着是撕心裂肺的号啕大哭。

晓雷一时被弄得惊慌失措，连声说："对不起，春儿，当年受伤后，医生说我此生再也不能站立起来了，将可能永远坐在轮椅上，我是怕连累你……"说着说着已是泣不成声。

春儿说："你不能站起来，我可以做你的腿，照顾你，可你不该骗我！"

这时春儿的女儿已来到母亲的身旁，拉着妈妈的手说："妈妈，你怎么了？这个叔叔欺负你了吗？我不要你哭！"

春儿一下回过劲来，用手抹了一把泪水，撩起衣服擦了一下眼睛，抱着女儿说："乖，叔叔没有欺负我。"

"那你为什么哭呀？"女儿用稚嫩的声音又问。

春儿转过头去，忍不住低声啜泣。

晓雷看了一下天真无邪的孩子，一下明白了自己现在的身份，时过境迁，他已不再是6年前的晓雷了，春儿也不是6年前的春儿了。他已没有权利再像6年前那样可以随便拉着春儿的手了，他纵有一腔热情想向春儿表白，可一切都晚了！

春儿告诉他走后6年时间里发生的一件件事情的时候，晓雷眼里一直闪着泪光，他感激春儿替他向母亲尽了孝道，他自责自己没有尽到做儿子的责任，他更后悔失去了春儿 —— 一个非常善良而又美丽的姑娘！

走到春儿面前，晓雷看着近在咫尺又远在天边的春儿，他无奈地摇了摇头，以近乎哀求的语气请春儿在第二天带他到母亲的坟前，他要看望和祭拜一下他那苦命的母亲。

母亲的坟位于一个山坡上，上面已经长满了杂草和野花，小雨在淅淅沥沥下着。

晓雷小心翼翼地打开提包，从里边拿出老人穿的毛衣和毛裤。母亲一生操劳，从小就患有类风湿性关节炎，每到冬天或阴雨天气，两条腿总是冰凉冰凉的。晓雷还记得在离家前往广禺市的那个早上，母亲的关节炎因阴雨天气又犯了，双腿又痛又冷，她拄着拐杖艰难地送他到村口。看着母亲痛苦的样子，晓雷发誓回来时一定要为母亲买上传说中又暖和又轻柔的毛衣、毛裤，让母亲再也不会因寒冷而腿痛。从广禺市回来的前一天，晓雷专门到友谊百货大楼为母亲选了上等羊毛料子的毛衣和毛裤，可是母亲再也不能穿他买的毛衣毛裤了。

他长跪在母亲坟前，泪如泉涌，雨水和泪水混合在一起，顺着两颊肆无忌惮地往下流……

他反复念叨着："娘，儿子回来看您来了，不是说好了您要等着儿子回来、还要操持着给儿子办婚事娶媳妇吗？儿子给你买了御寒的毛衣毛裤，您怎么就不等着儿子回来呢？"晓雷哭得悲痛欲绝……

一旁的春儿眼含泪水轻轻拉起他说："人死不能复生，老人家在天知你这份孝心也会高兴的。"

晓雷把毛衣毛裤整齐地摆放在母亲坟头，拿出打火机点燃了毛衣和毛裤，在火光中晓雷似乎看到受了一辈子苦的母亲蹒跚地向他走来，布满皱纹的脸上露出了微笑……

这时晓雷又从包里拿出一个精致的小盒子，他轻轻打开盒子，取出一枚心形的钻戒，这是他为春儿精心挑选的结婚礼物。他本来想要在婚礼上才给春儿戴上，可一切都晚了，他已经没有那样的机会了。

春儿像儿媳妇一样服侍母亲到最后并披麻戴孝为老人送终，在哪里能找到这么好的姑娘呀？想到这里，晓雷望着春儿，扑通一声跪了下来，双手呈上钻戒，对春儿说："此生不能娶你为妻是我一生的遗憾，与你曾经相伴几年已使我一生再无他求，谢谢你春儿！"

春儿一时惊得不知所措，连忙上前用手拉起晓雷。"你不要这样，我不能收你这份礼物，我已是别人的妻子了，你原来心中的春儿已不在这个世界了。"说着，春儿泪水像断了线的珠子一样直往下滚落。

晓雷跪在地上哀求道："春儿，求求你，为了那个曾经的晓雷请收下我的心意——一颗永远为你祝福的心！"

望着长跪不起的晓雷，春儿心中似刀割样难受。6年了，虽然知道晓雷不在这个世界上了，可春儿总觉得晓雷一直未离开她，一直在她心中，眼前的晓雷不还是那个一心爱他的晓雷吗？现在虽然是西装革履，但他仍然还留着春儿以前最喜欢的发型。

泪如雨下的晓雷使她一时六神无主，突然，她一把将晓雷抱在怀中，喃喃地说："晓雷你哭吧，痛痛快快地哭一场吧！"说着说着自己已是泪流满面。雨还在下着，泪水和雨水混合在一起，从两人脸上尽情地往下流。

　　不知过了多久，春儿从裤兜里拿出一块手绢（这是晓雷离开家乡时送给她的礼物），为晓雷擦了擦脸上的泪水和雨水，最后无奈地说："晓雷，有你这份情，我已心满意足了，但愿有下辈子，我们一定永不分离！"她顿了顿又说："晓雷，回到属于你的那个地方吧，你一定会遇到一位好姑娘的，我会永远为你祝福！"

　　晓雷望着春儿那双迷离的双眼说："谢谢你，春儿，我的心已死，没有人能再打动我的心了，这一辈子不能娶你为妻，我等着来生来世，下辈子一定娶你为妻！"

　　春儿的手慢慢地从晓雷手中滑落下来，她缓缓地向村子里走去，向着属于她的地方走去。

　　晓雷紧紧盯着春儿的背影，一点点变小，直到泪水和雨水完全模糊了春儿的背影。

　　回到广禹市，晓雷的心情一度消沉下来，眼前总是晃动着春儿的身影，茶饭不思，形体也很快消瘦下来。

　　善于察言观色的老板看出了他的心事，即找晓雷聊天。

　　晓雷向老板谈到了母亲贫病交加的一生和不幸去世，还谈到了青梅竹马的钟爱女朋友已为人妻，他感到彻底绝望……说着说着已是泪流满面。

　　老板看着伤心不已的晓雷，轻轻地拍了几下晓雷的肩膀，叹了一口气说："晓雷，想知道我的故事吗？"晓雷点点头。老板给他道出了一段使他永远难忘的故事。

老板姓祝，名福，但这个很好的名字并没有给他的生活和命运带来祝福和幸福。他出生在一个地主家庭，虽然他对解放前的事情没有任何记忆，但地主的身份给他的人生打上了沉沉的烙印，使他几乎丢掉了性命。

祝福自幼聪颖好学，在初中、高中时都是班里的尖子生。正当他踌躇满志一心准备考大学时，文化大革命开始了，他的父亲母亲被拉出去批斗，他被人们讥讽为地主羔子。他不得不中断学业，回到农村务农。

祝福的家在豫北的黄河滩上，旱灾和涝灾严重影响着庄稼的收成，也左右着人们的生活，加上当年集体化时期人们出工不出活和出工不出力的影响，每年分到的口粮往往不够半年食用。

一次在播种小麦时，祝福因饿得难以忍受，就偷偷地抓了两把小麦填到嘴里。有人向生产队长打了小报告，这下事情可闹大了。晚上生产队长组织全队社员在生产队的队部召开批斗大会，批判地主羔子祝福破坏"农业学大寨"运动和他偷盗生产队良种的反动罪行。

煤油灯把微弱的光亮塞满了生产队队部简陋的会议室，五花大绑的祝福被强迫站在一个凳子上。生产队长首先开炮，控诉地主羔子祝福破坏毛主席号召的"农业学大寨"运动的罪行，说他偷盗生产队良种是想让来年生产队颗粒无收，要把贫下中农全部饿死，还说这是地富反坏右分子翻天阴谋的第一步，是犯下了弥天大罪，我们贫下中农决不答应！

人群中响起了"打倒地主羔子祝福"的口号声。不知道是从哪里来的那么大愤怒，人们挥舞着拳头，拼命地喊着"打倒祝福”的口号，那口号声一浪高过一浪。

这时不知从哪里发出了一个声音："地主羔子祝福不让我们过社会主义的好日子，我们就让他问一下我们的拳头答应不答应！"

众人齐声回答说："不答应！"

接着又有人喊道："打这个兔崽子！""打这个地主羔子！"

这时有人一脚把凳子踢翻在地，祝福当即从凳子上栽了下来。虽然当时人们没饭吃，经常挨饿，但不知道从哪里来了那么大劲头，他们挥动着拳头向祝福砸去，用脚死命地往他身上踹去。没有多久，祝福即被打昏了过去。

这时一位姑娘从一公里外的一个村庄拼命地跑了过来。这位姑娘名叫晓芳，是祝福的高中同学，她从小与祝福一起上学，非常崇拜祝福的学习和为人。两人原本打算一起考大学，干出一番事业来，不想文化大革命的到来打破了二人的梦想。今天她从一位亲戚处听到晚上要召开批斗祝福的大会，预感不妙，她就跑来了。

当她来到会场时，愤怒的人们仍然在挥动拳头高喊着："打死祝福这个兔崽子！"

此时祝福躺在地上，不省人事，满脸是血，衣服被撕成了碎片。

晓芳不知从哪里来了那么大劲头，拨开众人，一下子冲到祝福身边。当她看到满脸是血、昏迷不醒的祝福时，她对着众人扑通一声跪了下来，哀求道："大爷、大叔、兄弟求求你们了，不要打了，再打就会出人命的！"

姑娘的哭声和哀求声使人们的打骂声一下子停了下来，但没过多久，人群中不知谁又忽然喊了一句："谁包庇坏人我们就打谁。"

"对！把这破鞋一起收拾了！"人群中又爆发出了喊打声。

可怜姑娘的哀求声和叫声，在一拳拳的打击下，一阵阵的脚踢声中渐渐变小了、消失了。

祝福的父母把儿子和晓芳送到县医院，医生说祝福的腿已经骨折，必须马上做手术。

连饭都没得吃，哪有钱做手术啊？父母不得不用架子车把他拉回家里。一个老中医看到可怜的祝福，偷偷地免费为他用中药治疗。后来，骨折是愈合了，但由于骨头错位没能手术矫正，祝福落下了终生残疾——走路跛行，因此人们给他取了个外号叫"祝瘸子"。慢慢地，人们只知道他是祝瘸子，他的大名几乎没人知道了。

晓芳被送到医院后，好在她家是贫农成分，亲戚朋友凑了些钱，让她在医院住了下来。经过两天的抢救，晓芳终于醒过来了，醒后说的第一句话是："祝福没有破坏农业学大寨运动，他真的没有，真的！"

开始人们以为她脑子受了点刺激，都劝她好好养病。谁知她每天茶饭不思，烦躁不安，一见到人都重复说着那几句话，这时人们才意识到她疯了。后来她被转到当地一家精神病医院治疗，住了半年多医院都没有好转。

祝福被打后三个月，他可扶着拐杖行走了。他来到医院探望晓芳。谁知一见到祝福，晓芳脑子一下子恢复了正常，她抱着祝福大哭起来。说来也怪，只要祝福一离开，姑娘又会变得精神失常、语无伦次。

祝福看在眼里，痛在心里，多么好的一位姑娘，竟然敢以瘦弱之躯前来救他，为了救自己，她肉体和精神遭到重创，他心中深感内疚不已。为了报答她的救命之恩，祝福决定要娶她为妻，发誓爱她一辈子！祝福的想法得到父母和晓芳父母的赞同。

在一个风和日丽的春天早上，祝福一跛一跛拉着一辆架子车从30里外的医院把晓芳拉回家里。时值四月，春风荡漾，万物复苏，大片大片的麦田翻滚着绿油油的波浪，油菜花随风摆动着，向着太阳，向着春风，向着大自然，在诉说着生命的美好、生命鲜艳而又生动的色彩，路边的野花在随风摇曳，红的、黄的、紫的、白的，在春天里各自争相怒放着自己卑微但却是鲜活的生命。

祝福把架子车停在路旁，他小心翼翼采摘了好大一束野花，双手捧给了晓芳。自6个多月前被打伤住院后，晓芳脸上第一次泛起了红润，露出了甜蜜的微笑。

祝福把一朵鲜艳的野花戴在晓芳头上，他双手捧着晓芳的脸说："你真美！我要娶你为妻，我要用我的生命保护你！"

晓芳眼里噙着幸福的泪花说："能与你呆在一起就足够了。"她停了停又说："祝福，你连自己的生命都不能保护，你怎么能保护我呢？"说着说着二人竟是抱头痛哭。

祝福用衣襟帮晓芳擦了一下眼泪，安慰晓芳说："我相信，我一定会用自己的双手和智慧，为你、为我们建起一个温暖的家！让你过上幸福的生活。"

晓芳似懂非懂地望着祝福，眼里布满对未来生活的担忧和迷惘。

祝福虽然瘸了，但他聪明好学，拜了一个木匠师傅学起了木工活。祝福天生擅长算术，这对他学做家具、建房子可算派上了大用场，他总是能用最少的材料制造出最好的家具和房屋。没过多久即在当地名声鹊起，找他做家具和盖房子的人竟然要排起队来。

生活渐渐宽裕起来，祝福也努力积攒了一些钱，他带着晓芳四处求医，最后在省城找到一位国内有名的精神病方面的专家。祝福把妻子的故事告诉了教授，教授深受感动，为晓芳制定了一个长期的治疗方案。晓芳的病情逐渐好转起来，她的心情也逐渐好起来。祝福为了改善晓芳的体质，还用做木匠活换取一些鸡蛋给晓芳吃。晓芳的面色一天天红润起来，体质也得到了明显的改善。

两年后她怀孕了，临产时发生了难产。祝福急忙把晓芳送进了公社卫生院，一直等了两天就是生不下来。晓芳肚子痛得在床上大声喊叫，豆大的汗珠一直不停地往外冒。最后医生说没办法让她赶快转到县医院。

县医院的吴琼花主任是一位经验丰富的妇产科医生，她仔细为晓芳作了全面检查，然后心情沉重地对祝福说："小孩在子宫内是臀位，因大量出血，目前情况危急，需要紧急进行手术，但手术有很大的风险，母子同时保住的可能性不大。"她顿了顿，然后询问祝福："是保大人还是保孩子？"

祝福听到吴主任的话，像是冬天里被披头盖脑地浇了一盆冷水，一下子僵在了哪里，脑子一片空白。过了好大一会儿，他才缓过劲来，扑通一声跪在了吴主任面前，哀求她一定要把母子都保住！

吴主任艰难地摇了摇头。

祝福咬了咬牙说："如果真不行那就保大人吧。"不过他还是一遍一遍哀求吴主任也能把孩子保住。最后，吴主任对他说将尽力而为。

在晓芳被推进手术室的那一刹那间，祝福紧紧地抓住晓芳的手要她一定挺住，他在手术室门口等候她平安出来。

晓芳也可能预感到了不好的手术效果，嘴唇嚅动几下，发出了细微的声音，她要祝福好好活着，如果孩子能平安生下来，一定要他把孩子好好抚养成人。

随着手术室大门咣当一声的关闭，祝福全身僵在了那里。

手术室门口外的等候是让人最揪心的时刻，祝福不停地搓着冒汗的双手，在手术室门口外一瘸一瘸地踱来踱去。虽然当时气温只有十四五度的样子，他脸上仍时不时渗出一颗颗豆大的汗珠，面部的肌肉在不协调地抽动着。时间在一秒一秒地慢慢流逝，祝福的心一点点往上提，不一会即感到心把喉咙给堵上了，使他喘不过气来，脸上出现一阵阵苍白。他努力咽了一下唾沫，似乎把快要堵上的喉咙打开了一个小缝，但很快又被堵上了。还有，更要命的是他一直有想去厕所的感觉。但不知道为什么，今天祝福感到双腿特别不听使唤，腿部肌肉好像失去了神经控制，都在痉挛地、漫无目的地抽动着，每挪动一步他都感到要费很大力气，好不容易到了厕所，解了半天也只挤出了几滴尿液。刚回到手术室门口，又有想去厕所的感觉。不到一个半小时，他竟上了6次厕所！这种煎熬使他感到前所未有的恐惧。

大约过了一个多小时，医生从手术室出来了，从医生的表情他知道了事情的严重性。医生无可奈何地告诉他，他妻子由于大出血休克不治身亡了。令人安慰的是手术已成功救出孩子，是一个6斤多的女儿。

祝福像是触了电似的，全身肌肉猛一抽搐即昏了过去。

祝福为了纪念死亡的妻子，为女儿取名叫祝忆芳。在此后的日子里，他把女儿当成了心头肉，当成了他生命中的全部。他既当父亲，又当母亲，一把屎一把尿地把女儿拉扯成人。

女儿继承了祝福聪明的天赋，在班里学习成绩总是数一数二的，女儿也继承了晓芳的美丽，13岁时即出落成一个如花似玉的姑娘。祝福看在眼里喜在心里，把自己拼命工作俭省节约下的钱都用在女儿学习上了。

上个世纪80年代初期，改革开放的春风已吹到了祖国的每一个角落，祝福家乡也开始实行包产到户，农民可以办养鸡场、养猪场，也可以做点生意和外出打工了。聪明的祝福组织了一个30多人的工程队，一开始在县城承包建筑项目，不到两年，工程队即发展到50人的规模。这时候他听说广东沿海发展很快，建筑行业如火如荼，就萌生了去广禺市闯世界的念头。他与父母商量了一下，得到了父母的赞同，就带着一支50多人的建筑队伍来到了广禺市。

虽然开始创业是艰难的，但祝福凭着一颗善良淳朴的心和精明的眼光，接了一个又一个建筑项目。他特别注重工程质量，所完成的项目均获得好评，不到5年时间，祝福的企业已发展到了500人，资产达到了上亿元。

这时又传来好消息，女儿考上了广禺市一家名牌大学。在入学前，祝福带着女儿来到晓芳的坟前。他给妻子带来了她喜欢吃的苹果和煎蛋。

　　祝福跪着把苹果和煎蛋摆放在坟前，啜泣着说："晓芳，我和女儿来看你来了，我给你带来了你最喜欢的煎蛋和苹果。记得你怀孕后总想吃鸡蛋，那时咱家还穷，我跑了几个村子挨家挨户去问，人家看在我给他们盖房子做家具的份上才送给了十多个鸡蛋。现在好了，我们生活好了，可以天天吃鸡蛋了。"他顿了顿又说："晓芳，我还给你带来了一个好消息，我们当年在高中时都有一个上大学的梦，可惜呀，咱俩都没有那个命，咱闺女有出息，替咱们圆了上大学的梦。从今以后你就放心吧，女儿已长大成人，你看女儿还和你一样漂亮，你也该满足了。另外还有一个事给你说一下，当年给我治腿的老中医李大爷年事已高，腿脚不灵活了，我给他买了一个轮椅，别提他有多高兴了。还有，以前你总是惦记着咱隔壁的五保户张大娘，她孤寡一人无人照顾，现在咱有钱了，我把她家的屋子翻修了一下，这样她就不会在下雨天淋雨了。还有个事想和你商量一下，这几年有好多人都给我说让我找一个老伴，有很多人上门给我提亲，都被我拒绝了，我心里放不下你啊。每逢别人提亲，我总是感觉到你没有离开我，就在我身边。咱闺女也劝我找一个伴，年龄大了，也好有个照顾。可我到现在还没发现有比你好的人……唉，不说这些了。说点高兴的，我在广禺市家里给你立了个牌位，每到逢年过节，我就到牌位前给你说说话、拉拉家常。但我还是怕路程远你听不到，就过来到你身边给你唠叨唠叨。"

　　晓雷听着祝福的故事不知不觉泪如雨下，他用泪眼望着眼前这位看起来其貌不扬的祝老板，油然生了敬意！他明白了祝老板为什么待人如此忠厚，找到了为什么在他骨折后老板不惜一切代价为他治病的理由，也明白了这一切都源自他心中的爱和责任。

209

他也明白了人活着不单单是为了自己，而更重要的是为了他人和这个社会！

祝老板用手帕擦了擦眼泪，继续说："晓雷，你比我幸福多了，你的女朋友虽然嫁人了，但你还有机会见到她和祝福她，我连祝福她的机会都没有了……"

晓雷用手抹了一把眼泪，连连点头称是。

这时祝福拍了一下晓雷的肩膀说："晓雷，振作起来，为了你自己，为了你深爱的女朋友！"晓雷望着祝福那棱角分明的面庞，心中油然产生了无限感激。

祝福顿了顿又说："现在我就给你一个锻炼自己的机会，我们公司拟搞一个大型房地产项目，购地2000亩，投资超过50亿，该项目由你全权负责，包括土地购置谈判、整体布局和规划。"

晓雷突然感到一阵激动和欣喜，但转念一想这么大的项目，那可是老板的全部身家啊！万一搞不好，那怎么对得起祝老板呢？不觉犹豫起来。

祝福看出了晓雷的犹豫，一双大手抓住晓雷的手说："晓雷，放心干，你是有能力的，我做你的后盾！"

晓雷用钦佩和感激的眼光注视着祝福，他感到了祝福的手紧紧握住他的手，虽然有点痛，但他从祝福手中感觉到传递给他的巨大力量和能量。

第二天一大早，晓雷即去实地考察拟购置用于房地产项目的那块土地。它位于广禺市城东约20公里，背靠一座不大不小的青山，有无数个坑坑洼洼，原来农民在此建成一个个鱼塘用来养鱼，还有一片片荒弃的稻田。一连10多天的实地考察和对广禺市房地产项目现状的分析，他对这块地的使用有了明确清晰的定位，这个项目应定位于开发中高档房地产项目。他又花了近一个月的时间对该片土地作了详细的考察，根据地势他作出了大致的规划：南边邻近公路的一片土地开发成为高层住宅，东西两翼建成普通别墅群，在北部山坡上建成高档别墅群，中央建一座五星级酒店和一个大型的生活区，包括超市、幼儿园、小学和中学。

一个月后晓雷将整个规划向祝福汇报，祝福仔细听完后，兴奋得大声说："好，晓雷好样的，我没有看错人吧！"

这时晓雷通红的眼里噙满了激动的泪水，连声说："谢谢祝总的信任！"

祝福这时发现，才一个月的时间，晓雷瘦了一圈，熬得通红的双眼嵌在疲惫的脸上，让人陡生怜意。祝福心痛地对晓雷说："给你放三天假，好好休息一下。"

回到家里，晓雷在浴缸里放满了热水，在浴缸里泡了足足有1个小时，不觉精神振作，疲劳一扫而光。他坐在办公桌前，毫无睡意，在思考着如何能降低建筑成本，把购买土地的价格压下去。

他想了半天没有任何结果，随手拿起了当天的增荔市委机关报《增荔日报》，在第一版赫然登着市政府当天发布的消息：拟在未来两年内市政府投资两亿人民币，重建邻近主城区的西苑湖。

西苑湖位于增荔市城西，三面环山，湖边绿树成荫，是人们夏天乘凉的好去处，但该湖已有30年未修，最近几年有几次大的暴雨把附近山上的泥石流冲进湖里，使湖水面积缩小至30年前的50%左右。

随着经济的发展，重修西苑湖的呼声越来越高。增荔市政府决定在资金不太宽裕的情况下拨出重金重修西湖苑。据专家分析，湖底清淤工程巨大，要把这些淤泥运到市外一个废弃的地方，花费将会占去整个工程的70%左右。

晓雷看着这个消息，不觉眼前突然一亮：西苑湖距祝福拟购置作为房地产开发项目的土地仅有2公里，如果把两个项目一同拿下来，既能解决湖底清除淤泥的置放问题，又能解决房地产开发地块地势低洼需要大量土方填平的问题，两个项目同时启动将会省去30%左右成本。"太棒了！"晓雷自言自语地说，他将拳头狠狠地砸到办公桌上。

第二天一大早，东方的天际泛起了鱼肚白，一夜未眠的晓雷叫来公司司机，驱车来到西苑湖。他围着西苑湖转了一圈，详细了解西苑湖周围的地貌，把施工的位置一一记录下来。

当天晚上他详细向祝福汇报了他的想法：把政府投资用于西苑湖重建工程的2个亿来购置房地产所用土地，将湖底清出的淤泥填平房地产地块的洼地和沟塘。

老板听完晓雷汇报后，赞不绝口，拍着晓雷的肩膀说："晓雷，太好了，就这么办！"

在随后的一段时间里，晓雷花了一个多月的时间准备西苑湖的招标材料。招标那天，晓雷代表公司详细陈述了西苑湖改造工程的全部计划，并提出在政府不增加投资的情况下，拟在湖周围建一个大型广场和一座大型的水上娱乐项目。这一方案得到了与会领导和专家的赞赏和高度认可，最后击败对手获得了这一项目。

拿到西苑湖项目后，晓雷又马不停蹄地准备房地产土地竞标项目，经过了3个月的认真准备，在竞标过程中又击败了对手，获得了西苑湖西住宅项目的开发权。

经过两个项目的准备和竞标，晓雷的聪明才智已经充分显露出来。现在的晓雷举手投足间流露出的是英气、自信和成熟。

两个项目的获得，使祝老板非常高兴，这两个项目实际上节省成本至少5000万！他知道这两个项目凝聚着晓雷的心血，为了表示对晓雷的感谢和对获得两个项目的祝贺，祝福专门组织了一场庆祝晚会。

在晚会开始时，祝福首先发表讲话："感谢晓雷过去几个月当中为公司获得两个大项目所作的巨大贡献，晓雷是我们河南人的骄傲！我提议我们大家为他鼓掌！向他致敬！"

热烈的掌声使一向自信、成熟的晓雷突然感到腼腆起来，他走到主席台上，接过话筒说："谢谢祝总！谢谢大家！"

他顿了顿说："我今天能够站到这里，全靠祝总的帮助。在我穷困潦倒、走投无路的时候，是祝总收留了我；在我双腿骨折想到死的时候，是祝总救了我，请全国最好的骨科专家让我重新站起来；在我心灰意冷对生活失去信心的时候，是祝总给了我生活的勇气和信心。此生即是当牛做马，也报答不完祝总的救命之恩！"

说到这里，晓雷眼里已是闪动着感激的泪花，他顿了顿接着说："大家知道，祝总从几年前一个工程队发展到今天已有近千人的企业，靠的是什么？"

他用眼扫了一下整个晚会现场，发现人们都在睁大双眼伸着脖子等待他的答案。他提高了嗓门说："靠的是仁爱、诚信和拼搏！大家说对不对？"

员工平时感受到了祝老板的宽厚和仁慈，听到晓雷这么一说大家都齐声说："对！祝总是大好人，我们都愿跟着他干！"随后大家报以热烈的掌声。

接下来是人事部、工程部和后勤部分别表演了歌曲和舞蹈节目。祝老板此时点将了，要晓雷唱一首歌。晓雷有点不好意思，一再推说自己不会唱歌。但哪里经得起祝老板的一再邀请和大家的掌声，最后只好站起来报了一首《爱拼才会赢》。

晓雷特别喜欢这首歌，他感到这首歌是专门为自己写的，爱拼才会赢道出了他的心声："人生可比是海上的波浪，有时起有时落，好运，歹运，总嘛要照起工来行，三分天注定，七分靠打拼，爱拼才会赢……"每当唱起这首歌时，他内心即有一种莫名的感动和激动！经过多年的辛勤付出，如今他已赢得了人生。今天祝老板专门为自己开这么一个隆重的庆祝会，更使他体会到拼搏带给他的成功的快感和惬意。

晓雷清了清嗓子说："我为祝总、为在座的正在人生中拼搏的同事们献上我特别喜欢的一首歌《爱拼才会赢》。"

晓雷今天唱得特别地投入和痴迷，饱满的感情、浑厚的男中音和十足的中气，把这首歌演绎得美轮美奂！

在他唱完后，全场立即响起了雷鸣般的掌声。

这时一位穿着一袭白色连衣裙的姑娘，捧着一束火一样的玫瑰花向他走来。姑娘约20岁出头，高挑的身材，白皙的皮肤，俊俏的鹅蛋脸上忽闪着一双会说话的大眼睛，挺直的鼻梁恰如其分地嵌在脸庞中央，樱桃小口两旁有一对惹人喜欢的小酒窝，颀长挺直的双腿下面，是一双细中跟皮鞋，走起路来显得轻盈矫健。

姑娘来到舞台上，将手里的玫瑰花献给了晓雷，并给了晓雷一个不大不小、不深不浅的拥抱。这时人群中突然发出一阵阵欢呼声和掌声。

晓雷望着眼前这位既大方又略带羞涩、活力四射又不张扬、娇艳而又不夸张的姑娘，一下子惊呆了，特别是姑娘眼中流露出清澈的光亮和有几分赞许又有几分崇拜的眼神，使他有点紧张和不安。

这时祝老板走到台上，握住晓雷的手连声说："唱得好！唱得好！"他又随手拉住姑娘的手说："晓雷，我给你介绍一下，这是我家姑娘忆芳。"

晓雷像是突然醒悟过来似的，忙说："忆芳你好，很高兴认识你！"

忆芳马上说："晓雷哥，我早就知道你了。我爸总是在我面前说你如何能干、如何聪明，今天得以相见，果然名不虚传啊。"

晓雷不好意思地说："哪里，哪里，是祝总教导得好。"

祝总笑了笑对晓雷说："来，我交给你一个任务，忆芳已经大学毕业了，我准备让她在基层锻炼一下，从今天起就在你办公室工作，当你的助手。你要严加管教哟！"

这时忆芳在一旁拉着祝总的手撒娇地说："老爸，看你说的，我都这么大的人了，还要人家像管小孩一样管着我啊？"

祝总拍了一下女儿的手说："好了，好了，以后不会要多问，要多学习，可不准耍小孩子脾气哟。"

忆芳对着祝总做了个鬼脸，拉长声音说："放心吧，老爸，你女儿聪明着呢！"

两个项目拿下来后，面临着一个突出的问题就是人手不够。西苑湖清淤工程和西苑湖西洼地填平工程需要大量的劳动力，如能在短期内找到大量的工人，就会缩短两个工程的建设工期，又能加速资金回笼，可大大降低成本，提高效益。

可到哪去找这么多的工人呢？晓雷反复思考这一问题。忽然他想起了凤姐——他生命中一个非常重要的女人。晓雷在凤姐餐馆上班时，听说凤姐的哥哥在搞建筑工程，有一个以家乡农民工为主的工程队。想到这里，他马上驱车去市区找凤姐。

在一间宽敞的办公室里，他见到了凤姐。

凤姐与6年前相比，稍微有点发福了，更确切地说是丰润了，但精于保养的她仍然是春风满面，妩媚动人，特别是生活的磨练及事业的成功使凤姐显得自信成熟，在美丽中加入了成熟的韵味。

晓雷的出现让凤姐感到非常意外。凤姐紧握着晓雷的手，仔细打量着晓雷。他已完全不是6年前的样子了：西装革履，风度翩翩，双目炯炯有神，传递出一种热情和信心，眉宇间透露出坚毅和沉稳的神情，举手投足间流露出自信而又不失谦恭。

"晓雷，你这几年都去哪里了？走时也不给姐姐打声招呼？"凤姐握着晓雷的手问道。

晓雷不好意思低下头说："姐，都怪我不好，虽然离开了你，但这几年一直没忘记姐姐的救命之恩，总想着找机会报答。"

凤姐摆了摆手说："报什么恩，就那点小事，还挂在嘴上。看到你今天这样子，非常高兴，也说明姐当年没有看错人。来，说一下这几年你的故事。"

晓雷详细地向凤姐讲述了自从离开凤姐后这几年的一些事情。

听着晓雷的故事，凤姐脸上的表情在瞬息变化着：当听到晓雷双腿骨折痛不欲生时，凤姐双眉紧紧拧在一起，现出一种心痛和怜悯的表情；当听到祝老板为他请最好的专家使他重新站起来时，凤姐长舒了一口气，拧紧的双眉舒展开来；当听到晓雷施展才华帮着祝老板顺利拿下两个大的工程时，凤姐高兴得眉飞色舞。她连连说："好！好！晓雷太棒了！"

这时凤姐好像想起了什么，突然问晓雷："你们这么大的工程项目需不需要建筑工人？"

这正是晓雷要问的问题。他对凤姐说，正是为了这事来找她的。当年我知道凤姐的哥哥组织了一个工程队，有很多家乡来的农民工，这些农民工如能加入西苑湖湖底清淤工程，一方面可以为这些工人提供就业的机会，另一方面也可以加快工程进度。

凤姐白了晓雷一眼，用嗔怪的语气说："你看看，我还以为是专门来看我的，哪知道是求我给你找工程队来的。"

这一说倒使晓雷不好意思起来，他低着头喃喃地说："姐，我主要是来看你的，工程队是小事，找不到都没有任何关系。"

看到晓雷的样子，凤姐感到又好气又好笑："这几年你长本事了，学会油嘴滑舌了。"

"没有，真的没有。"晓雷努力争辩着。

"好了，姐不给你计较这个，这次来你还真给姐解决了一个大问题。"

原来这几年凤姐餐馆生意做大了，就与哥哥一起做起了建筑公司，招收的都是家乡农民工。凤姐为人厚道，给农民工发的工资也比较高，在家乡一传十，十传百，很多农民工都投奔凤姐而来，有时候公司没有那么多的工程做，凤姐就让他们暂时吃住在餐馆里。最近公司刚好完成一项工程，有300多工人在等着找新工程做，晓雷带来的这一消息，简直是给她送来了及时雨！

晓雷一听高兴得合不拢嘴，两人当即合计如何合作进行西苑湖改建工程一事。

夜色已经悄悄降临，凤姐专门嘱咐厨师做了晓雷爱吃的四个家乡小菜，凤姐拿来了珍藏30年的杜康酒。当年曹操一句"何以解忧，唯有杜康"的诗句，使杜康酒誉满天下。

凤姐亲自为晓雷斟满了酒杯，举起酒杯对着晓雷说："晓雷，来，姐敬你一杯！"说完一饮而尽。

晓雷本来不会喝酒，这几年虽然祝老板经常带他出去应酬，但他可能天生缺乏一种解酒的酶，一喝酒脸就红，浑身瘙痒。他知道凤姐也不能喝酒，他还记得他在凤姐餐馆打工时，曾看到凤姐陪一位据说是工商局的处长吃饭，当时凤姐想扩建餐馆有求于这位处长，那位处长非要凤姐喝酒不行。为了不得罪他，凤姐还是喝了3杯（约2两多酒），后来即醉倒在地，是晓雷把凤姐扶到家休息的。

晓雷看到今天的凤姐一饮而尽，殊感意外，就问凤姐："是不是这几年你的酒量变大了？"

凤姐笑着说："自从那次你见我喝醉以后，我再也没有沾过酒。"

晓雷不知是出于感动，还是出于礼节，端起酒杯一仰脖子，一杯酒就一饮而尽！

凤姐对晓雷说："好样的！"马上又斟满了两杯。笑着说："来，晓雷，为了你的事业更上一层楼，再干一杯。"

一连喝了5杯酒（约3两多酒），晓雷和凤姐都感到天地在晃动了。凤姐喝得满脸通红、神情亢奋，俗话说酒壮人胆，这时

我是你的眼

她一把抓住晓雷的手说："晓雷，你结婚了吗？当年为什么不辞而别？"

这一问不打紧，晓雷心里像打翻了五味瓶一样，眼泪夺眶而出。晓雷将春儿与他青梅竹马的故事如实告诉了凤姐。

说实在的，当年晓雷离开凤姐后，凤姐着实难过了好长一阵子。今天她听到晓雷说在家乡他有这么一位好姑娘在爱着和等着他，凤姐心里也得到了一丝安慰和释怀。

凤姐接着问晓雷："你和春儿结婚了吗？你们现在幸福吗？"

如果说凤姐的前一个问题是揭开了晓雷伤疤的话，那么这个问题简直就是往他那揭开的伤疤上撒了一把盐。借着刚喝过酒的酒劲，他心中那种郁闷、痛苦一下子全部宣泄了出来，他伏在桌子上失声痛哭起来。

凤姐一下感到不知所措，她心疼地用手轻轻摸着晓雷的头发，以求为他减轻一些痛苦："晓雷，你怎么了，好好说，或许姐能帮助你。"

晓雷说："姐，你帮不了我。"

凤姐说："为什么呀？"

晓雷原原本本地把他离开凤姐后的遭遇及回到家乡看望春儿时春儿已为人妻的故事告诉了凤姐。

听着晓雷的故事，凤姐在一旁不停地擦眼泪。她当年看到的是忠厚、老实和聪明的晓雷，使她萌生了爱意，今天她才彻底了解了晓雷——一个有情有义的男人！看到晓雷痛苦的样子，凤姐劝他说："晓雷，过去的都过去了，天涯何处无芳草，我相信你一定会找到称心如意爱你的姑娘！"

晓雷摇了摇头说："姐，不说这个了，说说你的情况吧。"

凤姐叹了一口气说："没有什么好说的。"然后顿了顿又说："姐当年真的喜欢你！你走后啊，我的心里是又恨又痛又挂念，后来一想，强扭的瓜不甜，这几年心倒是平静下来了，只怪你这几年都不来看姐一下，让姐为你担心得不行。这下好了，姐知道你发展得这么好，真为你高兴啊！"

在与凤姐交流时，晓雷认真地观察着凤姐面部的表情，从开始复杂的表情到后来欣喜的笑容，他知道凤姐是彻底原谅了他，这倒使他心中涌出一阵内疚和酸楚，使他更加关心凤姐个人问题了。他怯生生地问："姐，你找到如意的人了吗？"

凤姐把目光转向窗外，好久她才回过头来对晓雷说："你想想，我找到如意郎君是那么容易的事吗？"她叹了口气继续说："这几年别人给我介绍了好多个，有些是在政府部门工作，有些在银行工作，有些是搞房地产的，还有老师和医生，论经济条件、社会地位都很不错，但就是没有眼缘，你姐就是看不上。"

说到这里，凤姐一把抓住晓雷的手说："晓雷，为什么有的人一见即有一种心动的感觉，而有的人即使与他一起再久也无任何感觉？"

晓雷本来喝了酒就脸红，凤姐突然握住他的手并问了这么一个问题，使他感到有一种措手不及的感觉，他的脸胀得更加通红，羞涩地说："这可能就是人们所说的缘分吧。"

凤姐松开晓雷的手，叹了口气说："为什么我就没有那种缘分呢？"

晓雷安慰凤姐说："姐，不用担心！你这么聪明、厚道、能干，人又长得漂亮，肯定会找到自己的如意郎君。"

"好了，不说这个伤感的话题了。"凤姐对晓雷摆了摆手说："来，姐再敬你一杯。"

一杯酒落肚，晓雷感到神情更加亢奋，突然脑中闪出一个念头：祝总为人忠厚老实，事业成功，妻子走后，这么多年来一直也没找到自己如意的人，二人如能结为秦晋之好，岂不是皆大欢喜！想到这里，晓雷神秘地对凤姐说："姐，我算了一下，你的缘分马上就要到来了。"

"死晓雷，你骗姐姐吧！你什么时候学会算卦这一套了？"凤姐在一旁取笑道。

"姐，真的，不骗你。"晓雷一脸严肃的表情。

"那好吧，姐要看你算得到底灵验不。"凤姐半信半疑地说。

午夜将近，凤姐为晓雷安排了宾馆。晓雷用大哥大给祝老板汇报，明天他将和凤姐一起去公司找他洽谈工程合作一事，并神秘地给祝总说："明天你一定要打扮得帅一点哟！"

祝老板被晓雷搞得有点丈二和尚摸不着头脑，最后他甩给晓雷一句："你小子搞的什么鬼？"

放下电话，祝总不知道为什么有点紧张和不安的感觉，或许是有感于他从晓雷那里知道当年凤姐在晓雷贫病交加时救了他，或许是他知道凤姐是一位非常漂亮的女士。

早上不到6点钟，祝总就醒了。起床后，洗漱完毕，他穿上了平时很少穿的白色衬衣和深蓝色西装，系上深红色领带，对着镜子照了又照，生怕把领带给系歪了。

早上8点半，祝总在办公室门口迎来了凤姐和晓雷。

虽然祝老板从晓雷那里对凤姐的形象和言谈举止有所耳闻，但一见到凤姐美丽动人的形象，仍不免感到吃惊和意外，他心中暗暗叫绝：真是太美了，红润的脸上洋溢着女性的妩媚，双眸流露出成功女性的沉稳和自信，得体的时装恰如其分地凸现凤姐丰润和成熟的身段！

凤姐从晓雷嘴里知道了祝总很多故事，特别是祝老板为晓雷多次请北京、上海的专家为其做手术的事情深深打动了她，她对这个男人有一种感激之情，也有一种说不出来的好奇感！

当凤姐握住祝老板的手时，瞬间即把祝老板浑身上下打量一个遍，立时有眼前一亮的感觉：他身高约1.75米，面庞棱角分明，额头和眼角已被生活的风霜刻下了多道皱纹，双目炯炯有神，传给人一种温暖、开朗和自信的感觉。

"欢迎张总！"快言快语的祝福握着凤姐的手说。

凤姐报以甜蜜的微笑，笑呵呵地说："感谢祝总！听晓雷说您是他的救命恩人，今日得以相见，甚是荣幸！"

"哪里，哪里，只不过是做了自己应该做的事情。"祝福边说边将凤姐引至沙发上落坐。

祝福为凤姐沏上了他最喜欢的信阳毛尖。

一阵寒暄过后，晓雷详细地向祝总汇报了拟与凤姐工程队合作进行西苑湖改建工程一事。

祝福听后颇为高兴，用赞许的目光望着晓雷说："太好了！"又转向凤姐说，"你这个弟弟还真能干啊！"

凤姐看到祝福这么欣赏晓雷，心中甚是高兴，得意地说："是啊，他是我弟弟嘛。"

祝福赶忙接上一句："有其姐必有其弟呀！"

凤姐一下子脸上泛起了红润，嘴里说着祝总过奖了，脸上却露出得意的笑容。

晓雷又详细向祝总汇报了工程实施的具体方案，拟将西苑湖底清淤、西苑湖西地块填洼地项目、西苑湖广场改建和房地产项目同时启动，并就开工日期及计划完成时间均一一作了详细的说明。

听着晓雷的报告，祝福不断点头。但到后来他双眉逐渐拧在了一起：如此巨大的工程，如全面铺开，没有庞大的建筑队伍不可能在预定时间内完成。在当时流行一句响亮的口号是"时间就是金钱"，凤姐的建筑队只有300多人，加上自己的建筑队也不到1000人，这与预定的工程队人员2000多人，还相差甚远，如果人手不够影响了工程进展，资金不能按时回笼，就要延长向银行还贷时间，工程原定的利润即会大打折扣。想到这里，祝福用疑问的眼光看着晓雷和凤姐，问道："我们能在短期内招到这么多建筑工人吗？"

"在2周内可以在家乡招到1000多名建筑工人，应该保证工程的顺利进行和按期完工。"这时凤姐不慌不忙地说。

凤姐的话一下子使祝福紧张的眉头舒展开来，但他仍有顾虑：凤姐在两周内能招到这么多工人吗？祝福的眼神使凤姐一下子明白了他的担心。凤姐甩了甩她披肩的长发，一字一顿地说，她与县里5家建筑公司已签有合同，只要有工程需要人手时，在一周内即可完成1000多农民工的集结。

祝福望着眼前这位漂亮又神采飞扬的凤姐，心中油然产生了敬意。如果说凭以往晓雷的介绍和刚才见面的印象，他更多欣赏的是凤姐的人品和容貌，可不到两个小时的交谈，他又了解了凤姐的睿智和远见，他对凤姐更有了一种敬佩和爱慕之情。

"好！"祝福脱口而出，"真是巾帼不让须眉，令人汗颜啊！"

"哪里，哪里！"凤姐听到祝福的称赞，倒有些不好意思起来："我只不过是想为家乡作点贡献罢了。"

凤姐说的是实话，凤姐所在的县位于河南西南部，是山区，交通不便，人们大多依靠种地过日子，目前仍是国家级贫困县。为了为家乡作贡献，这几年凤姐自己的工程队即接收了大量的家乡农民工，在工程多时，她还将工程直接介绍给家乡的建筑工程队。由于对家乡建设的贡献，连续三年她被评为支援家乡建设的先进模范个人。

一说到家乡，立马也勾起了祝福的家乡情结。他这几年生意做大了，事业也做大了，但从没有忘记家乡的父老乡亲，近5年来他先后捐款资助家乡建起了5所希望小学，也多次受到当地政府的表扬和嘉奖。

望着眼前的凤姐，祝福心中涌出了一种久违的感动和莫名的兴奋。对了，他回忆起来了，在当年他被打昏后醒来看到晓芳时，他有过这种感动，在用架子车把晓芳从医院拉回家的路上，他有过这种兴奋。这种感动和兴奋唤起了他心中对美好生活的记忆，也打开了他那段已经尘封多年的没有任何一个女性（即使非常优秀）能打开的心结。喜形于色的祝福用一种奇怪的目光打量着坐在对面的凤姐，说它奇怪是因为它包含了敬佩、爱慕、渴望、自然本能的冲动，还有，恐怕连祝福自己都说不清的东西了。

细心的凤姐在过去两个多小时也在仔细观察着这位祝老板。如果说从晓雷那里了解到祝老板的是有情有义，在晓雷汇报工作时，她从祝老板的不断插话及他的神情和目光中读出了他的智慧、气魄和胆略。不知为什么，凤姐感到有些兴奋和躁动不安，她只有用长吸气的方法来努力舒缓自己烦躁的情绪和紧张的心情。她总感觉到这个男人身上有一股什么东西在吸引着她的目光，她也在努力控制自己的眼神，以防迷离和失守。但不知为什么，总是隔不了多大一会就不由自主地要瞄上他一眼。每当她的眼神触碰到祝福眼神的那一刹那，凤姐都读出了这个男人目光中的含情脉脉和真诚，她的心跳怦然加快，呼吸也急促起来。

虽然晓雷在用心向祝福和凤姐汇报着工程的实施方案及有关问题，细心的他在二人短短的交谈、面部表情及眼神中品味出了不一样的感觉：一向说话干脆利落、声如洪钟的祝总，今天的说话声音中掺入了柔和的元素及细微的震颤，原来坚毅的目光中出现些许呆滞和魂不守舍，这是晓雷从未看到过的一种状态。晓雷与凤姐一起工作过4个月，他对凤姐还是很了解的，凤姐生性直爽，说话从不拖泥带水。只是有一次例外，那就是使晓雷难以忘记的与凤姐一起看电影的那一次。今天凤姐的声音有些绵绵的，并有一种"黏黏糊糊"的感觉，晓雷用双眼的余光也看到了凤姐迷离的眼神以及起伏超出常规的胸部呼吸运动，似乎也感受到了凤姐那怦怦的心跳。

从两人的表情、眼神和谈话的语气中，晓雷已感到他昨天晚上的预测是准确的，他心中不由涌出一阵阵喜悦。

这时祝总端起茶水说："张总、晓雷，我们光顾了谈工作，连茶水都没顾上喝，这是在家乡专门请朋友带过来的信阳毛尖，请张总品尝一下。"

凤姐欠了欠身体说："谢谢祝总！以后不要叫张总、张总什么的，其实我只不过一个小小的包工头而已，以后叫我晓凤就是了。"

晓雷在一旁也打着圆场说："就是，就是！我姐单位的人都叫她凤姐，叫张总她总是感到不舒服。"

祝总也听出了话外之音，打着哈哈说："那好，就按你们说的办，叫晓凤听起来要亲切得多。"

晓雷接着说："姐，以后你也不要祝总祝总的叫了，就叫福哥吧！这样就不见外了。"

凤姐白了晓雷一眼，故作生气地说："晓雷，你真是没大没小的！"她又转向祝福说："如果祝总不介意的话，那我就叫福哥吧。"

"不介意，不介意！"祝总乐得嘴都合不拢了。

这时祝总品了一口茶，像是想起了什么，问晓雷："你知道不知道喝茶有三个境界？"

晓雷被祝总的问题一时搞得丈二和尚摸不着头脑，他摇了摇头说："不知道。"

祝福看了看凤姐和晓雷，意味深长地说："第一道茶苦若生命，第二道茶浓如爱情，第三道茶淡如清风。"

凤姐看了一下祝总，问到："福哥何以有如此深的感悟和精辟的见解？"

祝总放下手中的茶杯，说道："那还没有，我是听一位在商界摸爬滚打20多年的一位香港朋友说的。"

"祝总，那你现在到了哪个境界了？"晓雷好像悟出了祝总这个话题的含意，就在一旁反问道。

祝总苦笑了一下说："唉，说来惭愧呀，现在只留在第一个境界。"

可能很多人难以理解祝总这一句话的含意，事业上已做到上亿资产怎么还会有生命之苦啊?可晓雷对此有深深的理解，他跟着祝总整整7年，对他的过去和现在都非常清楚：自从祝福被批斗、左腿被打断后，他一直没有停止与命运的抗争！他带领工程队背井离乡，从一个小小的企业发展到今天资产上亿的企业，人们看到的是他的风光和身上的光环，但这些背后有多少汗水、泪水，有多少常人不曾经历的磨难、挫折和痛苦，恐怕连他自己都数不清了。时至今日，事业有成，但为了尽到对员工的责任，对社会的责任，他还不能歇一歇，停一停，他还要在人们下班后享受生活乐趣、天伦之乐的时候，不停地谋划公司的发展；在他饥饿的时候，还没有人为他端上一碗面汤；在他困了、累了的时候，还没有人给他递上一个热毛巾擦擦脸；在他心情低落和寂寞的时候，还没有人陪他说说话，倾诉一下衷肠；当他感冒发烧时，还没有为他端水递药的人。

想到这里，晓雷不无感慨地说："祝总，您身上承载的东西太多了，您也太累了，我们想为您分点忧，解点难，但能力有限啊。"他顿了顿又说："要是有个人帮您料理一下生活起居该多好啊！"他说话的时候用眼的余光偷偷地瞟了一下凤姐，他似乎看到凤姐的眼神中有一种心疼的感觉。

凤姐似乎听出了晓雷说话的话外音，脸上泛起了阵阵红晕，她也不无心疼地说："晓雷说得对，福哥是应该找一个能帮助料理生活的人。"说这话时，凤姐眼里流露出的是脉脉温情。

祝福领会到晓雷话的含意，他也从凤姐的话中捕捉到了他所想要的信息。他叹了口气，欲擒故纵地说："唉，我一个瘸子，每天工作都那么忙，谁愿意跟着我遭这份罪呀！"

"谁说我爸没人要，我老爸优秀着呢！"突然忆芳从门外像一阵风一样飘了进来。原来她要找父亲汇报一个事情，碰巧听到了屋里的谈话，就毫不掩饰地说了出来。

"这孩子，没大没小的。"祝福略带责怪的口气说。

"老爸，我说的是真的嘛。"忆芳在一旁噘起了小嘴，撒娇地说。

"好了，别闹了。"祝福一本正经地说："来，忆芳，我给你介绍一下，这是晓凤阿姨，她可是你晓雷哥的救命恩人啊！"

这时忆芳才注意到在祝福对面落坐的凤姐，她一看不觉心头一震：貌美如花、气质如兰，真是一位绝代佳人！

忆芳脱口而出说道："晓凤阿姨，您好！"

等说完后她立即感到后悔了，"晓凤看起来分明是个姐姐嘛，怎么让我叫她阿姨！"

忆芳马上用带着广州腔的普通话嚷嚷道："老爸，你自己有无搞错呀，她分明是姐姐嘛，怎么让我叫阿姨呀！"

祝福说："让你叫阿姨就叫阿姨，没搞错。"

忆芳转过头来对着晓雷说："晓雷哥，你来评评理，你说到底我该叫阿姨还是叫姐姐？"

"是该叫阿姨。"晓雷打着哈哈说。他转向凤姐问道："姐，你说是不是应该叫阿姨？"

晓雷这么一说可不打紧，忆芳差点要跳了起来："晓雷哥都叫姐姐，凭什么让我叫她阿姨，这不明明在欺负人吗？"

这时凤姐拉着忆芳的手说："忆芳，叫什么都行，别听他们的。"

晓雷在一旁话中有话地对忆芳说："你现在叫姐，等以后你还得叫阿姨！"

我是你的眼

这么一说，忆芳一下子明白过来了，她眼珠咕噜一转对着凤姐说："他们两个都说我应该叫阿姨，那我真的就应该叫阿姨了。"

　　忆芳这么一说倒使凤姐不好意思起来，她心口不一地说："忆芳没事，没事，叫什么都行。"

　　这时祝福看了一下表，表针已指向12点，就对大家说："今天在喜满楼定好了包房，中午我们一起共进午餐。"

　　晓雷看了看言不由衷的祝老板，他心里非常明白，这个饭局他去是非常不合适的。这时他故作遗憾地对祝老板说："祝总，我今天中午约了增荔市的市长，洽谈工程和开工典礼一事，很抱歉不能陪你们一起去吃饭了。"

　　祝福知道，晓雷根本没有约市长一事，他知道这是晓雷在给自己与凤姐机会，于是他打着哈哈说："好，那好，一定要把市长照顾好。"

　　本来中午晓雷约了忆芳去打网球，哪有约市长一事！忆芳看着晓雷和父亲的表演，也装糊涂说："阿姨，你与我老爸一起去吃饭吧，我还得陪着晓雷哥去见市长呢。"说完，她冲着凤姐做了个鬼脸。

　　凤姐也心领神会地说："那好，你们先忙吧，有时间我请你们吃饭。"

　　祝福和凤姐坐在偌大的一个包间，显得有些冷清。开始时两人都有些拘谨和紧张。还是凤姐机灵，给祝福倒了一杯茶说："福哥，你尝一下这杯茶，看是否进入茶的第二道境界？"

　　祝福呷了一口，故作惊讶地说："晓凤，你别说，这茶味道还真特别。"他顿了顿说："是否到了第二个境界还不好说，得慢慢品尝才能品出来。"

229

祝福喝的实际就是一般的乌龙茶，饭店提供的都是10元1斤那种低级的茶叶。

看着祝福的表情，凤姐会心地笑了笑说："光品茶还不行啊，还得吃饭，不知道福哥适应粤菜了吗？"

祝福笑着说："从小养成吃面条和馒头的习惯，来广禺市这么多年了，还是改不了这个习惯。"

凤姐说："那好啊，等你方便时请你去我家餐馆看看，全是家乡菜，保你喜欢！"

"那是，那是，我很期待哟！"祝福乐不可支地说。

二人点了几个小菜，要了瓶杜康酒。

凤姐连敬了祝福3杯酒。此时，二人都面部潮红，精神亢奋起来，从家乡的小吃、风俗习惯、憨厚诚实的老家人，到餐馆经营管理、建筑行业的未来、公司的发展以及未来的生活，二人说的话题越来越多，好像有说不完的话。说着，说着，二人坐的距离越来越近，手也不知什么时候握在了一起……

如凤姐说的一样，在随后不到2周的时间内募集到了1000多名农民工，为工程的顺利进行奠定了基础。在一个阳光明媚的早上，举行了西苑湖改建、西苑湖公园和西苑湖西房地产启动三个项目的开工典礼。

增荔市市长、各界政要与祝福、凤姐、晓雷等公司有关人员参加了开工典礼。增荔市长首先祝贺三个项目的开工，同时对三个项目也提出了很高的要求和热切的期待。

开工典礼后，晓雷马不停蹄奔赴工地，与工程技术人员一起投入了祝福企业最大工程项目实施之中。

星斗转换，寒暑往来，一晃三年过去了。西苑湖改建工程已经顺利完成，碧波荡漾的湖水宛如一颗璀璨的明珠镶嵌在增荔市的版图上，湖旁新建西苑湖公园已成为人们休闲娱乐的好去处。西苑湖西房地产项目第一、二期别墅区和高层住宅区已经建成。由于小区环境好，房价相对较低，深得市民青睐，开盘不到3天，500多套别墅和2000多套房子已经全部售罄，资金得以回笼和有效运转，公司呈现出一派欣欣向荣、蒸蒸日上的景象。

忆芳跟着晓雷已经3年了，她已经成为一位精通管理、处事干练、为人豁达的高层管理人员，已经从一个外表美丽的淑女变成了秀外慧中、气质如兰的女性。她深深感谢晓雷对她的指点和帮助，也感谢他毫无保留地向她传授10多年在商界摸爬滚打所总结的经验和为人处世的宝贵财富，还感谢他像大哥哥一样照顾自己，更感谢他原谅自己工作中的失误和生活中的任性。她被晓雷在商界睿智的眼光、精明的算计以及过人的才能和英明的决策所折服。人们都说李嘉诚是商界的伟人，在忆芳看来，晓雷就是商界的李嘉诚！在忆芳眼中，晓雷的一举一动是都美的符号，一言一行都是美的化身。她已深深爱上了这个男人，不能自已，不能自拔！

她多次向晓雷暗示她对他的倾心和爱慕，但都被晓雷以答非所问的方式糊弄过去了，她也多次试着帮助晓雷洗衣做饭、打理饮食起居，但也都被晓雷以各种借口打发过去了。

今天是晓雷的生日，忆芳盘算着如何给晓雷一个惊喜，她要明明白白向晓雷表白自己对他的爱恋！

一大早，忆芳来到晓雷的办公室，给他送上了一个生日贺卡，上面贴着忆芳最钟意的一张照片。那是在一个阳光明媚的早上晓雷为她照的，背景是在一个小山坡上，初升的太阳把那万丈光芒洒在了春日的大地上，薄薄的晨雾缭绕在半山腰的树丛和花丛中，忆芳身着紫色的连衣裙，披肩的长发被春风吹得有些凌乱，红扑扑的脸蛋映在白的、红的、紫的山花丛中，两个醉人的酒窝像两朵小花一样绽放，轻轻开启的朱唇含蓄地露出一排洁白的牙齿，微微上挑的嘴角露出几分俏皮，水灵灵的双眸散发着清澈而又迷人的光亮。

忆芳非常喜欢这张照片！不但是因为她照得如何漂亮，更重要的是这张照片出自晓雷之手。晓雷也不止一次地对忆芳说："你这张照片绝对有倾国倾城之美，有六宫粉黛嫉妒之嫌！"

每当忆芳听到这样的赞美之词，心里总是美滋滋的。今天在这个特别的日子里，她将这张照片贴在了生日贺卡上，下面写着几行娟秀的小字：雷哥哥，祝你生日快乐！愿我能陪在你的身边，使你天天快乐！今晚7点半在玫瑰园白玫瑰包房恭候你的光临。下面落款是，邻家女孩：芳妹。

忆芳进来时，晓雷还在伏案审查第三期别墅工程的建筑图。她拿着贺卡往桌子上一放，撒娇地说："晓雷哥，你这个大笨蛋！只知道工作，今天是你的生日。别忘了，今晚我要陪你过生日，时间和地点已写在贺卡里了，你自己看吧。"结尾又加了一句："不要迟到哦。"说完没等晓雷反应过来，忆芳已走到门外。

晓雷翻开贺卡，看到了他非常喜欢的那张忆芳的照片，他认真欣赏这张照片："太美了！简直可以和任何一个电影明星的照片媲美！"晓雷不由自主地发出阵阵感叹。

确实这张照片已深深印在了他的脑海中，只要一有空闲即会浮现在他的眼前，没有空闲也会时不时浮现在他的眼前。看着这张熟悉的貌美如仙的面孔，晓雷陷入了沉思。

三年时间里，他看到忆芳从一个稚气未脱的大学毕业生逐渐嬗变为一位成熟、自信而又富有内涵的优雅女性，在工作中她已成为自己的左膀右臂，不可或缺的助手！他的一举一动都被忆芳解读得一清二楚，他的每个眼神都被忆芳理解得准确无误。不管是对外的谈判还是办公室的工作，忆芳都能及时地恰如其分地配合自己的工作，可以说和忆芳工作上的默契已达到天衣无缝的地步。

　　在生活上，忆芳以特有的细腻悉心关照着自己。晓雷喜欢吃手工面条、蒸的馒头和家乡的红烧肉，忆芳以前从来不会做饭，但为了让晓雷吃上可口的饭菜，她竟然回老家专门花了一周时间，学习做家乡饭菜；一有空闲时即下厨为自己做饭。记得有一次感冒发热，急得忆芳茶饭不思，忆芳在病房陪了他整整两天。每当自己心情不好时，忆芳或是默默地陪在一旁，一言不发，让其郁闷的心情在沉默中一点点散去，或是陪他到酒吧，在喧闹中喝上两杯啤酒，使自己忘却心中的伤痛。

　　多好的姑娘啊！晓雷不知道多少次在心里对忆芳是这样的评价。但不知道为什么，每当他这样想时，眼前就会浮现出春儿的音容笑貌，那是一种洋溢着青春气息而又单纯得不能再单纯的面孔，那是一种额头、眼角虽然爬上了皱纹，但仍是那样质朴、那样天真无邪的面孔，那是一种虽然已有些许混浊，但仍是没有污染的眼神，那是一种发自内心灿烂的真诚的笑容，那是一种虽然历经磨难品尝过生活苦涩而又从不抱怨淡淡的笑容！他仿佛看到春儿坐在母亲的床前为老人家喂饭，也仿佛看到春儿蹲着为老人洗脚和修剪脚趾甲，他还仿佛看到了春儿站在村口，目光呆滞地望着南方……

想到这些，晓雷的心都碎了，他心中只有一个人的位置，他曾无数次思考这个位置应该留给谁，是忆芳还是春儿？他知道把忆芳留在这个位置是再好不过的事情了，但不知道为什么春儿的音容笑貌一出现，他即难以说服自己。无数次的心里斗争，无数次的灵魂挣扎，他无论如何都绕不过去那个坎，都过不了那座桥！所以他知道，自己心中只有春儿的位置，任何人都挤不进来了。

正是由于对春儿这种眷恋之情，使他对忆芳总有一种不安的感觉，他常常告诫自己不能伤害善良美丽的忆芳，也在小心翼翼地处理着与忆芳的关系。忆芳在工作时，在外办事时，角色绝对到位。但在空闲时没事找事往晓雷办公室跑，晓雷问她又有什么事吗？忆芳气得横鼻子竖眼："哼，没事就不能来看看你吗？"

越是这样，晓雷越是有一种愧疚的感觉，越是对忆芳躲躲闪闪的。说来也怪，晓雷越是躲闪，忆芳越是追得紧，到后来晓雷除了工作之外，他都不敢见忆芳了。

拿到忆芳的贺卡，晓雷心中忐忑不安，单从忆芳过去3年对他的帮助，就使他无法拒绝她的邀请，从祝老板对自己的情义，他更没有理由拒绝这一邀请。如果说祝老板为他请专家做手术使他站起来，是出于一种人性善良的话，那么这些年来对他的培养、关照和厚爱也绝非仁义二字所能解释清楚的，二人的感情已情同父子。特别是近3年来，公司的重大决策以及重大项目都是祝总钦点让他参加或领印挂帅。晓雷也心领神会，他使出全身解数，把祝福交给自己的每一项任务都完成得非常圆满。

看到晓雷近年来在商海中如鱼得水，处理各种事物都游刃有余，淋漓尽致地显露出在商界的才能，祝福打心眼里感到高兴。

由于年轻时过度操劳，这几年他自己已感到身体大不如从前了，加上自己又得了冠心病，精力和体力已不堪负重。另外，前年与凤姐结婚后，凤姐又为他生了一个大胖小子，使他也多少产生了一点淡出江湖和安享天伦的念头。凤姐看到日夜操劳身体日渐衰弱的祝福，也多次心痛地在枕旁吹风让他少操心公司的事情，让晓雷多承担一些公司的事情。

从凤姐的吹风中祝福感到，她已把晓雷完全当成了自己人，他也逐渐产生了把这个企业托付给晓雷的念头，特别是细心的祝总近年来观察到忆芳深深喜欢上了晓雷，这更加坚定了他这个决心。有几次，祝总委婉地让晓雷把忆芳当成妹妹来管教，也希望他能够更加努力，担当更大的责任。晓雷总是以忆芳很懂事和自己能力有限为由搪塞过去，实际上他心里非常明白祝总话的含意。他多次鼓起勇气想向祝总和忆芳说出自己的心里话，使忆芳不再白白浪费时间，他也不想再"欺骗"祝总了。但每次话到嘴边，他都没有勇气说出来，只能无奈地把这些话咽了下去。今天他已下定决心要把这些话完完全全、明明白白向忆芳说出来。

时针指向下午7点10分，晓雷整理了一下衣服和头发，深吸了一口气，打开车门，踩了一下油门，驱车向玫瑰园饭店开去。

看到晓雷到来，忆芳一下子站了起来，猛然给了晓雷一个深深的拥抱，噘着小嘴嘟囔着说："人家都等你半个小时了，你才来！"

晓雷边落座边说："你不是说7点半吗？你看还差两分钟才到7点半呢。"

忆芳说："晓雷哥，你真是大笨蛋！我让你7点半来你就7点半啊，你就不会提前来等我吗？"

晓雷摆了摆手说："好了，你喜欢吃什么，我给你点菜。"

忆芳说："我早给你点好了，要了一个你喜欢吃的法式牛排，一份田园色拉。"说到这里忆芳顿了顿说："对了，晓雷哥，我知道你喜欢吃面条，我还给你点了一份意大利面、一瓶法国红葡萄酒。"

晓雷从心底里感激忆芳的细心和善解人意，心中很是过意不去，就满怀深情地说："谢谢你忆芳！"

"晓雷哥，你还跟我客气呀，今天是你30岁生日，三十而立，这是一个特别值得庆贺的生日，咱们好好喝两杯！"

说话间服务员把一份生日蛋糕摆在了桌子上，蛋糕上面用果酱写着:祝晓雷哥生日快乐! 忆芳。

忆芳向服务员挥了挥手,这时就看到有3位礼仪小姐飘然而至，每人双手都捧着一束火红的玫瑰花。

领头的小姐说："这是忆芳小姐为晓雷先生献上的玫瑰花，每束99朵玫瑰，祝晓雷先生生日快乐，年年有今日，岁岁有今朝！"

晓雷一下感动得差点眼泪都流出来了，他已不知道说什么才好，口中不断重复着："谢谢忆芳! 谢谢忆芳！"

忆芳提高了嗓门对3位小姐姐说："来，我们一起祝福晓雷哥哥生日快乐！"

"祝你生日快乐，祝你生日快乐，祝你生日快乐……"的歌声弥漫在温馨的包房内。

"晓雷哥，许个愿吧，你一定会心想事成的！"忆芳拉着晓雷哥哥的手说。

"哦，哦。"晓雷怔了一下，双手合拢，双眼微闭，在蜡烛前呆了约30秒钟。说实在那一刻他不知道自己在想什么，也不知道要许什么愿，或者说他压根儿什么愿都没有许。

"吹蜡烛！吹蜡烛！吹蜡烛！"3个礼仪小姐冲着晓雷在一旁嚷嚷道。

晓雷微微前倾上身，憋足了一口气，机械地吹了一下，勉强把三根蜡烛给吹灭了。

这时忆芳带头鼓起掌来。

掌声完毕后，3位小姐退下。这时一位身着洁白连衣裙拿着一把小提琴的姑娘进到房间。她对晓雷说："晓雷先生，今天忆芳小姐专门为您点了两首歌，祝您生日快乐！"

第一曲是《九百九十九朵玫瑰》，优美的旋律使忆芳如痴如醉，也使她回忆起3年前在祝福为晓雷举办庆功晚会上第一次遇到晓雷时的情景，如果说当时见到晓雷是被他的风度翩翩所迷倒的话，过去3年的朝夕相处，她深深被晓雷的才华所折服！

虽然不能说她在心中早已为晓雷种下999朵玫瑰，但在3年中每一天她都细心地写着日记，记录了晓雷的工作、生活，以及他们相处的各种琐事，甚至把晓雷哪一天感冒发烧了，哪一天穿了一件很酷的衣服，哪一天把领带系歪了，哪一天晓雷去工地没有按时回来，哪天因为什么事对她发了脾气，这些都一一写了进去。这些点点滴滴的琐事勾画出她对晓雷全部的记忆，承载着她对一个心中白马王子的全部情感。为了给晓雷一个惊喜，她在每天写的日记末尾都画上了一朵小小的玫瑰花，她希望在积攒到999朵玫瑰花的时候，把厚厚的3个日记本呈给晓雷。

今天她已积攒到了999朵小玫瑰花，她还特意购买了3束玫瑰，每束都有99朵玫瑰，她还寓意深刻地为晓雷点了《九百九十九朵玫瑰》这首曲子，她要在这个特别的日子里把种在心里已经盛开的999朵玫瑰献给晓雷，把自己的全部贡献给这个自己一直仰慕和倾心的男人，献给这个值得托付的男人。

当这首曲子结束时，忆芳仍沉浸在美好回忆和想象中。拉小提琴的小姑娘，礼貌地再次向晓雷和忆芳鞠了三个躬，然后演奏起忆芳点的第二首曲子《月亮代表我的心》。

小姑娘娴熟的演奏技巧把曲子演绎得深情、悠扬、动人。忆芳在这么一个特殊的日子为晓雷点了这首歌曲，可谓是用心良苦。"轻轻的一个吻，已经打动我的心，深深的一段情，教我思念到如今，你问我爱你有多深，我爱你有几分，你去想一想，你去看一看，月亮代表我的心。"每一句歌词都是忆芳对晓雷的真情表白。

听着这首曲子，忆芳望着窗外，这时一轮圆月已挂在树梢上，把皎洁的月光静静地撒向大地，流淌在忆芳的心里，她希望她的爱能像月光一样静静地流淌在晓雷的血管里，弥漫到晓雷身体的每一个细胞中，舒缓和滋养他的神经和心灵。

听着悠扬的曲子，晓雷心中五味杂陈，他深深地感谢忆芳对他的无限真情，也感谢她为自己生日精心组织了这么一个精彩的活动！越是这样，他心中越有一种深深的内疚感和负罪感。

如果说3年前他对忆芳循循善诱起到了一个老师、长者的责任，是出于对祝福报恩的话，那么后来他对忆芳的关照也不能不说没有对她有好感和喜欢的成分。

今天面对无辜的忆芳，他下决心要"割断"这种剪不断理还乱的感情，确实需要很大的勇气。他也知道自己在清醒的状态下没有办法对忆芳作出最后"通牒"，就想到酒，酒可以壮胆，可以使人说出在清醒状态下说不出的话，做出在正常状态下做不出的事情。他一咬牙，一横心，拿起了酒瓶给忆芳和自己各斟满了一杯红酒，对忆芳说："忆芳，谢谢你给我过生日！来，我敬你一杯。"没等说完，自己拿起杯子与忆芳的杯子碰了一下就一饮而尽！忆芳端着杯子，迟疑了一下，想到是第一杯酒，也不好推辞，也就一饮而尽。

谁知刚放下杯子，晓雷又给她斟满了一杯。

晓雷端起杯子对忆芳说："刚刚那一杯是敬你给我过生日的，这一杯是敬你3年来对我的悉心照顾的。来，我们一起干了！"

未等忆芳反应过来，晓雷端着杯子与忆芳的杯子又碰了一下，然后又是一饮而尽。

来得太突然了，忆芳从未见过晓雷这样喝酒，她用疑问的目光望着晓雷，发现他的眼睛在躲避着她。忆芳有些不快，噘着嘴对晓雷说："晓雷哥，哪有这样喝红酒的，我不喝。"

"忆芳，听话，这杯酒是我真心实意表达我对你的感谢！一定要喝下，来，我陪你喝。"说着又给自己斟满了一杯，端起杯来又要喝下去。

忆芳一看这架势心软了，对晓雷说："晓雷哥，我喝，你不要喝了。"说完竟一仰脖子一饮而尽。

平日里晓雷和忆芳都不擅长喝酒，二人在不到5分钟之内都喝下两杯红酒，立时都感到脸上发热、心跳加快。

这时晓雷又拿起了酒瓶给两个杯子加满了酒。他用有些颤抖的手端起了杯子给忆芳说："忆芳，按老家规矩，敬人要3杯酒，我再敬你一杯。"

忆芳看到晓雷今天的举动已明显地感觉到他的反常，她对晓雷说："晓雷哥，不能再喝了，再喝就要醉了。"

晓雷说："没，没问题，今天就要来个一醉方休！"他说话时已经有点口吃了，说完脖子一仰咕噜一声，将一杯酒一饮而尽。

忆芳一看真有点傻眼了，他不知道晓雷为什么今天这么反常，她用双眼紧盯着晓雷通红的脸庞，希望能找到答案，但晓雷的目光总是在躲闪着她。

也许是酒精在神经系统起了作用，忆芳感到浑身发热，心中躁动不安。跟着晓雷3年了，尽管她时常向他表达自己的爱恋，但每次晓雷都表现得中规中矩的，使她从来不敢有越雷池半步之举。现在酒精在血管和神经系统的窜动，也使她有了一种渴望醉的感觉，她多么希望自己和晓雷能醉一次，躺在他怀里，恣意享受他的爱抚和亲吻。

忆芳端起杯子，用迷人的眼神看着晓雷："晓雷哥，谁怕谁呀！不就是点红酒吗？"说完她一抬手、一仰脖子，将一杯酒一饮而尽。然后她还把酒杯倒立着在空中晃了几下，以示全部喝完了。

在短时间内3杯酒下肚对晓雷和忆芳而言都是从未有过的事情，酒精的作用在神经系统一点一点地发酵和放大，二人都满脸通红，神情亢奋起来。

晓雷又倒了两杯酒，一手端着杯子，一手将另一杯酒递给忆芳。几乎是同时，二人发出了"干杯"的声音，接下来又是咕噜的声音。

这一杯酒落肚后，忆芳感到前方的物体都在摇动，自己的身体轻飘飘的，在不停地摇动，她看到眼前的晓雷也在不停地摇动，面部的轮廓一会儿清晰，一会儿模糊。她想用手抚摸一下这一张熟悉的脸庞，但又力不从心。

这一杯酒落肚使晓雷神情更加亢奋起来，脖子上的血管都爆得好粗，眼前的身影时明时暗，时远时近，恍惚中他看到对面坐的忆芳，不，是春儿，春儿扎着两条粗粗的辫子，在眼前晃动，面部洋溢着他熟悉的天真无邪的笑容，一会儿又仿佛看到弯着腰弓着背在田里劳作的春儿。他想用手抓住春儿，但不论怎么伸手就是抓不住她。他努力定了定神，摇晃着走到桌子对面，用手一把把她抓住，把她搂在怀里喃喃地说："春儿，我的春儿，终于见到你了，我想你想得好苦啊……"

忆芳被晓雷这一出人意料的举动惊醒了，虽然她已经有几分醉意，但晓雷的话就像一盆冰冷的水泼在她头上！她以前从父亲那里曾听到过晓雷与春儿的故事，也被这个有情有义的男人所打动，也感叹这个世界上还有如此纯洁、感情如此执着的男人！不能不说这也是过去晓雷赢得忆芳芳心的一个重要因素。被晓雷怀抱着、相拥着曾是她的渴望，刚才她还想着在这个特别的日子能够实实在在亲吻自己心中的白马王子，她还想凭借酒劲可能会实现这个愿望，没想到，几杯酒落肚使晓雷现了"原形"。她也明白了为什么晓雷对她总是躲躲闪闪，总是言不由衷。她想一下子推开晓雷，但不知道为什么，她没勇气这么做，或者说她根本不想这样做。

晓雷把忆芳抱得越来越紧，嘴里不停地说着："春儿，我爱你，以后再也不离开你了。"说着说着他的脸与忆芳的脸贴在了一起。忆芳听到了他那急促的呼吸声音，感受到了他那怦怦的心跳声，听着晓雷的喃喃自语，她的心完全碎了！她有理由拒绝晓雷，她想晓雷以爱自己的名义拥抱自己那是一种幸福和甜蜜，可现在他是在自己不清醒的状态下，还把自己当成了春儿的化身，这对忆芳来讲不能不说是一种痛苦，或者说是一种耻辱！

忆芳拿起一杯冰水一饮而尽，酒精的作用好像一下退去很多。她看着眼前这个像孩子一样的晓雷，她感到又好气又心痛，可以说自从见到晓雷的第一面起，她逐渐陷入了爱的"泥潭"，不能自拔。眼前这一幕当然使她心痛，但也使她更加认识了这个具有"古董"性质的男人，她为春儿遇到这样的男人高兴，又为春儿阴差阳错失去这个男人而惋惜。

酒精的作用已使晓雷处于一种半混沌、半癫狂状态。今天拥抱"春儿"，可是他多年的愿望。自十多年前离开家乡，他一刻都没有停止过对春儿的思念，即使在春儿嫁人后，他想忘掉春儿，但也做不到！多少人给他提亲他都置之不理，忆芳这么聪明、漂亮、能干的女孩主动投怀送抱，不能说他没动过心，但春儿在他心中扎根扎得太深，以至于他自己不得不承认，要忘掉春儿，除非把他的心一起除掉。现在"拥有"春儿，他要把她亲个够，要把以往失去的全补回来。

对春儿深深的爱加上酒精所激发的生命深处的自然本能，还有过去对春儿的亏欠，一下子在晓雷身上爆发了，他紧紧地抱着忆芳狂吻起来！

忆芳对这暴风骤雨式的亲吻是期待已久的，但现在无论如何她都高兴不起来，这是她的初吻，她想要把自己的初吻献给自己心爱的晓雷！没想到现在是以这么一种方式给了晓雷！她的心在流血，泪水在不停地往下流，她没尝到亲吻的甜蜜和美好，只是品尝到了亲吻的苦涩和痛苦。

酒精的作用在一点点退去，晓雷突然发现自己亲吻的是忆芳而不是春儿，他一下瘫软在椅子上。对忆芳的愧疚，对自己鲁莽的自责和对春儿的思念使他又一次陷入痛苦之中，他失声痛哭起来。忆芳在一旁不知所措，此时她的内心是十分复杂的：既有对晓雷的爱，也有对他不能与自己走到一起的恨，既有对晓雷爱的执着的敬佩，又有对春儿的嫉妒。虽然谈不上对过去3年所付出的感情的后悔，但心中仍有不小的失落感。既心痛晓雷，又感到自己特别委屈，不禁失声痛哭起来，边哭边说："晓雷哥，春儿已经是别人的老婆了，你为什么还想着她，是不是我不漂亮、不优秀啊？"

"不是，忆芳你很漂亮，很优秀，但我的心已属于春儿了，不管这辈子能否娶她为妻。"晓雷接着说："对不起忆芳，你是个好姑娘，你肯定会找到爱你的人。"

忆芳用泪眼望着晓雷，以近乎哀求的语气说："晓雷哥，真的没希望了吗？"

晓雷看着忆芳，心痛但还是毫不犹豫地摇了摇头。

桌子上的红蜡烛在扑闪着花生米大小的火苗，烛泪在慢慢地往下滑动，隔壁包间传来了"祝你生日快乐"的歌声……

第二天一大早，晓雷和忆芳都住进了医院，晓雷住院的理由是感冒发烧，忆芳住院的理由是胃痛和虚弱。

祝福把办公室的事情简单处理一下即赶到医院，看到护士正在给忆芳输液。

祝福看到脸色苍白的忆芳，心痛地问道："忆芳，昨天还好好的，怎么一下就病倒了呢？"他边说边用手抚摸了一下忆芳的额头。

243

"老爸，没事，休息两天就好了。"忆芳有气无力地对祝福说。

"你昨天与晓雷一起过生日，他也住院了，是不是吃的东西不卫生引起的？"

祝福这么一说勾起了忆芳对昨晚的回忆，她把头歪向一边，眼中噙满了泪水。

祝福拿出纸巾给忆芳擦了擦眼泪，心痛地说："到底是怎么回事？"

忆芳满脸委屈，眼里含着泪水强作笑颜道："没事，老爸，放心吧。"

祝福从女儿的眼中已经读出一定有事："跟爸爸说，到底咋回事？"

"没事，没事。"忆芳辩解道，但泪水却挂满了脸颊。

"那你为什么哭？"祝福进一步追问道，"是不是晓雷欺负你了？"

"没有，没有，老爸。"忆芳不肯说出实情。

"那好，你不说，我问晓雷去。"祝福说着起身要走。

忆芳一把抓住祝福的手说："爸，你不要问他。"忆芳啜泣着把昨晚晓雷拒绝她的事从头到尾说了一遍。

忆芳讲完后，祝福仰头长叹了一口气："晓雷是个有情有义的男人。"他顿了顿又接着说："我早就看出你喜欢他，我也从心里喜欢他。我知道晓雷的脾气和性格，正准备找机会把这事说透。唉！到了这一步，恐怕强扭的瓜不甜，我让你晓凤阿姨去找他一下，看看有无挽回的可能。"

"老爸，不管晓雷哥愿不愿意这门亲事，你都不要为难他啊。"忆芳在一旁用近乎哀求的语气对祝福说。

"到现在你还护着他啊。"祝福叹了口气说，"放心吧，你爸不会那么小心眼儿。"

忆芳听到祝福的回答，脸上掠过一丝带有苦涩的微笑。

凤姐接到祝福的电话后，给儿子喂了奶，把家里收拾了收拾，给保姆交代了一下，就急匆匆地赶到医院看望晓雷。

晓雷躺在病床上，一夜之间显得消瘦了好多，脸上也失去了往日的光泽。

凤姐来到晓雷的床边，关切地问："怎么回事？发烧不？早上吃东西了没？"

晓雷说："姐，你那么忙，还来看我，真不好意思。"

"不忙。"凤姐说，"你看，一天就瘦这么多，这一段工程的事也太多了，借这个机会好好休息一下。"

晓雷苦笑了一下说："姐，没事，你不用担心，很快就会好起来。"

一番寒暄之后，凤姐提到了忆芳和晓雷的事情。

晓雷显得非常痛苦，他告诉凤姐，他非常喜欢忆芳，可心里总是有春儿的影子，看来这辈子无药可救了。

凤姐听后沉默了一会说："晓雷，我理解你对春儿的感情，可春儿毕竟已经嫁人了，你不可能与她结婚了呀。"

晓雷仰头叹了一口气说："姐，你不知道，每当别人给我介绍朋友时，每当忆芳给我表白时，眼前总是浮现当年春儿服侍老母亲的情景。那时在村子里人人都知道春儿嫁给了一个已经不在人世间的人，你说她承受着多大的压力啊！她替我为母亲尽孝，为母亲养老送终，我亏欠她的太多太多！此生即使当牛做马也难以报答。"

说着说着晓雷已是泪流满面，把凤姐说得也直抹眼泪。

晓雷哽咽着又说："祝总对我情义如山，恩同父亲，把我这样一个一无所知的农村孩子培养成一名高级管理人员，还给了我公司股份，说实在的，即使当牛做马也报不完祝总的恩情！想到这里，我心里即有一种对不住祝总的感觉，不光是愧疚，更多的是一种负罪感！"

晓雷说着说着已泣不成声。

自从凤姐在救了晓雷之后，她就喜欢上了这个聪明能干的小伙子，无奈晓雷心已有主，但她对他的感情已由恋情变为了手足之情。在过去3年中，她以大姐姐的身份悉心关心着照顾着晓雷，在她心目中，晓雷已经成为这个家庭的一个成员了。

听完晓雷的讲述，凤姐既心痛又着急，他希望晓雷与忆芳缔结连理，但又不希望违背晓雷个人意愿。从过去几年的了解和晓雷今天的表白，她知道忆芳和晓雷是不可能走到一起了。

凤姐用无奈却又是赞许的口气对晓雷说："晓雷，姐理解你，坚持自己的信念本身就是一种幸福和快乐。只要你认为是对的事情，你就坚持吧。"

"姐，谢谢你！"晓雷能得到凤姐的赞同和支持，心中宽慰了好多。

凤姐起身告辞，最后对晓雷说，祝总已经告诉院方，用最好的药物为他进行治疗。

晓雷从床上坐起来，要送一下凤姐。

凤姐一把按住晓雷说："不用跟姐客气，好好休息。"她好像又想起了什么，给晓雷又补充了一句："我会让你尽快远离这段感情所带来的痛苦。"

晓雷用感激的目光望着凤姐，直到她从视线中消失。

当天晚上，凤姐把早上见晓雷的事情给祝福说了一遍。祝福听后沉默了好长一阵子，然后叹了一口气说："你那个弟弟还真是个人物，以后一定能干一番大的事业。我理解他，就怕忆芳受不了这个打击。"

凤姐在一旁接着说："是呀，忆芳对晓雷感情深厚，如果两人天天在一起，恐怕她很难从这段感情中走出来。"说到这里，她忽然想起了什么，就对祝福说："你不是要在河南老家进行房地产项目开发吗，可以考虑让晓雷去全权负责这个项目。一来可以锻炼一下他独立工作的能力，另一方面也冷却一下忆芳对晓雷的感情。"

"好！"祝福脱口而出，"明天即着手准备这项工程。"

一周后晓雷身体恢复出院，当天祝福即通知晓雷到他办公室商量大事。

晓雷怀着一颗忐忑的心来到祝福办公室。一进门即得到祝总的热烈欢迎，他握住晓雷的手说："看气色不错，恢复得很好吧？"

晓雷连声感谢祝总："已完全恢复了，现在向您报到。"

祝总将晓雷让到椅子上落座，然后对他说："现在公司准备在老家开发房地产项目，你看如何？"

晓雷原来绷紧的心情一下放松了，他还真怕因与忆芳的事受到祝老板的责怪。晓雷说："祝总深谋远虑，这几年家乡的经济得到了迅速发展，房地产业刚刚开始，现在在家乡投资房地产正逢其时。"

"好！好！"祝总笑呵呵地说。接着他收敛了笑容，严肃地对晓雷说："准备派你去河南，让你全权负责这个项目。你看如何？"

"感谢祝总的信任，我当尽全力做好这个项目。"晓雷毫不犹豫地说。

他迟疑了一下，用试探的口吻说："西苑湖西房地产二期工程也立即上马，不知是将这个工程上马后再去河南还是现在即启动河南老家这个项目？"晓雷说这些是希望引起祝总的注意，让忆芳留下来负责西苑湖西二期房地产项目，而不是作为他的助理参与河南的房地产项目。

祝总似乎也看出了晓雷的担心和用意，就对他说："两个项目同时进行，你回河南启动老家的房地产项目，忆芳这几年跟着你锻炼得也差不多了，就让她负责这边的项目。"祝总最后又加了一句："忆芳有什么问题，你还得帮她呦！"

"那是，那是！请祝总放心！"晓雷听后心中的一块石头终于落地了。

接下来，祝总与晓雷讨论在祝总老家还是在晓雷老家开发房地产项目。晓雷当然是想在他老家进行开发。聪明的晓雷对祝总说："祝总，我认为在您老家开发这个项目好，您一直有为家乡建设出力的愿望，我愿帮您实现这个愿望。"他顿了一下接着说："不过我在贵县人生地不熟，河南县城的房地产开发刚起步，我也怕搞砸了，影响了祝总的声誉。"

精明的老板一下子即看穿了晓雷的心思，明知故问："晓雷，你有何高见？"

"我一个中学同学在大学是学城市建设的，现在在家乡已经

我是你的眼

是一名副县长，分管房地产开发项目，我想是不是先在我们那里试一下，取得经验后再去贵县进行开发？"晓雷不停地用征询的目光看着祝总。

"好吧！"祝总很爽快地答应了晓雷的请求，这是因为他想让晓雷独立地负责这个项目，以培养晓雷的综合能力。

接下来晓雷即夜以继日地准备各种事宜。一个月后，他带领一支20多人的队伍，赶赴家乡，着手准备成立豫福房地产开发公司。

他带领工程技术人员对县城的原有布局及规划进行了实地考察，经过一段考察，他向他同学——负责城建的李记岩副县长提出了县城建设和未来规划的合理化建议，受到李记岩副县长的赞扬和采纳。李副县长也多次协调有关部门，为房地产项目大开绿灯，提供必要的帮助。不到6个月，晓雷选中了城北一块背靠青山的土地，有300多亩，最后获得了这块土地的房地产开发项目。

晓雷多年来已养成了拼命工作的习惯，他带领工程技术人员很快即设计出一期锦绣山庄的整体项目。

西苑湖西房地产一期项目为晓雷积累了宝贵经验，李记岩副县长的帮助和他几位在县里工作的初中、高中同学都在不同层面给了大力支持，使得锦绣山庄项目得以顺利进行，从施工到完工仅用了3年时间。

一期工程完工后，5天内所有楼盘全部售罄，利润比原来预计的溢出两成。

晓雷当即拿起电话向祝总汇报了楼盘的销售情况。祝总非常高兴，连声说："好，好！"

晓雷继续汇报，锦绣山庄二期工程争取在两年内完工，现在准备在祝总家乡所在县城成立房地产开发公司，把过去3年多取得的经验推广开来。如果取得成功，即在河南建立豫福房地产集团公司，在多个县城进行房地产开发项目。

"太好了！你小子还真有远见，就照你说的办。"最后祝总又问晓雷还有什么打算。

晓雷用征询的口气说："祝总，我想在销售的利润中拿出两百万，在山区建五所希望小学，以解决当地孩子上学难的问题。另外，每年拿出200万在全县范围内资助家庭困难品学兼优的初中生、高中生。"

由于贫穷，晓雷上大学的梦想没有实现，他深知没有文化的痛苦。他想让家乡的孩子不要因贫穷而断送了梦想，还想让这些孩子帮他圆上大学的梦想。让这些孩子们走出大山，走到全国各地，走到世界各地。

晓雷刚一讲完，就听祝总说："好！这就是我要的答案啊，我们做企业的不能光为了赚钱。把赚的钱回馈社会，建设社会是我们的责任！"

听完祝总掷地有声的话，晓雷心中涌起了一股热流，他向祝福学到的不仅是企业的管理，更重要的是学会了如何做人，他明白了不会做人的人永远做不成大事业的道理。

晓雷对着电话大声说："感谢祝总的教诲！"

电话中传来了祝总那爽朗的笑声。末了祝总又补了一句："每年200万够吗？要保证全县考上初中、高中的贫困生都能上得起学，一个都不能少啊！"

"是！是！"晓雷高兴得简直要跳起来："坚决按祝总的指示去办！"

"你小子听好了，如果少了一个，我拿你是问！"祝总末了又加上了一句。

放下电话后，晓雷马上与县教育局联系，洽谈成立贫困学生救助基金一事。想到当年春儿接济他上学的事情，他为这个基金取名为春晖基金或春晖计划，以表示对春儿的感激。

在随后的10年里，晓雷经营有方，公司规模不断扩大，已先后在8个县城建立了房地产开发公司，生意可谓是如日中天，如火如荼。在祝福的大力支持下，晓雷在8个县先后资助建立了20所希望小学，先后捐助4000多万元，用于春晖基金项目，共资助2000多名贫困生读完了初中、高中，有近四分之一的学生考上大学或大专，有30多名学生考上了研究生或者出国深造。

在晓雷的办公室里挂满了他与资助的毕业学生的照片。平时闲下来，他会认认真真地观看这些照片，他特别关注那些经过资助而考上大学的学生，因为他们帮他圆了上大学的梦。今年他资助的学生中又有50多人考上了大学。3天前他接到了县教育局的请帖，今天下午县教育局准备在县第一高中礼堂举行庆祝活动。参加的人员有教育局相关领导、大学录取的同学及家长，还有受资助的正在读初中及高中的学生代表。根据往年的情况，一般有200多人参加。

不管再忙、事情再多，晓雷都要抽出时间参加这样的庆祝会。每当看到因春晖计划资助而考上大学的孩子，他心里有一种难以名状的成就感和自豪感。他为他们高兴，甚至为他们流泪。

今年的请帖不但邀请了晓雷，还特别邀请了祝总。晓雷拿到请帖后立即用手机与祝总通了电话，向他汇报了此事。祝总爽快地答应参加这个庆祝会。

今天早上他早早地把公司的事情处理完毕，随手拿起收发室送来的信件，一封从美国洛杉矶的来信映入他的眼帘，他迅速打开信件读了起来：

晓雷叔叔：

您好！

我是您8年前即开始资助的文娟，在这里我向您报告一个好消息：我已考取美国加州大学旧金山分校医学院的研究生。因来得匆忙没来得及当面向您道别，请您原谅。

晓雷叔，我家住在西固乡的一个小山村。8年前我考上县重点中学，有一个弟弟在上小学，因家里穷供不起我上学，我遂产生了辍学的想法。当时老师都说我是块好料子，是一棵好苗子，千万不能因贫穷而辍学。班主任老师还发动全班学生为我捐钱，但他们也都不富裕，所捐的钱勉强够我交学杂费，可还要生活费呀！

后来，我告诉父母亲我不去上学了，母亲在一旁默默地擦眼泪，父亲在一旁吧嗒吧嗒地抽着旱烟，一直默默地陪了我一个晚上。最后父亲告诉我说："孩子，你就去读书吧，生活费的事情你不用操心。"后来父亲偷偷去那些地下采血站卖血，为我换取了生活费。在一次政府打击非法采血卖血的活动中，那个采血站被取缔了，政府对那些卖血的人进行了检查，发现父亲感染了艾滋病毒。得到这个信息，母亲一下子病倒了。我哭了三天三夜。正在走投无路的时候，您的春晖计划帮我解决了生活费和学杂费，使我顺利读完高中。又是在您的资助下，我读完了大学医学5年的课程，并顺利考上了美国艾滋病防治方面的研究生。

晓雷叔，在得到您第一笔资助善款的时候，我就发誓要好好学习，以后学医做一名好医生，要研究和攻克艾滋病这个病魔，要为父亲和天下受这个病魔折磨的人解决痛苦。

晓雷叔，我是您春晖资助计划的受益者，我也看到了数以千计的贫困孩子在您的资助下，圆了他们的上学梦、大学梦和出国梦。您的爱心像阳光雨露一样温暖和滋润着这些孩子，使他们摆脱了贫穷和愚昧，给了他们希望和未来！

"谁言寸草心，报得三春晖。"春晖计划使我从一株小苗变成了一棵小树，使我走出国门，走到大洋彼岸，使我畅游在浩瀚的医学海洋里。我怀着一颗感恩的心，真诚的向您说一声：谢谢您！可以说我这一生都与春晖计划连在一起了。我要把所学的知识为祖国服务，为病人服务。

晓雷叔，我刚到美国，昨天收到了学校发的第一笔硕士研究生助学金，1000美元，除去房租和生活费还可节余300美元，我把它捐给春晖计划。虽然数量很小，但它是我这个春晖计划受益者的一份心意，我会永远关注和支持春晖计划，也会发动身边的人加入这一捐赠活动。我希望这点点滴滴细流能汇聚到春晖计划这条大河，给更多的像我这样的贫困孩子带来希望和美好的未来！

晓雷叔叔，马上要上课了，暂写到这里，以后再向您汇报。

此致

敬礼

文娟 敬上

2011年8月20日

看完来信，晓雷的眼睛湿了。诸如此类的信，他收到了很多封，每次他都看得热泪盈眶，他都会把这些信珍藏起来。今天文娟的这封信，更使他百感交集。他小心翼翼地从包里拿出春儿送给他的、一直舍不得用的手帕，擦了擦眼睛，抬头向窗外望去。

公路两旁挺拔的白杨树在哗哗摇动着树叶，一条笔直的公路伸向远方，一辆辆汽车从大山里驶出，奔向远方。

他还清晰地记得，这条公路所在的位置，当年还是一条崎岖不平的小路，他就是从这条路上背着简单的行李和窝窝头，怀着梦想徒步赶到火车站，走向南方城市的。20年了，变化太快了，从一无所有到身价已经过亿的老板，他感恩这个中国历史上变迁最快的时代，感谢国家的改革开放，使他有了施展才华的机遇和舞台，也深深感谢像祝福、凤姐等他所遇到的所有好人，给他无私的帮助，使他能够乘风破浪勇往向前！这个社会给他的太多了，他要回报这个社会、这个世界，回报生他养他的的这片土地。春晖计划一直是他多年来亲手抓的一件大事。从一封封受资助学生的来信中，他感悟到人生的真谛、人生的价值和快乐所在。俗话说，救人一命胜造七级浮屠，他的春晖计划虽然救助的不是人命，但它救助的是人的灵魂。就像沙漠中的一泓清泉，滋润的是干枯的心灵，它给人们的不单单是钱财和生活资助，更是将希望和未来种植在荒芜的心田。他已看到，当年资助的幼苗已经长成了一棵棵树，未来必然会长成参天大树，因为有爱的雨露滋润，有爱的阳光普照，有爱的传递和放大。

手机响声打断了他的思绪，教育局长在电话里告诉他，县委书记要亲自参加今天下午的庆祝大会，下午两点前请他赶到会场。

晓雷看了一下手表，已近1点了，他简单吃了些东西，就驱车向县一高驰去。

今天春儿起得特别早，她高兴得睡不着呀！半月前收到北京清华大学寄给女儿瑶瑶的录取通知书，从那时起，她就一直兴奋不已！今天她要陪女儿去参加县里为春晖计划资助考上大学的学生所举行的庆祝大会，所以她更是睡不着了，早上不到6点钟就起床了。她今天特意为女儿做了她最爱吃的荷包蛋，做好后，连续3次走到女儿房间，看到女儿还在熟睡，不忍心叫醒她，想让女儿多睡一会。她坐在女儿的床边，仔细端详着睡熟的女儿：女儿与她年轻时长得太像了，瓜子脸，弯弯的眉毛下有一双大大的眼睛，水灵灵的，微翘的鼻子透露出几分俏皮和几分可爱，薄薄的但又不失肉感的嘴唇给人一种甜甜的感觉。女儿不但漂亮还特别争气，今年考上了北京的清华大学，她真是喜出望外！她今天要陪女儿一起参加春晖计划受助者庆祝大会，要亲眼看一下一直资助女儿上学的——春晖计划的创立人，并要对他好好说一声：谢谢！

是啊，她应该感谢这位老板，因为是他为她女儿圆了大学梦想。望着女儿，她陷入了沉思。女儿瑶瑶可谓是春儿生命的全部，自小时候起，瑶瑶即机灵乖巧，很受人们喜爱，她把她视为心头肉和掌上明珠，虽然家里贫穷，但丝毫没有减少春儿作为母亲对女儿的宠爱。穷人家不像有钱人家可用大把的钱买来丰富的物质、食品，不能提供优越的生活条件来宠爱他们的子女，但春儿以自己仅有的时间、细心、耐心以及浓烈的原汁原味的母爱，关爱着自己的女儿瑶瑶，她会一分一毛地积攒钱为女儿置办学习用具，满足女儿的学习需要。

春儿手巧，特别擅长于做针线活，总是帮着邻居及五保户缝补衣服，后来省吃俭用攒了几个钱买了一架缝纫机，帮助乡亲们做做衣服。她利用剩下的边角料为瑶瑶拼接一下，即做成了别人都认为非常好看的衣服。女儿在小学时就聪明、努力、好学，学习成绩在班里总是数一数二的，连年被学校评为三好学生，这给困苦中的春儿和丈夫带来莫大的快乐和欣慰。

春儿永远不会忘记，在瑶瑶上小学5年级的那个夏天的一个晚上，电闪雷鸣，风雨交加，郭家寨遭遇了历史上50年不遇的一场大暴雨。春儿被巨大的雷鸣声惊醒，借着闪电的光亮，她看到山上的洪水卷着泥沙狂泻而下，她感觉到了房子的晃动，意识到房子马上就要被冲塌，她赶紧叫醒丈夫，抱起熟睡中的瑶瑶向屋外冲去，刚走到门外，即听见轰隆一声，整个房子坍塌了下来！她和瑶瑶幸好没被砸住，可丈夫的双腿被倒下的墙砸在了下面，春儿使出浑身的劲想把丈夫救出来，但无奈身单力薄力不从心。两个小时后，在乡亲们的帮助下丈夫才被救了出来，送到医院后，医生说他双腿粉碎性骨折，虽然经过全力救治，右腿最后还是被截去了。后来丈夫在双拐的帮助下勉强可以走路，完全失去了劳动力，并且还染上了胃病，当时农村医疗条件差，也没钱看病，每到胃病复发时，即到村卫生所买一大包"胃舒平"，可稍微缓解一下胃痛。

自从丈夫腿被砸伤后，家庭生活的重担全部压在了春儿身上，她既要下地干活，又要照顾丈夫的生活起居，还要照顾上学的瑶瑶，她真有些喘不过气来。

懂事的瑶瑶，过早地体会到了母亲的艰辛，放学回来即帮着妈妈干农活和家务活。为了减轻妈妈的负担，瑶瑶几次告诉妈妈，她不想上学了。每当春儿听到女儿辍学的想法，她的心都在流血。看着躺在床上叹息的丈夫，她的心不是没有动摇过，女儿不上学确实可以帮她减去好多负担，但一想到没文化的痛苦，窝在山沟里走不出去的痛苦，她总是告诉女儿说："孩子，娘再艰辛，再作难都不要紧，你不上学可不行，你是娘的全部希望！"

瑶瑶身上承载着母亲的全部希望，虽然小小年纪的瑶瑶尚不完全明白母亲话的含意，但从母亲的脸上、眼神中似乎感到了她对母亲的重要性。这以后她更加努力读书了，从不舍得多花一分钱，从来不跟妈妈要新衣服穿。

瑶瑶顺利考上了县里的一所重点初中，离家有30多公里，要住校。春儿非常高兴，但一想到学杂费和生活费，她的心就凉了。她盘算着将养的一头猪卖掉，家里平时卖鸡蛋的钱加在一起，也只够一年的学杂费，可生活费仍无着落。她环顾了一下屋里，没发现一样值钱的东西可以拿来换钱。丈夫躺在床上不停地叹息。她想到去邻居家借钱，可是洪水冲塌房子后，虽然政府资助了1000多元钱用于修建房子，但这个数目根本不够，不得不向邻居借钱，到现在借邻居的钱还没办法还清，哪还好意思再去借呀？再说山沟里尚没修公路，村里的人全都靠土里刨食，大家攒两个钱都是为了娶媳妇嫁闺女的，也没多余的钱可外借呀。

春儿越想越头痛，她脑海中闪出了不让瑶瑶上学的念头，但很快就被自己否定了，再穷也不能让孩子辍学。最后她想到了卖血，前几天她听邻居王二说，有一个诊所可以卖血，抽上大半瓶即可卖100多元钱。她告诉了丈夫，丈夫在床上哭着死活不让她去，因为她是家里的顶梁柱，如果出现个三长两短的，这个家怎么办呢！

从地里干活回来的瑶瑶听到爹娘的哭声，一下子冲了进来，跪在爹娘的面前，哭着说："爹，娘，你们别作难了，我不上学了。"

"别哭，傻孩子，哪能不上学呀，只要爹娘有一口饭吃，就会供你上学。"

"我不要上学，不要上学！"瑶瑶固执地哭着说。

看着懂事的瑶瑶，母亲一把把瑶瑶抱在怀里失声哭了起来。

就在这时，学校的李平老师来到春儿家里，看到眼前这一幕也伤心地掉下了眼泪。

春儿见到李老师来访，一时尴尬地不知该说什么才好，她用衣角擦了下眼睛，不好意思地说："大兄弟，不知什么风把你吹来了？"

李老师说："嫂子，我给你们送好消息来了。今年县政府在财政不宽裕的情况下专门拨出1000万元，用于贫困学生的生活补助，还有一个春晖计划，听说一个房地产老板拿出上千万要资助几百个贫困学生上学。"

春儿睁大了眼睛，用怀疑的眼光看着李老师："人家大老板凭什么要资助我们这些穷人，恐怕以后要付很高的利息吧？"春儿想着天下肯定没有这么好的事，没有这样免费的午餐。

李老师从口袋里拿出一个信封，从里边拿出了一个文件，然后对春儿说："嫂子，请放心，这不，县里都发文件啦，没有错，资助是无偿的，以后不需要任何回报。"

春儿用颤抖的手把文件接了过来，认真看了一下，确实是县里的文件，上面还盖着大红印，她知道盖大红章的文件是不会骗人的。

春儿眼泪夺眶而出，嘴里不停地说着："及时雨，及时雨，我家女儿瑶瑶有福气呀。"她停了停接着对李老师说："这个老板真是大好人，是个活菩萨呀！"

"听说这个老板就是我们当地人，在南方城市发了财，就在老家县城开起了房地产，事业做得很大，还出资为县里建了好几所希望小学。"

"好！好！好人，好人！愿老天爷保佑他！"说着说着，春儿一把拉着瑶瑶对她说："长大后要向这样的老板学习，帮助那些贫穷的人，那些需要的人。"

在春晖计划的资助下，女儿瑶瑶顺利地读完了初中，并考上了县里的重点高中。还是在春晖计划的资助下，女儿又顺利毕业并考上了清华大学。在接到大学录取通知书的第三天，春晖计划办公室的人员又专门给她家送来了春晖计划资助贫困大学生的表格。这些天来，春儿一直沉浸在幸福当中，她为女儿高兴和自豪，她努力想着以什么方式表达对春晖计划的创立人——那位房地产老板的感谢。山沟里没有什么可拿得出手的，后来她想到了为这位老板做几双鞋垫和织一件毛衣（这是春儿家乡最时兴的表达感谢的方式了）。做鞋垫时，她认真地一针一线地缝，生怕有一针缝歪了。为了能织一件适合那位老板的毛衣，她一遍一遍地询问女儿那个老板长得什么样子，是胖还是瘦，是高还是矮。

女儿作为受资助代表曾参加了去年受助大学生庆祝活动，也只是在会上见过那位老板一面。女儿瑶瑶描述那位老板有1.75米高的个子，不胖不瘦的，长得挺英俊的。春儿只能根据瑶瑶的描述编织毛衣。为了织好这个毛衣，她还专门跑了一趟县城，把过去积攒的卖鸡蛋的钱全部拿了出来买了最贵的毛线，还在书店买了一本编织毛衣的书。她要对着书上的图案，织出最满意的毛衣，送给这位大恩人、活菩萨！

在织毛衣的过程中，她不知道流了多少次眼泪，点点滴滴进了毛线中。她自言自语地说："泪水滴上去没关系，人家那个大老板是不会计较的，因为那点点滴滴的泪水是对他的感激。"

邻居王二一大早就跑到家里，嚷嚷着说："嫂子，今天你不是要与瑶瑶一起去参加她的庆祝大会么？俺开着手扶拖拉机送你过去，俺也想看一下这位大善人长得是什么样子。"

这时春儿不得不叫醒女儿，催她赶快把荷包蛋吃了，早一点去县城，免得误了庆祝活动。

春儿今天不知道为什么有些魂不守舍，她特别穿上了前几天去县城时给自己买的一身衣服，穿上后她拉拉衣领，扯扯衣角，生怕穿歪了。她还特意使用了女儿瑶瑶花10元钱为她买的一瓶什么护肤之类的产品。这是瑶瑶利用假期在学校帮老师做教学用具所得的报酬。当时她怪女儿："咱山沟里的人不兴使用这么贵的东西，再说我都这么大年龄了，也不配使用这东西。"瑶瑶在一旁打趣道："我妈漂亮着呢，我们村里选美肯定我是冠军，我妈是亚军。"说完冲着春儿做了个鬼脸。

今天春儿拿出了瑶瑶买的护肤品，她往脸上抹了一点，光光的，滑滑的，爽爽的。"你还别说，你这东西还真不错。"春儿自言自语地说。她对着镜子看了又看，照了又照，发现自己还真没老，虽然脸上的皱纹多了，头上有不少的白发，但清秀俊美的轮廓依然没变。特别是今天心情特别好，又使用了护肤产品，脸上显得特别红润，尤其是那双大眼睛忽闪忽闪的，依然美丽动人。

瑶瑶偷偷来到母亲的房间，看到母亲正在对着镜子照来照去。她感到很奇怪，她从来没见过母亲这么高兴。

意识到瑶瑶进来，春儿感觉有点不好意思，就故作生气地对瑶瑶说："看啥，有什么好看的！"

瑶瑶做了个鬼脸说："妈，听说那个资助春晖计划的老板还没结婚，说不准他会看上你呦。"

春儿一阵脸红，嗔怪地说："傻孩子，别瞎说，要是你爹听到了不打你才怪呢。"

瑶瑶冲着春儿做了个鬼脸，撒娇地说："才不会呢，我爹最疼我了。"

春儿为丈夫准备了中午和晚上吃的东西，又嘱咐他不要忘记喂猪，这才与女儿瑶瑶一起坐上了王二的手扶拖拉机。

王二对春儿说："嫂子坐好了。"随后，拖拉机发出突突突的声音，径直往县城奔去。

来到县一高小礼堂，春儿发现很多人都提早来了，整个小礼堂差不多已坐满了，她和女儿、王二找了半天才在中间稍靠后的地方找到了位置。三人落座后，春儿环顾了一周，看到"2011年春晖计划受资助学生表彰大会"的横幅挂在礼堂正中的墙壁上，所有参会人的脸上都洋溢着幸福的笑容。人们三三两两聚在一起，在谈论着关于今年高考录取的事情。

瑶瑶有点紧张，因为她要代表受资助的学生发言，这几天来她一直在准备发言稿，五易其稿，最后还是不很满意。她把发言稿拿给妈妈看，希望她能提点建议。春儿认真看了几遍瑶瑶的发言稿，对里边一些表达方式、用词都提出了自己的看法。瑶瑶根据妈妈的建议又反复修改了3遍，这才感到满意。

瑶瑶拿出发言稿，在认真看着，她是春晖计划实实在在的受益者，她要把自己和全家人心中的感受、感激充分表达出来。时间到了下午两点钟，随着一阵骚动，只见有5个人走到主席台上，全场立即响起了热烈的掌声。春儿紧盯着鱼贯走向主席台的几位嘉宾，突然她发现最后一位是那么熟悉。她擦擦眼睛，没错，就是他！他还是留着当年春儿对他说她喜欢的发型，白色的衬衣，笔挺的西装和红色领带，虽然与以前的晓雷已判若两人，但那棱角分明的面庞上仍保留着原来的朝气、朴实、真诚和善良。她用右手使劲掐了一下自己的左手，发觉很痛，意识到自己不是在梦中。

这时主持人走到麦克风前，他是分管教育的周云副县长，他清了清嗓子，宣布2011年春晖计划受助学生表彰大会现在开始，首先介绍了参加这次表彰大会的领导和嘉宾，第一个是南唐县县委书记杜平同志，台下随即爆发出一阵热烈的掌声。

他又依次介绍了县教育局长漆剑英同志、豫福房地产开发有限公司祝福先生，每介绍一位嘉宾，台下即会发出一阵热烈的掌声。

马上就要介绍最后一位了，春儿屏住呼吸，目不转睛地盯着最后要介绍的那位嘉宾。她不知道这时为什么如此紧张，整个心都提到嗓子眼了，她从直觉中判断，这位嘉宾一定是晓雷。她希望听到主持人介绍他是晓雷，但又不想听到是晓雷，来得太突然了！她心里一点准备都没有，或者说她根本不知道心里能准备什么。随着主持人说出豫福房地产开发公司总经理张晓雷先生时，春儿一阵眩晕，她努力控制住自己，双手捂住了眼睛，发出了轻微的啜泣声。女儿在一旁感到母亲有点不对劲，就对春儿说："娘,你咋了？"春儿摆了摆手说："没事,可能是太激动了。"说完对瑶瑶苦笑了一下。

介绍完嘉宾,主持人邀请县委书记讲话。杜平书记来到麦克风前,首先对53位受春晖计划资助而考上大学的同学表示祝贺,然后对豫福房地产公司董事长祝福先生和总经理张晓雷先生捐资设立春晖基金大加赞扬,说这个基金使很多渴望读书的寒门学子圆了上学的梦,圆了大学梦,为国家培养了大批优秀人才,将对本县经济和社会发展起到巨大的推动作用,体现了一个企业家的社会责任。他代表县委县政府和全县80万父老乡亲向祝福先生、张晓雷先生表示衷心的感谢！最后他号召全县企业家向祝福先生、张晓雷先生学习,并祝春晖计划培养出更多的优秀人才。

杜书记的讲话虽然有些客套,但代表了他及县委县政府领导对春晖计划创立人的真挚感谢！

杜书记话音一落,台下立刻响起了暴风雨般的掌声,这掌声与其说是送给书记的,倒不如说是送给祝福和晓雷的。

主持人然后请豫福房地产公司的张晓雷先生讲话,请大家欢迎。这时的掌声明显超过了给县委书记的掌声。

晓雷走到麦克风前,向台下的人们深深地鞠了一躬,这时又响起了一阵掌声。

晓雷说："各位父老乡亲和同学们,今天我与你们一样非常高兴！看到今天这么多学生考上大学,我真羡慕你们啊！20年前的今天,我是从西固乡背着行李,怀揣着母亲给我做的窝窝头来到县城火车站,从这里走到南方的城市。当时在火车上遇到几个怀揣大学录取通知书到广禺市上学的学生,看着他们兴高采烈憧憬着美好未来的样子,我的心在流血,能走到大学殿堂也是我的梦啊！可是我没有机会再读书，因为那时候咱贫穷啊！"

说到这里他扫视了台下的人们，随后提高了嗓门说："在我去南方的前一天晚上，我还同我的一位女同学，不，是我的女朋友，在一起讨论以后上大学的事情。那时我告诉她，等有一天我挣了钱，有了机会，还是要圆上大学的梦想。可惜呀，我没这个机会和福气啊！我没有给她兑现我的承诺，这始终是我心中的痛！"

说到这里，台下已可隐约听到一片啜泣的声音，春儿即是发出这些啜泣声中的一位。

晓雷的讲话勾起了她对20年前往事的回忆，虽然20年了，但那天晚上两人相拥在一起的情景却像昨天一样清晰，历历在目。今天，晓雷的声音与当年一样，还是那么有感染力，只是多了些成熟和厚重。20年了，虽然已为人妻、人母，但她那颗心从未停止过想念晓雷，只是她不得不把这种想念压在心底，压在她那永远属于晓雷的地方。自从上次与晓雷分手后，她心中的苦闷和思念在不停地咬噬着她的心灵，她无法向任何人诉说，包括女儿瑶瑶。有时候心中的思念让她几乎崩溃的时候，她就偷偷地跑到晓雷离开家乡前一天晚上他们约会的山坡上，遥望南方，喃喃自语。她希望眨着眼睛的星星听明白了她的话，她也幻想着星星能把她对晓雷的思念和祝福传递到他的心里。在晓雷走后的最初几年里，她从邻村在广禹市打工的人嘴里听说了晓雷的工作地址，有几次想给他写一封信表达对他的思念，但又否定了自己的想法。虽然丈夫是个挂着双拐的瘸子，但他用一个残疾男人仅有的一点力量在不停地帮着她支撑起这个家。春儿发脾气的时候，丈夫总是在一旁默默地承受着，他知道春儿的苦闷和艰辛，他想让春儿的怨气和痛苦都畅快淋漓地发泄在自己身上。春儿对丈夫胡乱发了一通脾气后，她又往往感到对丈夫的不公平，就不声不响地为丈夫做上两个荷包蛋（为了用鸡蛋换几个钱，她一直都不舍得为自己做上一个荷包蛋），以示对丈夫的愧疚和补偿。

　　日子久了，春儿再也不敢萌生给晓雷写信和联系的事了，她只能生活在两个世界里，一个是活在与丈夫、女儿在一起的现实生活中，另外一个则是活在思念和回忆的世界里，她时常认为两种生活相行不悖。她一方面承担着两种生活带给她的酸甜苦辣，另一方面也承受着给她带来的纠结和煎熬，她不想丢掉两种生活中的任何一种，因为丈夫、女儿是她生命的支持和全部，而晓雷则是她精神的寄托。人就是这样一种矛盾体，她一方面希望有一天能看到晓雷，问候他、他的妻子和儿女，另一方面她又不愿意晓雷出现，害怕破坏现有生活的平衡和宁静。可今天，晓雷离开家乡20年的今天，春儿既想看到又不想看到的一幕出现了。她不知是喜还是忧，不知是甘甜还是苦涩，不知是释然还是纠结，可以说她什么都不知道了，只有泪水在不停地往下流……

　　台上晓雷的声音已有些哽咽，他努力克制住自己，继续说道："我到广禹市后，遇到了很多好人，他们在我因病奄奄一息的时候，在我双腿摔断感到绝望的时候，向我伸出了援助之手，救了我，使我站立起来，振作起来。那时我就发誓，我要尽我绵薄之力回报这个社会，回报生我养我的这片热土！"

　　晓雷越讲越激动，眼里已闪出泪光。他回过头对着台上的祝福深深地鞠了一躬，然后动情地说道："是祝福先生成就了我的梦想，是他决定拿出公司利润的10%成立春晖基金来救助贫穷的学生，让考上中学、高中、大学的同学不因贫困而失去学习的机会，让我们这些山沟里的孩子能走出大山，追逐他们的梦想！今天又有一批学生走到高等学府的殿堂，其中有一位叫瑶瑶的同学还考入了清华大学的建筑学系，清华大学一直是我梦想的地方啊！我从小就想学建筑，建出最漂亮的房子和桥梁。"这时他的目光向台下扫视了一下，好像要寻找到他说的瑶瑶，然后又继续说："我感谢他们，替祝总和我圆了上大学的梦想！我为他们自豪和骄傲啊！"

人群中爆发出雷鸣般的掌声。

掌声打断了春儿的思绪，她虽然是在台下听着晓雷演讲，实际上她什么都没听到，只是用泪珠将过去和现在串在一起，将虚幻和现实串在一起。她一直不敢抬头看他一眼，生怕晓雷把她的魂儿带走。掌声使她下意识地抬头望了他一眼。虽然相隔有五六米的距离，她还是清清楚楚地看到了他。晓雷还是留着当年春儿喜欢的发型，只是乌黑的头发中隐现出了根根白发，额头上、眼角处也出现了浅浅的皱纹，那张成熟的脸上因激动而现出春儿捕捉到的未泯的童心和朝气。

似乎热烈的掌声使晓雷更加激动，他动情地说："各位父老乡亲，捐资助学是豫福公司的责任，祝董事长让我给大家宣布一个消息，我们公司决定在原来资助的基础上，在未来3年追加资助5000万，改善贫困山区小学、中学的办学条件，购置电脑、教学用具、图书资料，以使山区的孩子能像城市的孩子一样，在宽敞明亮的教室学习，使他们能在山沟里即能看到外面的精彩世界和飞速发展的世界，让更多的山沟里的孩子能放飞梦想、追逐梦想！"

晓雷的演讲再次赢得了雷鸣般的掌声和欢呼声。周云副县长走到麦克风前，招手示意大家安静，然后激动地说："同学们，各位父老乡亲们，我提议让我们以热烈的掌声再次对祝福董事长及张晓雷总经理表示最衷心的感谢！也希望这次庆祝大会更激发出我们山里同学更高昂的学习热情、建设家乡的热情和报效祖国的热情！"他宣布让获资助学生代表瑶瑶上台发言。

瑶瑶今天打扮得特别精神，她扎着两根粗粗的辫子，穿着一条白色的连衣裙，不知因为激动还是害羞，脸上绽放着红扑扑的笑容。当听到周副县长宣布让她上台发言时，反倒轻松了许多，她一阵风似的走上讲台，对着台下的观众和台上的领导深深地各鞠了一躬。就在她对着领导鞠躬的一刹那，晓雷的眼神一下子凝固了：这个人这么熟悉，那眉毛、那鼻子、那嘴唇、那眼神，太像春儿了，他不由自主地轻声发出了"啊"的声音。

瑶瑶看了台下一眼，然后镇静自若地对着麦克风讲了起来："尊敬的各位领导，尊敬的祝福先生、张晓雷先生，各位家长和同学们，我叫郭瑶瑶，家住西固乡郭家寨，在我上小学5年级的时候，山洪暴发冲塌了我家房屋，砸断了我爹的腿，为了给我爹看病和修建房子，我娘到处借钱，在我考上初中的时候为了给我筹措学费，我娘想到了卖血。"说到此处，瑶瑶已泣不成声。

从瑶瑶发言一开始，晓雷从她的背影中完完全全看到了春儿的影子，当她说到她来自西固乡郭家寨的时候，晓雷已完全确定了瑶瑶的身份——是春儿的女儿。

当他听到春儿为女儿上学筹集学费的时候，他浑身抖动了几下，眼泪夺眶而出，他已来到家乡南唐县10年了，他不是不愿去看一下魂牵梦绕的春儿，他是害怕他的出现打破春儿生活的宁静，害怕自己陷入痛苦的泥潭。他只有默默地关注着生他养他的那个小山村，他曾多次对县教育局负责春晖计划的同志说，要尽可能多照顾西固乡的学生。没有想到春儿家里竟发生了如此不幸的事情，他为未能及时出现并帮助春儿，深感后悔、内疚和心痛。他用纸巾擦了一下眼睛和鼻子，努力克制自己，以免在众人面前失态。

春儿用手捂住双眼，肩膀在轻轻地抖动着。她后悔让瑶瑶说出这些，实际上讲这些也没有任何不对，只是今天在这个场合说这些有点不合时宜，她不想让晓雷听到她苦难的过去，她只想让他听到高兴的事情。"事已败露"，她也感觉到无可奈何，当听到女儿说为了筹措学费春儿想到去卖血的时候，春儿再也抑制不住自己，轻声发出"喔喔"的哭泣声。

这时台下很多人眼里都已闪着泪光，不断有人在低声啜泣。

瑶瑶用手绢擦了擦鼻子和眼睛，继续说道："在我将要失学的时候，感谢政府和春晖计划为我们送来了及时雨，使我继续有了上学的机会。那一刻我爹、我娘和我抱在一起，流下了幸福的泪水。是春晖计划一直资助我读完了初中，读完了高中，又资助我考上了大学。我们全家都永远忘不了春晖计划的创立人祝福先生、张晓雷先生，在此我向你们表示衷心的感谢！"说完瑶瑶对着祝福和晓雷深深鞠了一躬。

瑶瑶朝妈妈坐的地方望了一眼，继续说，为了表达对张晓雷先生的感谢，我娘亲手为他做了5双鞋垫，织了一件毛衣，现在我请我娘上台将它们亲手送给我们的恩人——张晓雷先生！台下立即爆发出了雷鸣般的掌声。

掌声好像使春儿一下清醒过来，她不知道自己该不该上台，也不知道该不该把亲手做的礼物当面送给晓雷，她一直愣愣地呆在那里。

这时，晓雷在人群中辨认出了春儿，这个他日夜思念的春儿。他现在的心情不知用什么词可以表达出来，是五味杂陈？不是！这个词肯定表达不出他的心情，是百感交集？可能还是力量不够，难以表达他复杂的心情，他木鸡似的愣愣地望着台下的春儿。

"娘，你上来，把礼物送给张晓雷先生。"瑶瑶看到母亲一动不动愣在那里，她以为母亲是害羞和胆怯，不敢上台，就对着春儿喊道。

这时台下的人群发出了欢呼声，用掌声鼓励春儿上台。

春儿眼里噙着泪水还是愣在那里不动。

瑶瑶一看着了急，她迅速从台上跑到母亲身边，一把牵住春儿的手向台上走去。

上台后的春儿用颤抖的手将一小包裹递给了晓雷，然后缓缓地用一双粗糙有力的手紧紧握住了晓雷的手。那一刻春儿的泪水像断线的珠子一样一颗接着一颗向下滚落，她想向晓雷说声谢谢，但嘴唇嚅动了几下竟然没有发出任何声音。晓雷从握紧他手的春儿的手中感受到了她的思绪万千和百感交集，他也清楚地看到春儿头上的白发、额头和眼角旁的道道皱纹，只是那双流泪的眼睛仍是那么清澈和明亮，那眼神仍是那么天真无邪，仍是那么迷人。晓雷从裤袋中掏出那个春儿临别时送给他的手绢，轻轻地为春儿擦了擦眼泪。他想拥抱一下春儿，亲吻一下春儿的额头，但从春儿的眼神中，从春儿手中传递给他的信息中，他知道只能是一种奢侈。

不明就里的瑶瑶看到母亲泪眼里闪着异样的光亮，两个人的手长时间握在一起，似乎感觉到了两人以前肯定是相识和有故事的。聪明的瑶瑶向前跨了一步对春儿说："娘，我送你回到座位上。"

这时春儿如梦初醒，才感觉到自己的失态，于是双手从晓雷的双手中慢慢抽了出来。

在回家的路上，春儿一直呆呆地坐在手扶拖拉机上，王二比春儿小十多岁，他还记得晓雷家在他家隔壁，在晓雷去南方城市打工后，都说晓雷出事死了，再后来听说晓雷没死，成了房地产大老板。今天他算是开了眼界，看到西装革履的晓雷坐在主席台上是那么风光，听说晓雷有上亿元资产。他对上亿元的资产没有概念，他算了一下，他家种地、养猪所赚的钱加起来，一年也只不过有3000块钱，要挣够上亿资产需要3万多年。哎呀，老天爷，这么大的数呀，他怎么花呀！王二想想都替晓雷发愁。

王二也目睹了春儿在台上与晓雷见面的一幕，心想这下春儿可就发财了，她当年嫁给了晓雷，村子里的人都在背地里说春儿的闲话，都说她嫁给了一个世界上不存在的人，还替他尽孝道，为他母亲养老送终。现在，晓雷怎么也该给春儿个百八十万的，说不定春儿一高兴还会帮他买一台好一点的新手扶拖拉机，再盖个楼房。想到这里他心里美滋滋的。他偷偷瞄了一眼春儿，见春儿坐在拖拉机上发呆，他就对春儿说："嫂子，你今天发大财了，都知道你是他当年的媳妇，他应该给你一大笔钱补偿一下才对。"

坐上手扶拖拉机后，春儿还一直在想、在回忆与晓雷见面的情景，不管怎么回忆，她就是记不起是如何走到主席台上，是如何把鞋垫和毛衣送给晓雷的，她心中还出现了一连串问号：当时自己有没有失态？有没有伤害了晓雷？有没有伤害了女儿瑶瑶？

我是你的眼

她自己可以承担所有的苦涩和委屈，而不愿对晓雷、女儿产生一丝一毫的伤害。

虽然她和晓雷的见面是上天的安排，有一点捉弄人的感觉，但无论如何，她还是感谢上天让她知道了晓雷的一切。这么多年她一直想知道晓雷是否过得好，生活的风风雨雨有没有改变这个人的善良本性。今天她真是得到了满意的答案。她也非常感谢晓雷这么多年对女儿的资助，使她度过了那段艰难的日子。晓雷没有给她兑现上大学的承诺，但通过资助女儿间接圆了上大学的梦想。虽不能与晓雷走到一起，但还是感谢上天，感谢命运给她开了这个虽然有些悲戚、有些苦涩但又有些甘甜和回味的玩笑。

会后，晓雷告诉她要送她一套房子，还要她和她的丈夫一起搬到县城锦绣花园住的时候，她谢绝了：一是怕丈夫心生芥蒂，害怕丈夫那仅有的一点尊严丧失殆尽；二是她想到女儿能顺利上大学并且得到春晖基金的资助已是感激不尽了，她不想给晓雷带来任何负担，不想对春晖计划产生哪怕是一点点的不良影响。

王二的话打断了春儿的沉思，她抬头望了一下王二，苦笑了一下说："王二兄弟，你说啥呢，人家赚钱也不容易，这么多年一直资助着瑶瑶，我心里一直过意不去，哪还能再向人家要钱呢！"

王二不以为然地说："嫂子，你太傻了，你为他母亲养老送终，他给你买套房子、买个汽车、给你几百万都应该啊。"

春儿摇摇头说："那点小事哪能比起资助瑶瑶上学的事啊，再说瑶瑶也上大学了，学费也解决了，以后她也能自食其力了，要房子要钱有啥用呢？"

"说啥你也得让他补偿你点。"王二嚷嚷道，他转过头问瑶瑶："瑶瑶，你说我说得对不？"

瑶瑶亲眼目睹了今天下午庆祝大会的全过程，从母亲和晓雷的表情以及后来王二说的一些事情，她大致了解了母亲和这个男人的故事。她高兴的是资助自己多年的恩人竟是母亲的初恋，因为自己，两个青梅竹马的恋人得以重逢。聪明的瑶瑶自小学开始即隐约感到母亲心中的忧郁和心事，从邻居那里曾听到过母亲结婚前曾有男朋友，并且为他母亲养老送终的事情。她有几次偷偷地观察到母亲坐在村旁的山坡上，痴痴地望着南方，并悄悄地抹眼泪。今日的重逢可能了却了母亲的思念和牵挂，为她带来心灵的慰藉。从另一方面她又担心起来，她深爱着母亲，也深爱着父亲，她不希望晓雷的出现打破母亲平静的生活，更不希望他的出现给父亲心理上造成任何压力。父亲由于残疾本来就有自卑的感觉，面对着风流倜傥的晓雷，父亲怎能不产生各种各样的想法？想到这里，瑶瑶不觉倒吸了一口冷气。

王二的问话打断了瑶瑶的思路，她结结巴巴地说："喔，也许你说得对吧，不过我赞成我娘的看法，发家致富都要靠自己的劳动和努力，不能靠别人的馈赠和施舍。"

春儿望了一下瑶瑶，突然发觉女儿一下成熟了很多，就对瑶瑶说："瑶瑶说得对，咱是不能靠别人发财。"

这时瑶瑶忽然想起了什么，对着春儿说："娘，我看可以让晓雷叔资助我爹安个假肢，这总可以吧？"瑶瑶早听说安上假肢就可以甩掉拐杖，她心里一直有一个愿望，希望能有一天给父亲安上假肢。她想这么一个小小的要求，母亲是不会拒绝的，张晓雷这么大的老板也不会介意那么一点点钱的。

春儿望着瑶瑶笑了笑说："我已经为你爹攒钱攒了好几年

我是你的眼

了，这几年卖猪、卖大米的钱再加上今年卖山货的钱，我盘算着给你爹安假肢的钱就凑够了，咱不要给人家增加负担了。"

听到这些，瑶瑶点了点头，不再出声；倒是把王二气得哼了一声，他加大油门，拖拉机立即发出突突的声音，拖着一串黑烟向山里驰去。

晓雷自从在庆祝会上与春儿相遇后，平静的生活一下被搅乱了，满脑子全是春儿，眼前尽是春儿的影子。他一方面为春儿这么多年过着如此艰辛的生活而感到心痛，另一方面也对自己未能在春儿最需要的时候送去温暖和伸出援助之手而感到自责和不安。如今他已富甲一方，他想尽一切可能来补偿春儿，钱这东西很庸俗，但他怎么也找不到比钱不庸俗的东西来表达对春儿的感情。他想给春儿买一套房子，想给春儿百八十万的，但春儿拒绝了他的所有馈赠，这使他心里更不是滋味。

如果说在过去十多年中晓雷还可以把对春儿的思念埋在心底，那么这次相见使他经历了人生最痛苦的煎熬。人生最大的痛苦莫过于你见不到最想念的人，更要命的是这个人就在离你不远的地方，在你伸手可及的地方。

现在他能做的是尽一切可能帮助瑶瑶，为她提供好的学习条件。在瑶瑶到北京上学后不久，他专程到北京为瑶瑶买了笔记本电脑等学习用品，他还为她买了手机以方便她与春儿联系，也希望她在学习、生活中有什么困难的时候能与自己联系。

懂事的瑶瑶知道自己父母的艰辛和自己上学机会的难得，学习特别努力、勤奋，深得老师的喜欢。她每周都会给家里打个电话，向父亲、母亲汇报学习和生活的情况，每当春儿听到女儿的声音时都高兴得简直要跳起来。接听女儿的电话成了她的期待，

273

给她苦涩的生命注入了希望和慰藉。

知恩图报的瑶瑶也时不时给晓雷打电话说说自己的学习、生活、身边的老师和同学。晓雷看到了瑶瑶学习中的进步、生活中的自立自强、心智上的成熟，他为瑶瑶高兴，也为春儿有这么一个女儿而感到高兴。

在瑶瑶上大学第二年春天的一个晚上，晓雷突然接到了瑶瑶的电话，瑶瑶在电话中哭着说："晓雷叔，我在火车站，能不能派车送我一下？"

晓雷听后心里咯噔了一下，知道出事了，现在不是节假日，又不是假期，瑶瑶突然从北京回来肯定是出了大事。

他对瑶瑶说："别急，慢慢说，到底怎么回事？"

瑶瑶啜泣着说："我爹昨天从山上摔了下来，现在昏迷不醒。我下了火车后，发现到西固乡的班车已经没有了，我要今晚上赶回去！"说完又哇地一声大哭了起来。

晓雷也着急了，一边安慰瑶瑶，一边派车，他给了司机三万块钱，要他交给瑶瑶以作急用。

送走瑶瑶后，晓雷急得像热锅上的蚂蚁，他想去探望一下春儿的丈夫，但又怕见面时尴尬。他几天都没吃好饭，没睡好觉。

他几次拿起手机给瑶瑶打电话想询问她父亲的病情，可她手机一直处于关机状态。5天后他再也坐不住了，他决定要去看一下春儿和她丈夫。

郭家寨离县城有30多公里，这几年修通了公路，开车不到半个小时即到村口。10多年没回来了，很多破旧的土屋都已不见了踪影，取而代之的是崭新的瓦房。

晓雷在村头下了车，让司机把车停到村头的打谷场上，他徒步向村子里走去。

这里曾是晓雷生活过20年的地方，那时他对这里的一草一木都耳熟能详，这里的一山一水都留下了他童年的足迹，寄托着他幼年时天真的梦想。他曾梦想着有一天能把父亲母亲的病治好，使他们健康地活着，可这愿望最终没有实现；他曾想着考上大学，成为一名优秀的建筑师，可这一愿望也落了空；他曾想着与春儿手拉手相伴在月光下，可这也成了他实现不了的奢望。现在他虽然事业有成，富甲一方，但重回故里时并没有给他带来任何衣锦还乡的感觉，而是给他带来了悲戚和忧伤的感觉。

走到村口，他不由自主地加快了脚步，迅速找到了春儿家的位置，虽然这里一切都变得面目全非。春儿的家坐落在村西头临近山坡的位置，有三间堂屋和两间东屋，这是8年前洪水将旧屋冲塌后重建的。

晓雷轻轻敲了一下门，等了很久，没有人应声。他又连续敲了几下，隔了一会，他听到了脚步声，随后听到了开门声，出来的是瑶瑶。晓雷一看即惊呆了：只见瑶瑶手臂上带着块黑色袖章，上绣一个"孝"字，瑶瑶双眼肿得像核桃一样。

一见到晓雷，瑶瑶一下冲上前去抱住了他，失声痛哭起来，晓雷一下子明白了，瑶瑶的父亲已经不在了。

晓雷浑身像电击了一下，猛地抖动了一下，他努力克制住自己，赶忙扶着瑶瑶走到了屋里。

春儿坐在床边不停地啜泣。丈夫实在是太命苦了，刚结婚那些年，丈夫为了翻修盖房子，省吃俭用。好不容易盖起了新房，就遇上了洪水，把新建的房子冲塌了，并砸断了双腿。春儿为了攒钱给丈夫安装假肢，多少年来不舍得吃不舍得穿，10天前她算了一下，安装假肢的钱已经够了，她和丈夫约好要去省城医院安装假肢，谁知丈夫说要去山上看一下那块种小麦的地有没有犁好。那天天空下着小雨，丈夫拄着双拐在泥泞的路上行走，一不小心滑倒，摔下了30多米的山沟里，待到人们发现时，他已昏迷不醒。从乡卫生院请了一位医生看了一下，医生说是颅内出血，抢救了3天，最后不治身亡。

春儿趴在丈夫的身上哭了3天，眼哭肿了，嗓子哭哑了，懂事的瑶瑶一直在一旁劝慰她说："娘，人死不能复生，爹走了，你再哭他也听不到了。别哭了，你的身体要紧哪！"

瑶瑶的劝慰并没有减轻春儿的悲伤，劝慰过后又是一阵痛哭。

晓雷的到来，使春儿有些吃惊。她用手抹了一把眼泪，拿了个凳子，示意请晓雷坐下。

晓雷上前一步用双手紧握住了春儿的手，缓缓地说："节哀顺变。"

春儿的泪水又流了出来，她不知道此时该说什么才好，是感谢晓雷专程来问候他，她说不出来。是让晓雷赶快离开，那样显得太不近人情；是向晓雷诉一下心中的痛苦，她不知道从何说起。

春儿让瑶瑶给晓雷倒了碗水，然后又喔喔地哭了起来。晓雷看着泪水满目的春儿，他心中一直在痛，一直在流血。他呆呆地站在一旁，默默地注视着春儿，不知道该说什么才好。

过了好长一阵子，晓雷从口袋中掏出了一包纸巾递给春儿，然后对瑶瑶说："瑶瑶，你请几天假陪一下你娘吧。"

瑶瑶"嗯"了一声，点了点头。

晓雷走到春儿旁边，用手拍了一下春儿肩膀说："好好保重自己的身体，过几天我再来看你。"春儿眼里含着泪水，不知是摇头还是点头，只是含糊不清地嗯了一下。

瑶瑶送晓雷到门口，晓雷给了瑶瑶一些钱，吩咐她要照顾好妈妈。瑶瑶只是不停地点头。

5天后晓雷突然接到瑶瑶的电话，瑶瑶哭着说："晓雷叔，不好了，我娘两只眼睛今天早上突然什么都看不见了，吓死我了！你快来吧！"

晓雷一听如五雷轰顶，他一边安慰瑶瑶不要着急，一边说我马上就来。

晓雷驱车赶到郭家寨，一进门就问瑶瑶是怎么回事。

瑶瑶哭着说："这几天俺娘一直茶饭不思，精神恍惚，今天早上起来发现双眼什么都看不到了。"

晓雷冲进屋里，见春儿躺在床上，双眼通红，他上前一把拉住春儿的手说："春儿，咱们赶快去县医院吧。"

春儿哽咽着说："不要了，过几天就好了。"

晓雷这时急得浑身直冒汗，他对瑶瑶说："快，扶你妈上车。"

瑶瑶硬把春儿从床上拉起来，然后扶着她上了车。

不到半个小时，即来到南唐县人民医院。晓雷赶快去挂了个专家号，然后与瑶瑶一起把春儿扶到诊室。

接诊的是一位名叫张卫东的眼科主任，人长得眉清目秀，态度和蔼，平易近人。她详细询问春儿的病史，春儿如实地告诉她这段时间总是上火，常常有口腔溃疡，皮肤上总是长一些疖子样的红疙瘩。昨天晚饭后突然双眼就什么都看不到了。

张主任为她详细检查了一下眼睛，然后不无遗憾地说："春儿患的是一种白塞病，是我们国家相对常见的葡萄膜炎类型。"

晓雷急忙问张主任："这个病好治吗？"

张主任痛苦地摇摇头："此种眼病属于眼科中的一种顽症，是由自身免疫反应所引起，感冒劳累、精神紧张、过度悲伤等都可能是其诱因。"

晓雷这时已经急得额头上冒出汗来，他恳求张主任道："张主任麻烦您一定把她的眼睛救过来，不管花多少钱都行。"

张主任勉为其难地说："尽力吧，此种疾病目前尚无理想的治疗方法，非常容易复发。"

晓雷说："可不可以给她做眼球移植？可以把我的眼球移植给她一只。"

晓雷的话使在场的所有人都为之动容。张主任无可奈何地说："目前尚不能进行眼球移植。"她转过来对春儿说："你患了这个病是你的不幸，你遇到这样好的丈夫是你不幸中的万幸。"听着张主任的话，春儿不知回答什么才好，只是掩面哭泣起来。

接下来的几天，春儿住在医院，每天服药打针。晓雷一连几天陪伴在病房，他吃不好睡不好，两眼熬得通红。

治疗5天后的那个早上，春儿眼前亮了，她能看到眼前人的脸了。晓雷喜出望外，他为春儿做了她特别喜欢吃的小米粥，并亲自送到春儿的手上。

春儿手端着饭碗，泪水不停地往下流。晓雷用纸巾为春儿擦了擦眼泪说："吃吧，趁热吃吧。"

春儿吃了两口，将饭碗放在桌子上，然后对晓雷说："晓雷你近一点，让我看一下你的脸。"

晓雷嗯了一声，像懂事的孩子一样向前挪了一下。

春儿用双手捧住晓雷的脸，一双泪眼在晓雷脸上扫来扫去。然后她叹了口气说："没变，没变，什么都没变！"说话间泪水在不停地往下滚落。

晓雷望着春儿，心中不免生出一阵阵感叹：春儿老了很多，头发已经花白，额头和眼角的皱纹似乎比庆祝会那天要多了许多，近日的悲痛和疲倦已清晰无误地全写在那张饱经风霜的脸上，唯有那双眼仍然散发着清澈、天真无邪的光亮。

春儿的手慢慢地从晓雷脸上滑落下来，她将脸转到背后，缓慢而又有力地对晓雷说："你走吧！"

春儿的话一下子使晓雷惊呆了，他急忙问："春儿，为什么？"

春儿哽咽着说："不为什么，我再也不想见到你！"说着说着，春儿失声痛哭起来。

"为什么，为什么？"晓雷急得团团转。

这时春儿用手抹了一把泪水，"我不想让你一辈子守着一个瞎子，你赶快走，要不然我要出院了。"

春儿从医生嘴里知道，她患的这种眼病最后很可能完全瞎掉，她感觉亏欠晓雷的太多了，她不愿意拖累晓雷——她心里一直眷恋着、爱着的这个男人。

晓雷一下子愣在了那里，惊得他半天说不出话来。

回到家里，晓雷愣愣地坐在办公桌前。他抬头看了一下办公桌上的台历，2012年8月25日，刚好是他离开郭家寨21年的日子。他望着窗外，立秋后的小雨在漫不经心地下着，时不时地敲打着窗户，像打在他的心上。21年了，他从一个一贫如洗的山村孩子，变成了一个亿万富翁，吃的、穿的、用的应有尽有，但他越来越感到自己缺了点什么，这种感觉既朦胧又清晰，旋即又朦胧起来。对异性渴望的本能使他辗转反侧，难以入睡，但又对所有倾心他的女性都关上了大门。他越来越清醒地知道，这个门只为一个人开着，特别是在庆祝会上遇到春儿的那一刻，他知道自己是彻底的无可救药了。他也反复告诫自己，不能感情用事了，不能干扰春儿平静的生活，所以这一年来他未曾跟春儿联系过，他知道所有春儿的一切都是来自瑶瑶那里，他感到能在一旁静静地分享着春儿生活中的酸甜苦辣也是一种幸福。春儿丈夫的突然去世，使晓雷特别担心，他怕春儿受不了这个严酷现实的打击，可是不幸的事还是终于发生了。春儿因过度悲伤而双眼患病，晓雷心里痛苦极了，春儿正需要人照顾的时候却要把他撵走，为的是怕拖累他。医生还说这个病非常难治，恐怕日后完全失明，春儿怎能受得了如此沉重的打击？他曾给春儿承诺相守相伴一生，今天他必须履行自己的诺言，他要娶春儿为妻，要成为春儿日后的眼，在黑暗中让春儿看到阳光的明媚，看到花好月圆。想到这里他提笔写下了一首诗：

我是你的眼

亲爱的 你可否看见
白云飘在蓝天
马儿奔腾草原
幸福微笑在人间绽放

春风送来山花烂漫

亲爱的我是你的眼

让你看到世界的五彩缤纷

让你感受生活的酸辣苦甜

我是你的眼

为你丈量岁月长短

我是你的眼

地老天荒只为那一世情缘

亲爱的 你可否看见

阳光点燃黑暗

月光洒满山川

小河流水在日夜欢唱

花前月下情意暖暖

亲爱的 我是你的眼

让你阅览人间悲欢离合

为你传递对未来的企盼

我是你的眼

让你感受天高地宽

我是你的眼

地老天荒只为那一世情缘

　　5天后晓雷接到瑶瑶的电话，说她娘的眼睛好了很多，心情也有所好转。晓雷听后非常高兴，径直驱车前来医院探望春儿。

　　早上张卫东主任为春儿检查眼睛后，高兴地告诉她，她的葡萄膜炎得到了有效控制，双眼视力从原来的眼前手动（只能看到眼前手的晃动）提高到0.5，并告诉她再过两三天即可出院回家了。春儿非常高兴，对着镜子看了好长一阵子。经历一连串的事情：失去丈夫的悲伤，经历了双目失明的煎熬，使她渡过人生最艰难的时期，此时心已经逐渐平静了下来，尽管她知道自己所患白塞病是一种易于复发和导致失明的疾病，但她相信总有一天医生会把这病魔降服，使疾病不再复发。

春儿今天特意穿上了上次参加瑶瑶庆祝会时那件衣服，她对着镜子照了又照，发现自己还没变老，脸上依旧挂着那朴实和纯真的笑容，眼里仍散发着迷人的清澈光亮。

女儿在一旁观察了春儿好久，看到她孤芳自赏的表情也感到奇怪，就打趣说："娘，你真漂亮，怪不得我晓雷叔非你不娶呢！"

"傻孩子，别胡说。"春儿有些嗔怪瑶瑶，但瑶瑶一句话使她不好意思起来，脸上红一阵，白一阵。

"我没有胡说，你看晓雷叔对你多好啊，在你眼睛什么都看不到的时候日夜守在你的身旁，这样的男人简直就是一个古董耶！我要是遇到这样的男人非嫁给他不可。这倒好，你却把人家撵走了。"瑶瑶在一旁有些替晓雷打抱不平。

听到这些话，春儿脸上的笑容一下子消失了，是啊，这么多年她对晓雷的感情没有变过，通过近期的事情她知道晓雷也没有变过，特别是听到女儿说晓雷为了她，至今未接纳任何一个女性，还甘愿为她单身一辈子，这次她患眼病几乎完全失明后，晓雷第一时间即来到她身边，使她真正见识到一个海枯石烂也永远不变的心。她不想与他走到一起吗？不是，她是害怕拖累他一辈子。这段时间她曾想到过死，想以死来彻底让晓雷从对她的眷念中走出来，换回晓雷的新生。女儿的话像给她打了一针清醒剂一样，她发现自己的自私，她可以一走了之，可她却把痛苦永远地留给了晓雷，她心中一直爱着的晓雷。想到这里，春儿叹了口气说："我也是左右为难呀，我怕连累他。"说话间，眼内已是噙满了泪水。

春儿与瑶瑶的对话，被来到病房门外的晓雷听得一清二楚，他知道春儿没有改变，他还知道春儿不可能改变。这时他一下子冲进病房里，紧紧地把春儿抱在怀里。

"春儿，我的春儿，我要娶你为妻，今生今世永不分离！"

春儿哭着说："晓雷，我的眼不知道哪一天就什么都看不到了。"

晓雷为春儿擦了把眼泪说："春儿，没关系，我就是你的眼。"这时他缓缓地从口袋中掏出了他前几天给春儿写的那首诗。

春儿小心翼翼地打开那张纸，认真读了起来。

心在跳，手在抖，泪水哗哗往下流，滴在纸上，落在晓雷的心上。这一刻她感觉到她是世界上最幸福的人，是一位眼睛瞎了仍能看到太阳、月亮的人，仍能看到山川河流的人，仍能知道岁月冷暖和天高地宽的人。

她一下抱住了晓雷。

没有一句话，因为任何一句话都是多余的，只有泪水在尽情地流，没有任何顾忌地往下流。只有品尝过苦涩泪水的人，才真正懂得人生酸甜苦辣，才知道人生的宽度和厚度，才知道感恩和珍惜……

在春儿出院后的第三个月，晓雷与春儿举行了简朴而又隆重的婚礼。郭家寨全村的乡亲们都来凑热闹了。祝福、凤姐、忆芳还有忆芳的老公从遥远的广禹市赶来为他们祝福。

忆芳还是那样漂亮和开朗，她握住晓雷的手说："晓雷哥，祝福你和嫂子百年好合！"

晓雷连声对忆芳说："谢谢！谢谢忆芳！"

忆芳转身握住春儿的手说："嫂子，晓雷哥可是一个古董哦，再漂亮的女孩都打不动他的心呦，真为你高兴！"接着她凑到春儿身旁，压低了声音说："嫂子，你可要为晓雷哥生一个大胖小子呦！"

听到忆芳的话，春儿有些不好意思起来，脸上泛起一阵阵红晕。

这时祝福和凤姐走到春儿身旁，握着春儿的手说："春儿，你真有福气，祝你和晓雷新婚快乐，白头偕老！"

春儿眼里含着感激的泪水说："谢谢祝总和凤姐，要不是你们帮助晓雷，哪有今天啊！我和晓雷永世难忘！"

凤姐笑着说："一家人不说两家话，那点小事还用挂在嘴上！"

婚后，晓雷悉心照顾着春儿的生活起居，生活变得那么温馨而又甜蜜，但可恨的白塞病仍时不时地复发，给春儿快乐的生活带来阴影。晓雷总是鼓励春儿，一定会找到专家降服这一病魔。他多次托朋友在全国各地打听，最后打听到重庆医科大学附一院眼科杨培增教授是该领域中的专家，于是，晓雷和瑶瑶陪着春儿前来重庆医科大学附属第一医院就诊。

听着春儿的故事，我的眼睛湿润了。我深深地被晓雷和春儿那种地老天荒只为一世情缘的故事打动了。我也理解了春儿冒着

我是你的眼

双眼失明的危险也要为晓雷生个孩子的决心和情怀。

可罪恶的白塞病像魔鬼一样蚕蚀着她的美好愿望，也让很多病人失去光明，甚至妻离子散。每天在我上门诊面对着这么一个不幸的群体，心中感觉到的是痛、是压力、是动力。正是这种为他们驱除痛苦守护光明的愿望，使我及我带领的团队不敢懈怠，一直在研究和探索此病的病因、发病机制和治疗。

值得欣慰的是，我们这个团队在白塞病发病机制和治疗方面已取得了一些进展，特别是我们的研究已部分揭示出此病的免疫发病机制和遗传学发病机制，在治疗方面也创立了一系列中西医结合的治疗方案，使得数以千计的患者保留了有用的视力。但我也时常告诫自己，革命尚未成功，同志仍需努力。面对春儿，我想说的是，我将尽我所能为你留住光明，愿上天保佑你，祈祷观音娘娘为你送来爱的结晶！

面对广大白塞病病友，我想说的是，白塞人你并不孤单，我们与你们一起战斗。我专门写了一首诗——"白塞人你并不孤单"以表示我对这个不幸群体的鼓励、祝福和祝愿。

白塞人你并不孤单

白塞人你并不孤单

因为有我们相伴

白塞人你并不孤单

因为有爱的奉献

白塞人你是风中的白荷

虽然风雨曾吹落你的花瓣

白塞人你是春日的牡丹

历经风霜你怒放得更加娇艳

白塞人请记住

白衣天使为你日夜守护

雾霾散去是明媚的春天

风雨过后会有美丽的彩虹

因为那是我们不变的诺言

白塞人你并不孤单

因为你我心手相牵

白塞人你并不孤单

因为那阳光灿烂

白塞人你是放飞的风筝

虽然折翅仍画出美丽弧线

白塞人你是苍穹的雄鹰

穿云破雾你勇敢地飞向蓝天

白塞人请记住

白衣天使为你日夜守护

雾霾散去是明媚的春天

风雨过后会有美丽的彩虹

因为那是我们不变的诺言

作曲：李德永

重一眼科人之歌

迎着和煦春风

脚踏巫山云彩

两江交汇的山城

重一眼科人向你走来

轻轻来到你的身旁

阳光承载着我们的豪迈

无影灯下为你祛除痛苦

大医精诚为你驱散雾霾

我们是重一眼科人

守护光明是我们的承诺

朝气蓬勃与你携手未来

心系光荣使命

梦牵慈悲情怀

两江交汇的山城

重一眼科人向你走来

轻轻打开你的眼睛

月光流淌着我们的关爱

静静病房为你抚平创伤

仁心仁术为你人生添彩

我们是重一眼科人

守护光明是我们的承诺

朝气蓬勃与你携手未来

作曲：李德永

实验室之歌

小小实验室

人生大舞台

瓶瓶罐罐是乐器

每个音符都精彩

你是博士哥

我是硕士妹

为了实现中国梦

大家走到一起来

谁说博士傻

谁说硕士怪

唱一首高原红心情多豪迈

舞一曲民族风你我都帅呆

唉呀呀青春飞扬实验台

小小实验室

人生大舞台

日日夜夜在寻觅

科学报国抒情怀

你为科学痴

我为实验狂

为了探索自然界

你我激情都澎湃

都说博士好

都说硕士乖

唱一首高原红心情多豪迈

舞一曲民族风你我都帅呆

唉呀呀青春飞扬实验台

我是你的眼

亲爱的 你可否看见

白云飘在蓝天

马儿奔腾草原

幸福微笑在人间绽放

春风送来山花烂漫

亲爱的 我是你的眼

让你看到世界的五彩缤纷

让你感受生活的酸辣苦甜

我是你的眼

为你丈量岁月长短

我是你的眼

地老天荒只为那一世情缘

亲爱的 你可否看见

阳光点燃黑暗

月光洒满山川

小河流水在日夜欢唱

花前月下情意暖暖

亲爱的　我是你的眼

让你阅览人间悲欢离合

为你传递对未来的企盼

我是你的眼

让你感受天高地宽

我是你的眼

地老天荒只为那一世情缘

作曲：李德永

（京）新登字 083 号

图书在版编目（CIP）数据

我是你的眼 / 杨培增著 . - 北京：中国青年出版社，2014.5
ISBN 978-7-5153-2410-4

I. ①我… II. ①杨… III. ①散文家 - 中国—当代 IV. ① I267
中国版本图书馆 CIP 数据核字（2014）第 087650 号

封面题字：刘醒龙

责任编辑：王飞宁
封扉设计：瞿中华
内文设计制作：林业
出版发行：中国青年出版社
社　　　址：北京东四十二条 21 号
邮　　　编：100708
网　　　址：www.cyp.com.cn
营销中心：010-57350370
编辑电话：010-57350501
印　　　刷：三河市君旺印务有限公司
经　　　销：新华书店
规　　　格：710×1000　1/16
印　　　张：19.25
插　　　页：2
字　　　数：200 千字
印　　　数：25001-28000 册
版　　　次：2014 年 6 月北京第 1 版
印　　　次：2020 年 1 月河北第 7 次印刷
定　　　价：35.00 元

本图书如有印装质量问题，请凭购书发票与质检部联系调换 联系电话：010-57350337